U0093292

23 倪匡珍藏限量紀念版

衛斯理傳奇之

尋夢

（含：尋夢・訪客）

倪匡 著

尋夢

衛斯理傳奇

CONTENTS

訪客

尋夢

序言

常被人問：那麼多作品，你最喜歡哪一類？

答：以衛斯理為主角的幻想故事。

問題必然進一步：在衛斯理故事中，你自己最喜歡哪一個？

答：「尋夢」。

不單是由於尋夢這個故事的小說節構十分完整，曲折離奇，把兩個不同時代的事件，交雜在一起，也不單是這個故事有意料之外的佳妙結果（被不少電影電視劇偷去用了），也由於這個故事寫了前生、今生和來世的現象，對因果作了十分大膽的設想。

這種設想，在衛斯理故事之中，不是很多見，所以大具特色。

而一直固定的做一個短短的夢，完全一樣，正是作者本人的經歷，整個故事的設想，自然也由此而來。

「尋夢」寫在七八年前，這次刪訂，重新仔細再看一遍，若有人問一開始寫的問題，答案不變。

倪匡

第一部：一個不斷重複的怪夢

楊立群感到極度不安和急躁。令得他急躁不安，不是他昨天決定的一項投資，在二十四小時後，看來十分愚蠢，一定要虧損；也不是因為今天一早，就和妻子吵了嘴，更不是因為辦公室的冷氣不夠冷。

令楊立群坐立不安的，是一個夢。

每一個人都會做夢，楊立群也不例外，那本來不值得急躁。而且，楊立群不是容易坐立不安的人，他有冷靜的頭腦、鎮定的氣質、敏銳的判斷力、豐富的學識。這一切，使得他的事業，在短短幾年之間就進入巔峰，而這時，他才不過三十六歲，高度商業化社會中的天之驕子，叱吒風雲，名利兼具，是成功的典型，社會公眾欣羨的對象。

要命的是那個夢！

楊立群一直在受這個夢的困擾，這件事只有他一個人知道，從來也沒有對任何人說過。所以，他的女秘書拿著一疊要他簽字的文件走進來，忽然聽到他大喝一聲：「快出去！別來煩我！」時，嚇得不知所措，手中的文件全都跌到了地上。

楊立群甚至煩躁得不等女秘書拾起文件，就一疊聲喝道：「出去！出去！出去！」

當女秘書慌忙退出去之際，楊立群又吼叫道：「取消一切約會，不聽任何電話，一直到再通知！」

女秘書睜大了眼，鼓起了勇氣：「董事長，上午你和……廖局長約會……」

楊立群整個人傾向前，像是要將女秘書吞下去一般，喝道：「取消！」

女秘書奪門而逃，到了董事長室之外，仍然在喘氣，因為剛才楊立群的神態，實在太可怕了。不但神態可怕，而且女秘書還可以肯定，一定發生了極不尋常的意外。和廖局長的約會，是二十多天之前訂下的，為了能和廖局長這樣對楊立群企業有直接影響力的官員會面，女秘書知道，楊立群不知託了多少人，費了多少精神，這是近半年來，楊氏企業公司董事長一直在盼望的一件大事。可是如今，董事長楊立群卻吼叫著：「取消！」女秘書抹了抹汗，去奉行董事長的命令。

她決計想不到，楊立群如此失常，全是為了那個夢！

楊立群是甚麼時候開始做這個夢的，連他自己也記不清楚了。

他第一次做這個夢，並不覺得有甚麼特別，醒來之後，夢境中的一切雖然記得極清楚，一個七、八歲的小孩子做了夢之後，不應該保持這樣清醒的記憶，可是這個夢卻不同。

楊立群在那個年紀的時候，除了那個夢之外，自然也有其他各種各樣的夢，別的夢，一醒來就忘記了，而這個夢，他卻記得十分清楚。

正因為他將這個夢記得十分清楚，所以，當這個夢第二次又在他熟睡中出現，他立即可以肯定：我以前曾做過這個夢。

第一次和第二次相隔多久，楊立群也不記得了，可能是一年，也可能是大半年，也可能超過一年。以後，又有第三次、第四次，一模一樣的夢境，在夢境中，他的遭遇一次又一次的重複著。

漸漸長大，同樣的夢，重複的次數，變得頻密。楊立群可以清楚的肯定，當他十五歲那年生日，接收了一件精緻的禮物：一本十分精美的日記簿，他就有了記日記的習慣。於是，每重複一次那個夢，就記下來了，他發現，第一年，做了四次，第二年，進展為六次，接下來的十年，每個月一次，然後，情況變得更惡劣，同樣的夢，出現的次數更多，三十歲以後，幾乎每半個月一次，而近來，發展到每星期一次。

每個星期一次，重複著同樣的夢境，這已足以令人精神崩潰，尤其是這個夢的夢境，極不愉快，幾乎在童年時，第一次做了這個夢之後，楊立群就不願意再做同樣的夢。

但是，近一個月來，情況更壞了，到最近一個星期，簡直已是一個人所能忍受的極限。由於完全相同的夢境，幾乎每隔一晚就出現，以致楊立群有分裂成兩個人的感覺：白天，他是楊立群，而晚上，他卻變成另一個人，有著另外的遭遇。

前晚，楊立群又做了同樣的夢。

前晚，楊立群在睡下去的時候，吞服了一顆安眠藥，同時他在想：今晚，應該可以好好的睡一覺了，昨天才做過同樣的夢，今晚不應該再有同樣的情形，情形到了隔一天做一次同樣的夢，已經夠壞了，不應該每天晚上都做同樣的夢。當楊立群想到了這一點時，他甚至雙手合十，祈求讓他有一晚的喘息。

可是他最害怕出現的事，終於出現了。那個夢，竟然又打破了隔一天出現的規律，變成每天晚上都出現。

昨晚，當楊立群在那個夢中驚醒之際，他看了看床頭的鐘：凌晨四時十五分……多少年來，幾乎每一次夢醒的時間全一樣。

楊立群滿身是汗，大口喘著氣，坐了起來。

他的妻子在他的身邊翻了一個身，咕噥了一句：「又發甚麼神經病？」

楊立群那時緊張到極點，一聽到他妻子那麼說，幾乎忍不住衝動，想一轉身，將雙手的十根手指，陷進他妻子的頸中，將他的妻子活活捏死。

儘管他的身子發抖，雙手手指因為緊握而格格作響，他總算強忍了下來。從那時候起，他沒有再睡，只是半躺著，一枝接一枝地吸著煙。

然後，天亮了，他起身。他和妻子的感情，去年開始變化，他盡量避免接觸他妻子的眼光，同時還必須忍受著他妻子的冷言冷語，包括「甚麼人叫你想了一夜」之類。

那令得楊立群的心情更加煩躁，所以當他來到辦公室之後，已到了可以忍受的極限。當女秘書倉皇退出去之後，楊立群又喘了好一會兒氣，才漸漸鎮定下來。

他的思緒集中在那個夢上。

一般人做夢，絕少有同樣的夢境。而同樣的一個夢，一絲不變地每一次都出現，這更是絕少有的怪現象。他想到，在這樣的情形下，他需要一個好的心理醫生。

他深深地吸了一口氣，埋怨自己，隔天出現這樣一個夢，就應該去找心理醫生了，何必等到今天。

一有了決定，楊立群便鎮定了下來，他按下了對講機，聽到了女秘書猶有餘悸的聲音，吩咐道：「拿一本電話簿進來。」

女秘書立刻戰戰兢兢拿了電話簿進來，一放下，立刻又退了出去。楊立群翻看電話簿中的醫生一欄，隨便找到一個心理分析醫生。

楊立群真是隨便找的，在心理分析醫生的一欄中，至少有超過六十個人名，楊立群只是隨便找了一個。他找到的那位心理分析醫生叫簡雲。然後，他就打了個電話，要求立刻見簡醫生。

這是一種巧合。如果楊立群找的心理醫生不是簡雲，我根本不會認識楊立群，也不會知道楊立群的怪夢，當然也不會有以後一連串意料不到的事情。

可是楊立群偏偏找了簡雲。

我本來也不認識簡雲，認識簡雲是最近的事……經過講起來相當有趣，但不屬於這個「尋夢」的故事……我認識了簡雲之後，由於我們對同一心理現象有興趣，所以才會經常在一起。

我和簡雲都有興趣的問題是：男人進入中年時期之後，更年期的憂鬱、苦悶，是不是可以通過環境的轉變而消失。

這本來是一個相當專門的心理學、生理學相聯結的研究課題。簡雲是這方面的專家，我沒有資格和他做共同研究。

但是，我提出了一個新的見解，認為男性更年期，在生理學上來說根本不存在，純粹是心理上的問題，而且還和慣性的優裕生活有關。簡雲表示不同意，這才使我和他在一起，每天花一定的時間，在他的醫務所中，以「會診心理學家」的身分，和他一起接見他的求診者。

這個研究課題相當沉悶，我只是說明，何以那天上午，當楊立群進來時，我會在心理分析專家簡雲的醫務所。

楊立群的電話由護士接聽。那時，我和簡雲正在聆聽一個中年人說他和他的妻子在結婚三十多年後，如何越來越隔膜的情形，護士進來，低聲說道：「簡博士，有一位楊立群先生，說有十分緊急的情形，要求立刻見你！」

簡雲皺了皺眉。別以為心理病不會有甚麼急症，一個人心理上若是受到了嚴重的創傷，就需要緊急診治，和身體受到嚴重創傷一樣。

所以，簡雲向那個中年人暗示，他有緊急的事情要處理，那個中年人又嘮嘮叨叨講了十來分鐘，才帶著一臉無可奈何的神情離去。

中年人離去之後，門鈴響，腳步聲傳來，護士開了門，楊立群走了進來。

這是我第一次看到楊立群。楊立群將上衣搭在臂彎上，神色焦躁不安之極。

他高大，也可以說英俊，這時雙眼失神，而且滿面全是因為汗珠而泛起的油光。他進門之後，先望了望我，又望了望簡雲，想要開口，可是卻沒有發出聲音。

這種情形，不必說心理分析醫生，就算一個普通人，也可以看得出他如何滿懷心事，焦躁不安，需要幫助。

簡雲先站了起來：「我是簡雲博士！」他又指著我：「這位是衛先生，是我的會診助手。」楊立群點著頭，伸手在臉上抹拭著。

這時，簡雲已從一個冰箱中取出了一條毛巾給他抹臉，我也倒了一杯冰涼的酒給他。

楊立群在喝了酒，抹了臉之後，神情鎮定了很多。簡雲請他在一張舒服的躺椅上躺下來。一般來說，來求教心理學醫生的人，都在這張躺椅上，將自己的心事說出來。可是楊立群在躺下後，忽然又坐直了身子，而且堅決不肯再躺下來。

楊立群的年紀還輕，顯然還未到達男性更年期的年齡，我雖然看出他的心境極不安，可是在這個大城市中，和他有同樣心情的人不知有多少，引不起我的興趣，所以我準備告辭了。

簡雲正在向楊立群作例行的問話，楊立群的聲音很大：「別問這些，告訴我，是不是有人……」

他說到這裏，喘起氣來，聲音十分急促：「是不是有人，老做同一個夢，夢境中的遭遇，全是一模一樣？」

我一聽到楊立群這樣說，心中「啊」的叫了一聲，立時打消了離開的念頭。

我所以在忽然之間改變了主意，理由講起來相當複雜，以後我自然會詳細解釋。簡單地說，因為在不到一個月之前，有人向我問過同樣的話！

我本已走向門口，這時，轉回身，在一張椅子上坐了下來。

簡雲皺了皺眉，略托了托他所戴的那副黑邊眼睛，這兩下動作，全是他的習慣性動作。他的聲音聽來很誠懇。他道：「做同樣的夢的例子很多，不足為奇。」

楊立群仍然喘著氣：「一生之中不斷作同樣的夢，最近發展到每天晚上都做同樣的夢，都受同樣夢境的困擾，也不足為奇？」

我陡地又直了直身子，我相信在那時候，我臉上的神情，一定驚訝之極。至於我何以會忽然大受驚動，原因是在不到一個月之前，有人向我說過幾乎同樣的話。

我在震動了一下之後，看到簡雲又托了托眼鏡，像是一時之間，不知道該如何回答才好！我忍不住脫口道：「是的，可以說不足為奇，我知道有一個人，和你一樣！」

楊立群立時向我望來，一臉困惑。簡雲也向我望來，有著責備的意味。

我忙向簡雲作了個手勢，表示我不會再胡言亂語，由他去應付求診者。

簡雲沉默了片刻，說道：「一般來說，夢境虛無縹緲，不至於給人帶來心理上的困擾。」

楊立群苦笑了一下：「從童年時代開始就做同樣的夢，不知道做了多少遍，現在甚至每天晚上都出現，那還不帶來心理上的困擾？」

簡雲的聲音聽來很平靜：「聽你這樣說，在這個夢境中，你的遭遇，好像很不愉快？」

楊立群又急速地喘起氣來，在他喘氣期間，我注意到，他不但出現十分厭惡、恐懼的神情，而且，連額上的青筋，也現了出來。

他沒有直接回答，但等於已經回答了，在這個夢的夢境之中，他的遭遇，看來何止不愉快，簡直可怕。

簡雲向楊立群作了個手勢：「將這個夢講出來，你心理的負擔會比較輕。」

楊立群嘴唇掀動著，雙眼有點發直。

簡雲用幾乎催眠師用的那種沉厚的聲調：「夢中的經歷，你一定記得？」

楊立群的身子開始發抖，聲音聽來也十分乾澀：「記得，每一個細節都記得。」

簡雲又道：「你從來未曾對任何人講起這個夢嗎？」

楊立群用同樣的聲調道：「是的。」

簡雲道：「其實你早該對人說說你在夢中的遭遇。」

楊立群的神情更苦澀：「那……有什麼用！」

簡雲立時說道：「將這個夢當作秘密，就會時刻記住它，這或許就是重複同一個夢的原因。如果講出來，秘密一公開，以後可能再也不會做同一個夢了。」楊立群「哦」一聲，神情像是有了點希望。看他的情形，給這個夢折磨得很慘。他又呆了一會兒，在簡雲的示意下，終於躺了下來。

過了好一會兒，簡雲才安靜的問：「夢一開始的時候，你是在……」

簡雲的引導起了作用，楊立群立即接下去：「我是在走路，一條小路，路兩旁全是樹，那種樹，除了在夢境中之外，從來也沒有見過，那種樹……」

簡雲聽到這裏，可能感到楊立群敘述這種樹的形狀是沒有意義的，所以他向前略俯了俯，我立時拉了拉他的衣袖，示意他由得楊立群講下去。

楊立群對那種樹，顯得十分疑惑。我相信他真的從來未曾看到過那樣的樹，這一點，從他遲疑的形容詞中，可以聽得出來。

他繼續道：「這種樹的樹幹不是很粗，但是很直，樹幹上呈現一種褐灰色，有著粉白的感覺。樹葉是……心形的，葉面綠色，可是當風吹過來時，葉底翻轉，卻是一種褐灰色。」

楊立群講到這裏，略頓了一頓，才又道：「這是什麼樹，我一直不知道。」

我聽到這裏，嘆了一聲：「如果你肯花點時間，去查一查植物圖譜，你就可以發現，那是一種極普通的樹，在中國北部地區幾乎隨處可見，那是白楊樹。」

簡雲見我和楊立群討論起樹來，有點忍無可忍的感覺，因為他迫切需要楊立群講出他的夢境，一條小路有什麼樹，在心理分析專家看來，全然無關重要！

他揚起手來，想阻止我們繼續討論下去，可是我立時又將他揚起的手壓住。

簡雲的神情極不耐煩，楊立群倒像很有興趣：「哦，那樣說，我做夢的所在地方，在中國的北方？」

我道：「那也不一定，白楊的分佈地區極廣，在歐洲、北美洲也有的是。」

楊立群搖了搖頭，道：「不，我知道那是在中國，一定是在中國。」

簡雲催道：「請你繼續說下去。」

楊立群道：「我在這樣一條兩邊全是樹的小徑上走著，心裏好像很急，我一直不知自己在夢裏為什麼會有那樣焦急的心情，我好像急著去看一個人……」

他講到這裏，頓了一頓，向我和簡雲兩人作了一個手勢，以加強語氣：「我在夢中見到的一切，全都可以記得清清楚楚，但是在夢中所做的一些事，為什麼要這樣做，卻始終迷迷糊糊。」

簡雲「嗯」的一聲：「很多夢境全是那樣，你剛才說，你在夢中急急趕路，是要去見一個人？」

楊立群道：「好像是要見一個人。」

簡雲沒說什麼，只是示意他再講下去。

楊立群停了片刻，才又道：「在那條小路的盡頭，是一座相當高大的牌坊，牌坊上面，刻著『貞節可風』四個字，是一座貞節牌坊，可能年代已很久遠，牌坊的下半部，石頭剝蝕，長滿了青苔。穿過這座牌坊，我繼續向前走，前面是一道灰磚砌成的牆，不很高，牆上也全是青苔，我沿著牆走，轉過牆角，有一扇門，看來是圍牆的後門。」

楊立群講到這裏，我已經忍不住發出了一下如同呻吟一樣的聲音。

簡雲向我望來，現出十分吃驚的神情：「你怎麼啦？臉色那麼難看。」

我連忙吸了一口氣，伸手在臉上撫摸了一下：「沒什麼，我很好。」

楊立群顯然沒有留意我神情如何，他繼續道：「那扇門，是木頭做的，很殘舊。門虛掩著，不知道為什麼，我來到那扇門的時候，心中會感到十分害怕，可是我還是推開門，走了進去。」

他講到這裏，又停了一停，才又強調道：「每次我來到門前，都十分害怕，也每一次都告訴自己：不要推門進去，可是每一次，結果都推門進去！」

簡雲沒有表示什麼意見，只是「嗯」的一聲。

楊立群繼續道：「一推門進去，是一片空地，空地上放著許多東西，有的，像圓形的石頭，我知道那是一種古老的石磨，我還可以叫出另外一些東西的名稱來，例如有一口井，井上有一個木架子，木架子上有轆轤，有水桶。可是還有一點東西，我根本沒有見過，也不知那是什麼東西。」

我問道：「例如哪些東西？」

楊立群用手比畫著：「有一個木架子，看來像是一個木槽，也像是放大了許多倍的鞋楦子，裏面有很多厚木片，放在一個牆角上。」

我喉間發出「咯」的一聲，那是我突如其來吞下一口口水所發出來的聲音。

簡雲說道：「別打斷敘述！」

我立時道：「不！我要弄清楚每一個細節，因為事情非常特殊。像楊先生剛才講的那個東西，你能知道是什麼嗎？」

簡雲憤然道：「當然不知道，連楊先生也不知道，我怎麼會知道，你知道嗎？」

我的回答，是出乎簡雲的意料之外的，我立時道：「是！我知道！」

簡雲用一種奇怪的神情望著我。楊立群也以同樣的眼光望來，我不由自主嘆了一聲：「那是一具古老的榨油槽，那些木片，一片一片，用力敲進槽去，將排列在槽中的蒸熟了的黃豆，榨擠出油來。」

楊立群急促的眨著眼，簡雲不住托眼鏡，一臉不相信的神色。

楊立群反問我，說道：「我的形容不是很詳細，何以你這樣肯定？」

我道：「其間的緣故，我一定會對你說，不過不是現在，現在，請你繼續說下去。」

楊立群遲疑了片刻：「請問我這個夢，究竟代表了什麼？」

我道：「在你未曾全部敘述完畢之前，我無法作結論。」

楊立群又呆了片刻，才道：「那片空地，看來像是一個後院，我一進了後門，就走得十分急，以致在一個草包上絆了一跤，那草包中裝的是黃豆。」

楊立群道：「我絆了一下之後，豆子給我踢了出來，我腳步不穩，踩在豆子之上，又向前滑了一跤，跌在地上，令得一只在地上的木輪，滾了出去，撞在前面的牆上，發出了一下聲響。」楊立群苦笑了一下：「每次都一樣。」

我點了點頭，沒有說什麼。

楊立群又道：「我連忙掙扎著爬起來，再向前走。圍牆內，是一座矮建築物，那建築物有一個相當大的磚砌成的煙囪。我來到牆前，站了一會兒，心中好像更害怕，但我還是繼續向前走，到了牆角，停了一停，轉過牆角，看到了一扇打開了的門，然後，我急急向門走去。」

楊立群講到這裏的時候，簡雲和他都沒有注意我的神情。我這時，只覺得自背脊骨起，有一股涼意，直冒了起來。額頭沁汗，我伸手一摸，汗是冰涼的。

這時我的神情一定難看到了極點，我突然冒出一句話來：「當你走進門去的時候，你沒有聽到有人叫你的名字？」

楊立群本來是躺著在說話，敘述他的夢境，我突如其來問的那句話，令他像是遭到雷殛一樣，陡地坐起身來。

當他坐起身來之後，他的手指著我發抖，神情像是見到了鬼怪：「你……你怎麼會知道？你……怎麼會知道？」

簡雲看到了這樣的情形，忍不住也發出了一下呻吟聲：「天，你們兩人，誰是求診的病人？」

我忙道：「對不起，我不是有意的，請再繼續講下去，請講下去。」

過了一會兒，楊立群才道：「是的，有人叫了我一下，叫的是一個十分奇怪的名字，我感到這個名字好像是在叫我，那個聲音叫的是：『小展！』」，我並沒有停止，只是隨口應了一聲，就向門中走了進去。一進門，我就聞到了一股十分異樣的氣味。」

簡雲一聽到這裏，陡地站了起來：「我看不必再講下去了。」

我忙道：「為什麼？」

簡雲悻然道：「沒有人會在夢中聞到氣味的。」

楊立群脹紅了臉：「我聞到，每次都聞到！」

簡雲嘆了一口氣：「那麼你說說，你聞到的是什麼氣味？」

簡雲在這樣講的時候，語意之中，有著極其濃厚的諷刺意味在。

我在這時，也盯著楊立群，想聽他的回答。

楊立群的敘述，他在夢中的遭遇，已經引起我極度的興趣。或者說，不單是引起了興趣，簡直是一種極度的驚訝和詫異，詭秘怪異莫名。

至於我為什麼有這樣的感覺，我自然會說明白。

楊立群呆了一呆：「我不知道，我不知道那是什麼氣味，我從來也沒有聞過這樣的怪味道。這種味道……」

楊立群還沒有講完，簡雲竟然忍不住吼叫了起來：「你根本不可能聞到什麼氣味，那是你的幻覺！」

楊立群立時脹紅了臉：「不是！因為那氣味太怪，我一直想弄清楚，卻沒有結果。」

我作了一個手勢，不讓簡雲再吼叫下去，向楊立群道：「你當然無法弄清楚，現在要找一個發出這樣氣味的地方，至少在這個城市之中，根本沒可能。」

簡雲聽得我這樣講，已經氣得出不了聲，楊立群則詫異莫名：「你……你知道那是什麼氣味？」

我點頭道：「我不能絕對肯定，但是我可以知道，那種氣味，是蒸熟了的黃豆，被放在壓榨的工具上，榨出油來之後，變成豆餅之際所發出來的一種生的豆油味道。」

簡雲用手拍著額頭，拍得他的眼鏡向下落，他也忘了托上去。他一面拍，一面叫：「天！兩個瘋子，兩個不折不扣的瘋子！」

楊立群卻被我的話震懾住了，他定定的望了我半晌，才道：「對，我……我……我……」

他連說了三個「我」字，又停頓了一下，才用一種十分怪異的聲音道：「你怎麼知道我是在一座油坊中？你怎樣知道我的夢？怎知我在夢中走進去的地方，是一座油坊？」

我忙道：「別緊張，說穿了十分簡單，因為有人和你一樣，也老做同一個夢，這個人向我敘述過夢境，在夢中，他就進入了油坊，而且我相信，就是你曾經進入的那一座！」

楊立群的神情詫異更甚：「那個人……那個人……」

我道：「我一定介紹你們認識。」

楊立群又呆望了我半晌，他還未曾開口，簡雲已經道：「兩位是不是可以不在我的診所說瘋話？」

我嘆了一聲：「簡雲，你聽到的不是瘋話，而是任何心理醫生夢寐以求的一種極其玄妙的靈異現象，你要用心捕捉楊先生說的每一個字。」

我這幾句話，說得極其嚴肅，簡雲呆了一呆，作了一個無可奈何的手勢，不再驅逐我們。

楊立群又呆了片刻，才道：「在夢境中，我是一個叫『小展』的人，因為每個人都這樣叫我。」

他講到這裏，又苦笑了一下，道：「不過我並不知道這個小展是什麼樣子的，因為自始至終，我都沒有機會照鏡子。」

楊立群又躺了下來：「我進去之後，看到裏面有三個人。三個人全是男人，身形高大，有一個還留著一蓬絡腮鬍子，看起來極其威武，這個大鬍子，坐在一個極大……極大的石磨上。對了，我進去的地方，正是一具大石磨。」

「石磨在正中，左手邊的一個角落……」他講著，揮了揮左手，指了一指，然後才又道：「左手邊，是一座灶，有好幾個灶口，灶上疊著相當大的蒸籠，也有極大的鍋，不過蒸籠東倒西歪。我進去的時候，一個瘦長子，就不住將一個蒸籠蓋在手中，拋上拋下。還有一個人衣服最整齊，穿著一件長衫，手上還拿著一根旱煙袋。」

楊立群停了一停，才又道：「這個旱煙袋十分長，足有一公尺長，絕對比人的手臂還要長，在現實的生活中，我從來也未曾見過那麼長的旱煙袋，我也一直在懷疑，那麼長的旱煙袋，如何點煙的。」

簡雲不耐煩道：「這好像可以慢慢討論。」

我瞪了簡雲一眼，拍了一下楊立群的肩頭：「有兩個方法，一個是叫人代點，一個是將一枝火柴擦著了，插在煙袋鍋上。」

楊立群呆了一呆，用力在躺椅上敲了一下：「是。我怎麼沒有想到這一點？」

簡雲又悶哼了一聲，我向簡雲道：「你要注意他的敘述。心理學家常說：日有所思，夜有所夢。可是楊立群先生的夢，和他的生活經歷全然無關，他在夢境所看到的東西，有許多他根本未曾在現實生活中見過。」

簡雲的神情帶著諷刺：「不單是東西，還有他從來也未曾聞到過的氣味！」

我和楊立群都沒有理會他，楊立群續道：「我一進去，那個拿旱煙袋的人，就用他的煙袋直指著我，神情十分憤怒，坐在磨盤上的那個大鬍子也跳了下來，和那瘦長子一起，向我逼過來。」

楊立群道：「我本來就十分害怕，到這時，更加害怕，我想退，可是大鬍子來到我身旁。拿旱煙袋的厲聲道：『小展，你想玩什麼花樣？為什麼那麼遲才來？』在他喝問我的時候，大鬍子已在我的身後，揪住了我的胳膊！」

我聽到這裏，陡地怔了一怔，簡雲也呆了一呆，陡地挺了一下身子。

我必須說明的是，這時，楊立群正在全神貫注地敘述著他的夢境，期間未曾有間斷，我和簡雲的反應，也未曾打斷他的話頭。

但是我卻必須在記述中將楊立群的話打斷了一下，那時，我和簡雲兩人，感到驚愕的理由一致：楊立群在講述夢境，不知由什麼時候起，口音起了相當大的變化。

不但是他發出來的聲音，和他原來的聲音聽來有異，而且他所講的話、所用的句子，也和他所用的語言，大不相同。

例如，他用了「揪住了我的胳膊」這樣的一句話，而且還帶著濃重的山東南部山區的口音，那是一句土語，用他原來慣用的語言來說，應該是「他拉住了我的手臂」。

而楊立群的這種轉變，顯然是出於自然，絕不是有心做作。

第二部：另一個角度看怪夢

簡雲是一個出色的心理學家，他自然可以知道這種現象不平凡。這種現象，十分怪異：一個人不自覺在心理上變成了另外一個人。

簡雲在挺了一挺身子後，他的神態已不再那樣不耐煩，而變得十分凝重。

楊立群根本沒有發現我們有任何異狀，只是自顧自在敘述：「拿煙袋的將煙袋鍋直伸到我的面前，裏面燒紅了的煙絲，在發出『滋滋』的聲響，幾乎要烙焦我的眉毛，他又喝道：『小展，快說出來，東西放在哪裏？我們五個人一起幹的，你想一個人獨吞，辦不到！』我害怕到了極點：『我……真的不想獨吞！要是我起過獨吞的念頭，叫我天誅地滅，不得好死！』」

楊立群講到這裏，才停了一停，神情十分可怖，眼珠轉動著，而且不由自主喘著氣，停了好一會兒，才道：「拿煙袋的像是不信，那個瘦長子，忽然一翻手，手裏就多了一柄小刀，小刀極鋒利，在蒸籠蓋上一劃，就劃穿了一道口子。接著，他就用小刀，在我臉上比來比去……」

楊立群的神情更是害怕，臉上的肌肉，在不由自主地跳動著，好像這時，真有一柄鋒利的小刀，在他的臉上劃來劃去。

我和簡雲又互望了一眼，兩個人都沒有出聲。

楊立群雙手掩住了臉：「我早已經說過，這夢境令人絕不愉快，接下來發生的事情更恐怖，他們，這瘦長子、拿煙袋和大鬍子，他們三人，一直在逼問我一些東西的下落，我卻不說……」

當他講到這裏的時候，我插了一句：「你是不願說，還是根本不知道？」

楊立群放下了掩臉的雙手，神情一片茫然：「我不知道，我心念十分模糊，不知道在夢裏我是不肯說，還是根本不知道他們問的是什麼！」

楊立群喘了幾口氣，聲音突然發起顫來：「接著，大鬍子就用力拗我的胳膊，瘦長子開始用刀柄打我的頭，拿煙袋的用膝蓋頂著我的小腹，他們痛打我，打我……」

楊立群越是說，聲音越是發抖，神情也可怕之極，甚至額上也開始沁出汗來。

簡雲忙道：「請鎮定一點，那不過是夢境！」

簡雲連說了幾遍，楊立群才漸漸恢復了鎮定，可是神情仍然苦澀：「我應該告訴你們，每次夢醒後，我都感到被毆打的痛楚，而且這種痛楚，一次比一次強烈。昨天晚上在夢中被毆打，令我現在還感到痛。」

簡雲不由自主吸了一口氣，我知道他心中在想些什麼。在夢中受到了毆打，會感到被毆打的痛楚，那毫無疑問，是十分嚴重的精神分裂症。

楊立群伸手抹了抹汗，坐起身子，又躺下來，聲音有點斷續：「不過比起以後的發展來，受一頓打，不算什麼。」

「他們打了又打，我不斷叫著。過了好一會兒，我被打得跌在地上，拿煙袋的在我面前，大鬍子伸腳踏住了我，我的口中全是血，他們三個人在商量著是不是要殺我，我心中害怕之極。那拿煙袋的人道：『小展，你自己好好想一想，犯得著犯不著。』我還沒說話，大鬍子已經道：『為了那婊子，你要死，我們會成全你。』」

我忙揮了揮手：「等等，楊先生。你敘述的十分清楚。可是在夢境中，他們對你所講的話，你究竟是不是清楚知道是什麼意思？」

楊立群苦笑了一下，道：「還是那種感覺，很模糊，不能肯定。」

我沒有再說什麼，楊立群被我打斷了話頭後，停了片刻，才道：「拿煙袋的人又道：『你自己想清楚，下一次，我肯放過你，他們兩個也不肯。明天這時候，我們仍舊在這裏會面。』」

「他話一講完，揮著煙袋，和瘦長子、大鬍子一起向外走出去。大鬍子臨走的時候，神情仍然十分憤怒，在我腰眼裏踢了一腳。」

楊立群說到這裏，伸手按向腰際，神情十分痛楚，像是他的腰眼上，真的曾捱了重重的一腳。

他這種樣子，看在我和簡雲的眼裏，有點駭然之感。恰好他向我們望來，發現了我們詫異的神情，他苦笑了一下，坐起身，拉起了襯衣，露出他的腰際。我和簡雲不由自主，發出了「啊」地一下低呼聲。在他的腰眼上，有著一塊拳頭大小的暗紅色。

一個人的肌膚上，有這樣的暗紅色，本來是一種極普通的事。暗紅色的、赭色、青色的胎記，幾乎每一個人都有。但是在聽了楊立群的敘述後，又看到了這樣的一塊「胎記」，那卻令人感到極度的詭異。

楊立群放下了襯衣，神情苦澀：「現在我還感到疼痛，我不知做過多少遍這個夢，在夢裏，我這個部位，也不知被踢了多少次，疼痛的感覺，一次比一次更甚。」

簡雲吸了一口氣，沒有說什麼，楊立群道：「簡醫師，你現在應該知道，這個夢，如何干擾著我的生活？」

簡雲苦笑了一下：「整個夢境，就是那樣？」

楊立群搖頭道：「不，不止那樣，還有……」

簡雲已顯然對楊立群的夢感到極度的興趣，他說道：「以後又發生了什麼事？請你繼續說下去。」

楊立群站了起來，自己去倒了一杯冰水，大口喝下，才又道：「他們三個人走了，我掙扎著，想站起來，就在這時，又一個人走了進來。」

楊立群雙眼睜得很大，氣息急促，聲音異樣。這種神情，可以使人一看就知道，又走進來的那個人，對在夢境中的他來說，一定十分重要。

我也極緊張。因為我曾在不久之前聽另一個人敘述夢境，夢境的經過，和楊立群所講的角度不同，但顯然是同一件事。

也就是說，楊立群所講的夢，我聽另一個人，從不同的角度敘述過。那另一個人的夢，和楊立群的夢是同一件事，不過在夢中，他和楊立群是不同的兩個人。

這實在是極其怪異。而這時，我心情特別緊張，是由於我相信，那個走進來的人，就是曾向我講述夢境的另一個人在夢中的身分。

我嚥下了一口口水：「那走進來的……是一個女人？」

楊立群的神情本來已經夠緊張的了，一聽到我這樣問，他整個人彈跳了一下，吃驚地望著我，望了相當久，然後才道：「是的，一個女人！」

我長長的吁了一口氣，沒有再說什麼。楊立群又呆了半晌，才道：「進來的那個女人，腳步很輕巧，我本來已因為身上的痛楚，幾乎昏了過去，可是一看到她，我精神就陡地一振，居然掙扎著坐了起來。她也疾步來到我的身前，俯身下來，摟住了我，我緊緊地靠住她，感到安全和快慰。」

簡雲「嗯」的一聲：「她是你的夢中情人！」

「夢中情人」這個詞，一般來說，不是這樣用法，但是簡雲這時用了這個詞，卻再恰當也沒有。在楊立群的夢境中，他是一個叫「小展」的人，而那個女人，照他的敘述，毫無疑問，是小展的情人。

楊立群立時點了點頭：「是的，我感到自己極愛她，肯為她做任何事情。而且我也模糊地感到，我已經為她做了一件很重要的事，我也在迫切的希望見到她，所以當她緊緊擁住我的時候，我向她斷續地說了一些話……」

楊立群向我望來，神情迷惘：「我記得在夢中對這個女人所說的每一個字，可是這些話，究竟是什麼意思，我卻不明白。」

簡雲道：「你只管說。」

楊立群道：「這個女人，十分美麗，神情妖冶而動人，我在直覺上，好像她的年紀比我大。因為她一來到我的身邊，摟住了我之後，一直在撫我的頭髮，吻我的臉頰，而且不斷在說：「小展，小展，難為你了！」我就說：「翠蓮……」

楊立群說到這裏，又停了下來，補充道：「這個女人的名字叫翠蓮，一定是，因為我自然而然這樣叫她。」

我和簡雲點頭，表示明白。

楊立群道：「我說：『翠蓮，我沒有說，他們毒打我，可是我沒有說，為了你，我不會對他們說！』翠蓮一面用手撫著我的臉，一面親著我：『你對我真好！』我忍住痛，掙扎著想去擁抱她，她忽然道：『你今天不說，我可不敢保管你明天也不說。今天他們打你，明天他們可能真要殺人，你也能不說？』」

我聽到這裏，忍不住打了一個寒噤。

楊立群發覺我的神態有異，向我望來，我怕他問我是不是知道他的夢境進展下去的結果，是以偏過了頭，不去看他。

楊立群並沒有向我發問，只是說：「當時我說：『不會的，翠蓮，我答應過不說就不說，我願意為你做任何事，甚至可以為你死！』翠蓮嘆了一口氣：『那我就放心了！』」

楊立群苦笑了一下：「我真想不到，在夢境中，我是一個那麼多情的小夥子！」

我和簡雲互看了一眼，沒有表示什麼意見。

楊立群的夢境，到了這時，已經漸漸明朗化了。在這個夢裏，一共有五個人，四男一女，四個男人是：拿旱煙袋的、大鬍子、瘦長子、小展；女的是翠蓮。這五個人，做了一件甚麼事，得到一些甚麼東西。這東西的收藏地點，只有小展知道，那三個男人逼小展講出來，而小展不肯講。小展不肯講的原因，是因為他曾答應過翠蓮不講。

而小展愛著翠蓮，翠蓮令他著迷，他甚至肯為翠蓮去死！

那個夢境發生的地點，是在中國北方的一個鄉村，極可能是山東省南部和江蘇省北部的交界地區，具體的地點，是一座油坊。這的確是一個相當怪異的夢境。

楊立群在停頓了片刻之後：「翠蓮講完了她放心這句話之後，忽然又道：『那是你自己說的！你願意為我死！也只有你死了之後，心中的秘密，才不會有人知道！』我仍然心頭極熱：『是真的！』翠蓮道：『那太好了！』這是我聽到她講的最後一句話。」

簡雲吃驚道：「為什麼？那大鬍子又回來，將那個叫翠蓮的女子殺死了？」

楊立群笑了幾下，笑聲苦澀之極：「不是，她一講完了這句話，我就覺得心口一涼，眼前一陣發黑，就甚麼聲音也聽不到了，我甚至不知發生了什麼事。在我做這個夢的次數還沒如此頻密之際，我真的不知道發生了什麼事情。但是，漸漸地，我卻知道了！」

簡雲神情駭然：「這個女人……殺了你？」

楊立群點頭道：「顯然是，夢到這裏為止，我醒來，而且，請你們看我左心口那個與生俱來的印記！」楊立群一面說著，一面解開襯衣的扣子，露出他的胸脯來。

我和簡雲兩人，都可以看到，在他的胸口，左乳之下，大約是第五根肋骨和第六根肋骨之間，有一道看來簡直就是刀痕的紅色印記，大約四公分長，很窄的一條。

稍有常識的人，一看這個印記所在的部位，就可以知道，如果有一柄薄而鋒利的刀，從這個部位刺進去，被刺中的人，會立刻死亡，甚至在感到痛楚之前，就已經死了。因為這個部位，恰好在心臟的正中。

而楊立群在夢中的情形，恰是如此：小展的心口忽然中了一刀，立刻死亡，楊立群的夢也醒了。當時，只有小展和翠蓮在一起，小展不是自己刺自己，那麼，刺死小展的，當然是翠蓮！

我和簡雲呆望著楊立群心口的紅記，半晌說不上話來。楊立群先開口：「看，是不是像極了一個刀痕？」

簡雲「嗯」的一聲：「太像了！你在夢境中，是死在一個你愛的女人手裏？」

楊立群苦笑了一下：「是，這經歷，比被三個大漢拳打腳踢，更令人不愉快。」

簡雲挪了挪身子，接近楊立群一些：「你一直受著這個怪夢的騷擾，從來也沒對任何人提起過？」

楊立群道：「沒有！」

簡雲問道：「你結了婚？婚姻生活怎麼樣？」

楊立群道：「結了婚，七年了。」然後他頓了頓：「從去年開始，婚姻生活就出現裂痕，到今天，幾乎已經完結，可是她不肯離婚。」

簡雲又問：「你對妻子也沒有講過這個夢境？」

楊立群搖頭道：「沒有，對你們，是我第一次對人講述！」

簡雲作了一個手勢：「你的婚姻生活不愉快，造成了你心理上的壓力，使得你的夢出現次數更多。在夢境裏，你被一個你所愛的人殺死，這反映了你潛意識中，對愛情、婚姻的失望，所以……」

簡雲用標準的心理分析醫生的口吻，一本正經地分析著楊立群的心理狀態，我在一旁聽著，實在忍耐不住，大聲道：「醫生，你別忘記，他這個夢，從小就做，夢境根本沒有改變。在他童年的時候，有什麼對愛情、婚姻的失望？」

簡雲給我一番搶白，弄得一句話也說不上來，只是不斷地托住他的眼鏡。

我立時又道：「楊先生的夢，不能用尋常的道理來解釋，因為太奇怪，單是他一個人做這樣的夢，還不奇特，而是另外有一個人，也做同樣的夢！」

楊立群迫不及待：「請你快點告訴我詳細的情形！」

我當然準備告訴楊立群詳細的情形，也好同時使簡雲知道，事情非比尋常，不是他所想像的心理問題那樣簡單。要說這另一個人，做同樣的夢，得從頭說起。

劉麗玲是一個時裝模特兒，二十六歲，正是女人最動人的年齡。劉麗玲一直就是一個美麗動人的女人，她出生時，是一個可愛動人的小女嬰，長大了，是可愛動人的小女孩，然後是可愛動人的少女，然後是可愛動人的女人。

劉麗玲不但美，而且她的美麗，正屬於這個時代的，她懂得裝飾自己，也有很高的學歷，一百七十二公分的身高和標準的三圍，更有著一雙罕見修長的腿。

劉麗玲懂得許多現代的玩意，音樂、文學修養也高，性情浪漫，喜愛鮮花和海水，活躍於時裝界，看來比實際年齡年輕的多。她一刻不懈地維持自己的儀容整潔，永遠容光煥發。

這樣的一個美女，佔盡了天地間的靈氣，也享盡了天地間的一切福份，不知道有多少公子哥兒追逐她，以能得到她的青睞為榮。

劉麗玲有兩個秘密。

這兩個秘密，可以稱之為小秘密和大秘密。

小秘密是，劉麗玲在十八歲那年，結過一次婚。

那是一次極不愉快的婚姻，一時衝動，嫁給一個和她的性格、志趣、愛好全然不同的人。當時，幾乎沒有人不搖頭嘆息，那個男人，甚至是樣子也極不起眼，接近猥瑣，連劉麗玲自己也不明白，為什麼會和這樣的一個男人結婚。

這個男人的名字叫胡協成。請記住這個名字和這樣一個窩囊到了任何女人都無法忍受的男人，因為在整個故事中，他佔有一定的地位。

這段不愉快的婚姻，維持了兩年，劉麗玲和胡協成分手。劉麗玲開始周遊列國，在世界各地環遊。

一直經歷了四年的遊歷，她又回來了，在時裝界發展。四年世界各地的經歷，令得她更成熟，更光芒四射，更加動人，也增加了許多知識，至少在語言方面的才能，已足以令人吃驚。

知道劉麗玲在多年之前有過這段不愉快婚姻的人並不多。幸運的是，在這兩年不愉快的婚姻中，劉麗玲沒有生育，她的身材，保持得比大多數少女更好。

曾經結過婚，是劉麗玲的小秘密。

劉麗玲的大秘密是，她經年累夜，在有記憶的童年就開始，她不斷做同一個夢，而且，做同一個夢的次數，越來越是頻密，幾乎每天晚上都要做一次。

從來也沒有人知道，一個外表如此光彩四射，在任何場所出現，都像明星一般燦爛的女人，內心會受到這樣一個怪夢如此深刻的滋擾，這種滋擾，令她痛苦莫名。

劉麗玲不曾對任何人講起過她內心所受到的困擾和痛苦，一直到兩個月前，她才第一次對人說起，而聽眾只有兩個人：我和白素。

劉麗玲不是我的朋友，是白素的朋友。

白素和劉麗玲認識有多久了，我不知道，在白素帶她回家之前，我也沒有見過她，只是在報章雜誌上，或是電視上看到過。她給我的印象，是極其能幹和神采飛揚的一個成功女性。

可是那天晚上，當白素扶著她進來，我從樓上下來，走到樓梯的一半，看到劉麗玲的時候，決沒有法子將她和平時的印象聯繫起來。我甚至根本沒有認出白素扶進來的是她。

我只看到，白素扶著一個哭泣著的女人走進來，那女人伏在白素的身上，而且緊緊抱住了白素，頭靠在白素的頸上，背部在不斷抽搐，淚水已經將白素的衣服潤濕了一大片。

白素一面扶她進來，一面關上門。白素經常會做一點古里古怪的事情，但是像這樣，扶著一個傷心欲絕的女人回家來，倒還是第一次，所以我也有點目瞪口呆的神情。白素一面扶著她坐下，一面向我望來：「沒見過人哭？」

我忙道：「當然見過，這位是……」

我一面說，一面若無其事，腳步輕鬆地向下走來。當我走下樓梯之際，劉麗玲已經坐下來，她仍然在哭著，抽噎著，竭力想使自己鎮定，不想再繼續哭泣。

所以，當我向她走過去之際，她挺了挺身子，也抬起了頭來。

我嚇了一跳，因為她本來化著濃妝，因為流淚，妝化了開來，整個臉，像是一幅七彩繽紛的印象派圖畫！

她顯然也立時注意到我愕然吃驚的神情，立時轉過頭去，同時，以一種在抽噎中的人，竭力想平抑心中悲痛的那種聲調道：「糟糕，我一定成了一個大花臉了！」

我聽出，她雖然盡一切的力量來表示輕鬆，可是這種情形，只更使人覺得她的心頭沉重和苦痛。

白素也沒有說什麼，只是找了一盒面紙，放在她的膝上。劉麗玲開始用紙巾將她臉上的化妝品抹乾淨。五分鐘之後，她再轉過頭來向著我。我直到這時，才認出她是什麼人來。

她仍然帶著淚痕，但是卻掩不住那股逼人而來的美麗。尤其是她那種傷心，痛苦的表情，更令她的美麗，看來驚心動魄。

她向我勉強笑了一下：「對不起，衛先生，打擾你了。」

我攤了攤手：「能有劉小姐這樣大名鼎鼎的人物光臨，太榮幸了。」

劉麗玲又勉強笑了一下，白素道：「好了，別說客套話了。衛，麗玲有一個大麻煩，你要幫她。」

白素說的十分認真。而且，我也知道白素的性格，劉麗玲的這個「大麻煩」，如果她能單獨解決的話，她決不會帶劉麗玲來見我。

而世上如果有什麼大麻煩，是白素無法單獨解決的話，那一定真的是不折不扣的大麻煩了。所以，剎那之間，我也不禁緊張起來，神情嚴肅：「什麼麻煩？我，我們一定盡力而為。」

劉麗玲苦笑了一下，她只是苦笑著，並沒有開口說話。看她異乎尋常的苦澀神情，她像是不知如何開口說她的麻煩才好。

我向白素望去，白素指著劉麗玲：「她一直在做一個夢！」

我呆了一呆，不由自主，皺起了眉。女人有時會莫名其妙，但是白素卻從來也不會！

劉麗玲一直在做一個夢！

這是什麼話？簡直全然不可解。而且，一直在做一個夢，那又算是什麼「大麻煩」？

在這樣的情形之下，我唯一的反應，只是「嗯」的一聲，接著，又「哦」了一聲：「她一直在做夢？」

白素嘆了一聲：「事情很怪。她一直在重複做一個同樣的夢。以前，大約每年一次，後來越來越頻密，到最近，甚至每天重複一次。」

在白素這樣講的時候，我發現劉麗玲緊咬住下唇，現出十分害怕、厭惡和痛苦交集的神情。

我道：「劉小姐的夢境，一定很不愉快？」

白素提高了聲音：「為了這個夢，她快要精神崩潰了。」

我向劉麗玲望去。她猶豫了一下：「這個夢極怪，在那個夢中，我是另外一個人。」

人做夢，在夢裏是另外一個人，那有什麼稀奇？莊子在夢裏，甚至是一隻蝴蝶！

「夢一開始，我是在一口井的旁邊，一口井，真正的井！」

我道：「井還有什麼真的假的？井，就是井！」

劉麗玲忙解釋道：「我的意思是說，這口井，唉，我該如何說才好呢？我……我一直生活在城市，我從來也沒有見到過一口真正的井。」

劉麗玲生長在一個富裕的家庭，一直在大城市生活，她一生之中，可能真的未曾看到過一口井。

劉麗玲看到我的神情像是明白了：「這口井，有著一圈圍牆一樣的井……圈？」

我點頭道：「是的，或者叫井欄，不必去深究名稱了，你在井旁幹什麼？」

我本來還想加上一句：「不見得是想跳下去吧！」可是我這句話卻被劉麗玲臉上那種深切的悲哀，打了回來，沒有說出口。

劉麗玲的聲音中，充滿了悵惘：「我也不知道我在井邊做什麼，我雙手按在井……欄上，井欄上長滿了青苔，很滑，我俯身，向著井口，井很深，水面很平靜，我向下看去，可以很清楚地在井水中看到一個倒影，那是一個相當美麗的女人，我從來也沒有見過那麼奇異的裝扮。」

她講到這裏，一臉迷惑不解的神情，向我望來。

照她的敘述，她在井水的倒影中看到的那個女人，應該就是夢中的她。

我忙道：「裝扮是……」

劉麗玲苦笑了一下：「她穿著一件碎花的短襖，中國式，可是她……那個在井水中倒影出來的女人，沒有將領子的扣子扣上，中國式的短襖，如果這樣穿法，很不莊重。」

我笑了一下：「劉小姐，不必研究服裝怎麼穿法了，你所說的怪異，就是她的領子扣子沒有扣上？」

劉麗玲忙道：「不，還有更怪的，她的頸上，有著幾道大約四公分長，半公分寬的紅印子！」

劉麗玲說到這裏，抬起頭向我望來，臉上的神情也更迷惑，同時，指著右額：「這裏，還貼了一種裝飾品，是一個像指甲大小，黑色的圓點……」

我聽到這裏，忍不住發出「啊」的一聲響，站了起來，又立時坐了下去。

白素道：「聽出一點味道來了？」

我點了點頭，事情是有點怪。劉麗玲在夢中看到的井水中的倒影，那個女人的這種外形，在劉麗玲這樣生活背景的人來說，自然怪異。

但是對我來說，儘管劉麗玲的形容不是很高明，可是只要略為想一想，就一點也不會覺得這個女人的造型怪異。

那是很普通的一種造型，在幾十年前的中國北方，一般來說，有一種女人，被社會道德觀念和家庭婦女認作是「要不得的女人」（現在社會中也有這樣的女人），她們就喜歡作那樣的打扮：衣服的領扣不扣，露出頸來，而且在頸上，用瓦匙或是小錢，刮出幾道紅印，以增嬌媚。

至於劉麗玲所說的「一種裝飾品」、「指甲大小的黑色圓點」，老天，那是一塊小小的膏藥。

這塊小小的膏藥貼上去的作用，並不是表示她們有病，只是一種裝模作樣的嬌態！我所以會驚訝得站起來又坐下，是因為真正覺得奇怪。劉麗玲不可能遇見過這樣打扮的女人。這樣打扮的女人，早已經絕跡。

我一面想，一面指著右額：「你所說的那個圓點，是一塊膏藥。」

劉麗玲道：「我從來也未曾見過這樣的女人，為什麼當我做夢，我對著井水的時候，我會見到這樣一個女人？」

我想了一想，道：「這種造型，在以前中國北方相當普遍，或許你是在甚麼電影裏見過，印象深刻，所以才會在你夢裏出現。」

劉麗玲呆了一會兒，然後，搖了搖頭，顯然並沒有接受我的解釋，但是也沒有和我爭辯，只是繼續道：「這個女人十分美麗，有一股濃艷的妖冶。這個女人……我應該說那是夢裏的我，當時從井中看著自己，心裏只覺得異常緊張，像是有一件重大的事，等我去決定。過了一會兒，我直起身來，用力踢開了井邊的一塊石頭，向前走去。我走在一條小路上，路兩旁全是農作物，路旁全是一種相當直的樹，樹葉的背面灰白色……」

白素補充了一句：「我看這種樹，一定是白楊。」

我當時不置可否地應了一聲，並不認為路旁的樹是白楊還是榆樹有甚麼重要。但是在我聽到楊立群敘述他的夢境，講到了路旁的那種樹，我心中的吃驚，不必細說，各位也可以瞭解。

劉麗玲神情惘然：「我不知道那是什麼樹，我只是順手摘下了一片樹葉，放在口裏含著，繼續向前走，經過了一座相當高大的牌坊，不知道為什麼，我不是穿過牌坊的中間部分過去，而是繞過去，因為牌坊的旁邊，根本沒有路，我繞過去的時候，一腳踏在一個凹坑中，跌了一跤，腳踝扭了一下，很痛……」

劉麗玲講到這裏，停了片刻：「每次做完同樣的夢，醒來之後，我就像是真的跌過一跤一樣，腳踝一直很痛。」

劉麗玲的話，我只是含含糊糊地聽著，因為這時，我心中在想著別的事，而且感到很吃驚。我做著手勢，吸引劉麗玲的注意，同時問：「那牌坊……上面應該有字，你可曾注意到？」

劉麗玲道：「有，上面是『貞節可風』四個字，我跌了一跤後，站起來，向牌坊吐了一口口水，心裏很生氣。」

我和白素互望了一眼，白素向我做了一個無可奈何的手勢。

劉麗玲看到白素的手勢，揚了揚眉，表示詢問。我和白素，都假裝沒看到她的這種詢問的神情。

可能由於我們假裝得十分拙劣，所以給她看了出來。她用一種不滿的聲調道：「兩位，這個夢，是我一生中最大的秘密，從來也未曾對任何人說起過。」

白素忙道：「多謝你對我們的信任。」

劉麗玲嘆了一聲：「希望你們聽了之後，有甚麼意見，不要保留。」

我道：「其實，也不是甚麼，根據中國鄉村的一種古老觀念，有一種女人，不能在貞節牌坊下面經過，如果這樣做的話，被紀念的那個貞節女子，會對她不利，你在夢裏，自然而然繞過去……」

劉麗玲不等我說完，就「啊」的一聲：「我明白了，在夢裏，在……那個夢裏，我是一個不正經的女人。」

我含糊其詞地道：「大抵是這樣。」

劉麗玲伸手在臉上撫摸了一下：「一定是這樣，因為我後來，還做了一件十分可怕的事。」

這時，我對劉麗玲的夢，已經感到了極度的興趣。趁她敘述停頓，我過去倒了一杯酒給她。

劉麗玲接過了酒杯來，她十分不安，有極度的困擾。可是她拿酒杯的姿態、喝酒的動作，仍然維持著優美。

她喝了一口酒：「我掙扎著起身，忍著腳脖拐上的疼痛……」

她講到這裏，我又陡地震了一震：「你說甚麼？你剛才說甚麼？」

劉麗玲怔了怔，由於我的神情緊張，她又想不到甚麼地方說錯了話，所以不知所以。

我忙道：「你將剛才的話，再講一遍。」

劉麗玲道：「我站起來，忍住腳踝上的疼痛……」

我搖頭道：「剛才，你不是這樣講。」

劉麗玲用不解的神情望著我，我提起腳來，指著腳踝：「剛才，你稱這個部位叫甚麼？」

劉麗玲側了頭，想了極短的時間，才「啊」的一聲：「是啊，剛才我不說『腳踝』，而說『腳脖拐』，很奇怪，我……也不知道為甚麼會用這樣的一個詞，可以這樣叫嗎？」

我道：「這是中國北方的方言。你曾經學過這種語言？」

劉麗玲搖頭道：「沒有，那有甚麼關係？」

我也不知道那有甚麼關係，只是作了一個手勢，請她繼續講下去。

劉麗玲呆了片刻：「我一路向前走，心情越來越緊張，再向前走，前面是一道圍牆，走近去，看到牆腳處，有人影一閃，走在我前面。」

劉麗玲道：「這時，我心中緊張到了極點，我連忙躲起來，躲在一叢矮樹的後面，那種矮樹上有很硬的刺，我躲得太急了，一不小心，肩頭上被刺了一下……」

她講到這裏，伸手按住她的左肩，近胸口處，向我和白素望來，神情猶豫。

在她講到那種灌木上有刺時，我已經知道那是荊棘樹。我「啊」地一聲，說道：「那是荊棘，給它的刺刺中了，很痛！」

劉麗玲的神情仍然很猶豫：「會留下一個……疤痕？」

我呆了一呆，一時之間不知道為甚麼她要那麼問。我想了一想：「這要看被刺到甚麼程度，如果刺得深了，我想會留下疤痕。」

劉麗玲出現了一副欲言又止的神情，我笑了起來：「你在夢裏被刺了一下，不必擔心會留下疤痕。」

劉麗玲嘆了一口氣：「兩位，說起來你們或許不相信，我被那尖刺刺中的地方，真的有一個疤痕。」

我大聲道：「不可能！」

這時，我已經被劉麗玲的敘述，帶進了迷幻境界，話講的極大聲，而且，現出了決不相信的神色。

劉麗玲又嘆了一聲。那天晚上，她穿的是一件淺米色的絲質襯衣，十分高貴。她解開襯衣扣子，我看到了那個「疤痕」。

「疤痕」並不大，位置恰好在她的胸圍之上，肩頭之下，近胸處，就是她剛才指著的位置。其實，那也不算是甚麼疤痕，只是一個黑褐色的印記。劉麗玲是一個美人，肌膚白皙，這個印記，看來礙眼。

她立時掩起了衣服，抬起頭，以一種徵詢的眼光，望著我和白素。我立時道：「這是胎記，每個人都會有，不足為奇。」

劉麗玲道：「恰好生在我夢裏被刺刺中的地方？」

我已經準備好了答案：「你倒果為因了！正因為你從小就有這樣的一個

印記，所以你才會在夢中，恰好就在那地方被刺刺了一下。」

劉麗玲的反應，和上次一樣，仍是搖著頭，不接受我的解釋，可是又不說甚麼。

白素輕輕咳了一下：「看起來，那個印記，真像是尖刺刺出來的。」

劉麗玲苦笑著：「當時我也不覺得痛，可能因為太緊張，我只是順手從腋下抽出了一條花手巾，將手巾放進衣服，掩住了傷口。我一直向前看著，看到前面那個人，轉過了牆腳，我就立刻離開了藏身的矮樹叢，走向前去。」

我用心聽著，同時留意劉麗玲臉上神情的變化。我發現她越說越緊張，像是真的一樣。她的雙手緊握著拳，甚至身子也在發抖。

第三部：前生的孽債

在那一剎間，我想到了許多精神病上的名詞，如「精神分裂」、「雙重性格」之類。但是全部都不得要領，只得聽她繼續講下去。

劉麗玲又道：「我來到牆角處，探頭向前看，看到前面的那個人，在一扇半開的木門前，神情像是很害怕，不能決定是不是要進去，那是一個小夥子，年紀大約二十多歲，有點楞頭楞腦，傻不里機的……」

她講到這裏，又停了下來，重複地說道：「傻不里機，傻不里機……」

我道：「這是北方話，形容一個人，有點傻氣。」

劉麗玲的神情迷惘，顯然她自己也不明白何以會選擇了這樣一個形容詞。我突然起了一種異樣的感覺。因為我想到劉麗玲在夢中，看到那小夥子的時候，她心中一定想到那小夥子有點「傻不里機」，所以她才會自然而然講了出來。

可是，為什麼劉麗玲在夢中會用一種她平時絕不熟悉的語言？這真的有點怪不可言。

劉麗玲又喝了一口酒，轉著酒杯：「那小夥子終於走了進去。他一進了門，我就急急跟了進去，在門口，我停了下來，向內看。門內是一個院子，堆著很多奇形怪狀的東西。」

我作了個手勢：「例如甚麼？」

劉麗玲皺起了眉，道：「很難形容，有的，是圓形的大石頭，有的是一個個草織成的袋子，裏面放著東西，還有一個是木槽……」

劉麗玲順手移過一張紙來，取出筆，在紙上畫著那種「木槽」的形狀。

（我在聽楊立群敘述他的夢境時，一提起那種木槽，我就告訴他，那時一種古老的油坊之中，用來榨油的一種工具。但當時，即使劉麗玲畫出來了，我仍然不知道那是甚麼。直到她再向下講，使我知道她在一個油坊中，我才知道那木槽是甚麼。）

（各位現在一定也已經明白，楊立群的夢，和劉麗玲的夢，是同樣的一件事，經由兩個人由不同的角度來體驗。）

（我在聽楊立群講到一小半的時候，已經明白了這一點。一個夢境，兩個人的夢境，竟像是實際發生過的事，分別由兩個人自不同的角度來體驗，我一生中遇到的怪事之中，堪稱第一。）

（所以，我聽楊立群講述的時候，心中驚駭莫名，舉止失常。）

當時，我和白素看著劉麗玲畫出來的木槽，都沒有甚麼話好說，因為我們都不知道那是甚麼。

劉麗玲又道：「在院子面前，是一幢矮建築物，可是有一個極大的煙囪。那小夥子向前走著，突然在一個草包上絆了一跤，踢穿了草包，自草包中滾出許多豆子來，當時，我看到他跌在地上，叫了他一聲。」

我聽到這裏，不得不打斷她的話頭：「等一等，你叫他？」

劉麗玲點著頭。

我道：「你……認識他？」

劉麗玲道：「我想應該是的，但是這種感覺十分模糊，我不能肯定，可是我卻能叫他。」

我問道：「你叫他甚麼？」

劉麗玲的神情十分古怪：「我……叫他……『小展』，這是甚麼意思？」

我吸了一口氣：「這小子姓展？」

劉麗玲道：「姓展？有人姓這種姓？」

我道：「當然有，七俠五義中的主要人物，南俠展昭，就姓展，在山東省，那是一個相當普通的姓氏，是一個大族。」

劉麗玲眨著眼：「我叫了他一聲，他怔了一怔，而我又十分後悔，覺得不應該叫他，便縮回身子，那小夥子……小展在起身之後，回頭看了一看，就走進了建築物之中，而我，則伸手緊按自己的腰間……」

我攤了攤手，表示不明白她何以要伸手按住自己的腰間，劉麗玲現出十分難以形容的古怪神情來：「我的腰際，在我的上衣之下，很寬的褲袋之中，插著一柄小刀，我的手按上去，可以感到又冷又硬的刀身，這種感覺……這種感覺……」

她講到這裏，又不由自主地氣息急促起來：「感覺太真實，一想起來就害怕。」

我道：「這真是一個怪夢，怎麼夢中的一切，你都記得那麼詳細？」

劉麗玲道：「我重複做了數百次，每一個細節，都記得清清楚楚。」

白素嘆了一聲，充滿了同情。

我第一次聽一個人敘述她做了幾百次的一個夢，我感到，最大的可能，是由於看過一本書，或是電影，書或電影給了她極深刻的印象所致。

劉麗玲講到她的手，碰到了寒冷而又鋒利的刀身時，身子微微發抖，也在不由自主喘著氣，神情極是緊張。

為了使氣氛輕鬆一點，我道：「你在夢中帶著一柄刀幹甚麼？在夢中，你是一個行俠仗義的女俠？」

劉麗玲非但一點也不欣賞我的「幽默」，而且她是不是聽到了我在說甚麼，也有疑問。她自顧自道：「我碰了碰那柄插在腰際的刀，心中只是模糊地感到，要用這柄刀，來做一件大事，至於是甚麼事，我在那時，還說不上來。雖然……雖然……」

她講到這裏，聲音變得更顫抖，人也抖得更厲害，才道：「雖然我終於做了出來。」

我又想開口，但白素迅速按住了我的手臂，不讓我說甚麼，我望著劉麗玲，發現劉麗玲美麗的臉龐，現出了一種極其深切的悲哀。那種悲哀，像是混合著無窮無盡的驚悸和恐懼，使人看了，無法不同情她心中的痛苦。我也不由自主，嘆了一聲，喃喃地道：「一柄鋒利的刀，可以做出很可怕的事情！」

我講這句話的聲音很低，可是劉麗玲卻聽到了，她的身子陡地震動了一下，抬起頭向我望來，又立時低下頭去：「我肯定了那柄刀還在我腰上，放輕手腳，向前走去。我穿的鞋子，鞋底很薄，當我踢過那些散落在地上的豆子時，可以感到一粒粒的黃豆，在我的鞋下，被我踏碎。我來到前面那個建築物之前，聽到了一連串粗魯的呼喝聲。」

劉麗玲又抬頭向我望了一眼，我沒有說甚麼，只是作了一個手勢。

劉麗玲道：「我加快腳步，走過去，先是貼牆站著，只聽得裏面不斷傳來呼喝聲，那個小夥子則不斷地說：『我不知道，我不知道。』真奇怪，當時我的心情極緊張，可是聽到那小夥子……小展說『我不知道』，就放心得多。」

我聽到這裏，嘆了一聲：「劉小姐，你的敘述，很容易使人產生概念上的模糊，在夢裏，你好像只知道行動，而不知道為甚麼要行動？」

劉麗玲想了好一會兒，才道：「的確是那樣，我要做一件事，可是為甚麼要這麼做，我卻說不上來。我也有各種各樣的感覺，可是為甚麼會有這樣的感覺，也一樣沒有解釋。」

我沒有再問下去，劉麗玲再喝了一口酒：「當時我心中緊張，害怕，一顆心提起又放下，不知道有多少次。過了沒有多久，裏面突然傳出了小展的慘叫聲，和毆打聲，我走近了幾步，走近一個窗口，將蓋在窗上的蓆子，揭開了一點，向內看去。我首先聞到一股極怪的味道，接著，我看到有三個人，正在狠狠地打小展。那三個人……那三個人……」

劉麗玲的身子又發起抖來，白素伸手，按住她的肩頭。劉麗玲嘆了一聲：「這三個人的樣子，實在太古怪，我從來也沒有見過那樣的人！」

我皺著眉，聽她講下去。劉麗玲就形容這三個人的樣子。當時，她形容得十分詳細，但我不必再重複了，因為她所說的那三個人，就是楊立群口中的瘦長子、大鬍子和那個拿旱煙袋的。

這三個人，其實也並不是甚麼「造型古怪」，不過從小在繁華的南方大都市中長大，家境富裕，生活洋化的劉麗玲，當然從來也未曾見過這樣的人。當然，從她的形容中，我已經可以知道，這三個人，是中國北方鄉鎮中的「混混」，介乎流氓和土匪之間的不務正業之徒。

當時我聽了劉麗玲的敘述之後：「對，這樣的人物，你在現實生活中，不可能遇到！」

我這樣說，是在強烈的暗示她，在現實生活中不可能遇到，但是在藝術作品中，可能「遇」到。

劉麗玲很聰明，她立即明白了我的意思，想了一想：「在其他生活方面，我也沒有遇到過這樣的人，只有在夢中，我才清楚地看見他們，他們活生生的在我面前，我不但可以看到他們額上現起的青筋，而且可以聞到他們身上發出來的汗臭味！」

我緩緩地吸了一口氣，這種經驗，的確不怎麼愉快，我道：「事情發展下去……」

劉麗玲道：「他們三個人，不斷打著小展，呼喝著，像是在逼問小展，一些東西放在甚麼地方。小展卻咬緊牙關捱著打，不肯說。拳腳擊打在身體上的那種聲音，真的可怕極了，血在飛濺，可是那三個人卻一點也沒有住手的意思……」

劉麗玲講到這裏，面肉在不由自主抽搐著。在一個美麗的女人臉上，現出這種神情來，是一件相當可怕的事，我扭過頭去，不忍去看她。

可是劉麗玲發顫的聲音，聽來一樣令人不舒服，她在繼續道：「當時，我只感到，小展是不是挺得下去，對我有很大的關係！」

她又頓了頓，才道：「究竟會有甚麼關係，我也說不上來。」

我道：「我明白，你在夢中，化身為另一個人，你有這個人的視覺、聽覺和其他可以實在感到的感覺，但是對這個人的思想感情，卻不是太具體，太清晰。」

「是這樣。那三個人打了小展很久，沒有結果，又發狠講了幾句話，突然走了，留下小展一個人在那建築物中，我在他們三人走出來時，心跳得極其劇烈，我大口喘著氣，幸而他們三人沒有發現我。」

「他們向外走去，我離他們最近的時候，不過兩三步，他們在講話，我可以聽得到。那拿旱煙袋的說：『小展叫那臭婊子迷住了！』大鬍子很憤怒：『我們就去找！』拿旱煙袋的悶哼了一聲：『不知躲在哪裏，我看她是到徐州去了！』」

我聽到這裏，不禁發出「啊」的一聲，指著劉麗玲：「你聽清楚了？是徐州？」

劉麗玲道：「絕沒有錯。我小時候，不知道徐州是甚麼地方，也沒有在意，由於我一直在做這個夢，夢中的一切，似乎全是虛無縹緲，抓不住的，只有這個地名，實實在在的，所以我曾經查過，在中國，的確有這樣的一個地方。」

我有點啼笑皆非：「徐州是一個很出名的地方，在中國山東省和江蘇省交界，歷來兵家必爭之地。」

劉麗玲現出一個抱歉的神情來，道：「我不知道，我還是根據拼音，在地圖上查出來的。」

我越聽越有興趣，一個從來不在劉麗玲知識範圍內的地名，會在她的夢中出現，這事情，不是多少有點古怪嗎？

劉麗玲續道：「瘦長子又道：『到徐州去了，也能把她找回來！』大鬍子惡狠狠地道：『找到了那臭婊子，把她和小展一起蒸熟了，放在磨裏磨碎了榨油，他奶奶的！』我當時嚇得連大氣也不敢出，好不容易，等這三人出了圍牆，我才連忙走進那建築物，小展倒在地上呻吟，一看到我，就掙扎著要坐起來，我連忙過去扶起他，他望著我，雖然他滿臉血污，可是他望著我的時候，眼神之中，卻充滿了歡愉……」

劉麗玲突然嘆了一聲，向白素看過去：「我感情很豐富，從少女時代起，就不斷有異性追求我。」

我不明白劉麗玲何以突然之間轉換了話題。

可是白素卻十分明白，她立即道：「你的意思，一個男人，只有全心全意地愛著一個女人，他望著他心愛的女人，眼中才會流露這樣的神采？」

劉麗玲嘆了一聲：「是的，這些年來，對我說過愛我的男人，不知有多少，可是我卻沒有在任何一個人的眼中，看到過夢裏小展望著我的那種眼神。這使我知道，他們口中雖然說愛我，但是心裏，多少還有點保留。」

我不禁苦笑了一下，心想，劉麗玲的精神狀態不正常，她的追求者也真是倒楣，天下哪有女人拿夢裏一個男人的眼光來衡量愛情的深淺！

劉麗玲又嘆了一聲：「他望著我，一直在說：『我沒有說，翠蓮，我沒有說！』在夢裏，我的名字，好像就是翠蓮，因為小展一直在這樣叫我。我當時的心情，十分緊張，連自己也不知講了甚麼，小展也不斷在講話，我只感到心中有一件十分重大的事，需要決定，而又有點難以決定。就在這時，小展突然說：『我願意為你做任何事，甚至願意為你死！』我心中暗嘆了一聲，心想，那可是你自己說的。」

劉麗玲的聲音越來越尖銳，聽來詭異莫名，有一種令人不寒而慄的感覺。

她在繼續說道：「我一想到這一點，一面摟著他，他的神情，充滿了滿足和歡愉，可是我另一隻手，卻已將插在腰際的一柄刀，取了出來，就在他望著我的時候，我一刀插進了他的心口！」

講到最後一句話的時候，劉麗玲的聲音，是逼尖了喉嚨叫出來的。讓人聽了之後，感到了極度的不舒服。

我不由自主，站了起來，說道：「劉小姐，你休息一下，再往下講。」

劉麗玲喘著氣：「快完了，那個夢快完了。我一刀刺了進去，小展他……雙眼立時變得靜止，可是還一直盯著我在看。他臉上的神情，根本來不及變化，就已經死了，可是在臨死之前，他的眼神卻起了變化，他盯著我，還是那一雙眼睛，在一剎那之前，這雙眼還讓我感到這個人毫無保留地愛我，可是在那時，這雙眼睛中的神情，卻充滿了怨恨、憐憫、悲苦……我實在說不上來，說不上來……」

劉麗玲用雙手掩住了臉，嗚咽地抽噎起來，全身都在發抖。我忙道：「好了，一般來說，惡夢總是在最可怕的時候停止，你的夢也該醒了？」

劉麗玲仍在抽噎著，一直過了三四分鐘，她才放下了掩住臉的雙手，滿面淚痕：「是的，在夢裏，我殺了一個人，一個叫小展的年輕人。可是這還不是這個夢最可怕的部分。這個夢……」

她又停了片刻，才道：「這個夢最可怕的是，小展……在我一刀刺進他的心口之後，他望著我的那種眼光，一直印在我腦中，到後來，每次夢醒，如果是在黑暗之中，或甚至明明醒了，眼睛睜得極大，可是我卻一樣可以看到有一雙充滿了這種眼光的眼睛在望著我，我……到後來，根本不敢熄燈睡覺。可是情形越來越嚴重，甚至我一閉上眼，我就感到小展用這樣的眼光在看我。」

劉麗玲一面講，一面哭著，神情極度張皇無依。我嘆了一聲：「劉小姐，這全是心理作用！何必讓一個夢這樣困擾你？」

劉麗玲揚了揚頭，現出了一種看來比較堅強的神情來：「你不明白，你完全不明白。」

對於劉麗玲這樣的指責，我倒也無從反駁起，因為做這樣夢的人並不是我，我當然不會明白做夢人的感受。而且，我也不打算去明白，因為看情形，劉麗玲有嚴重的神經衰弱。她外表看來美麗、堅強、成功，事實上，她的內心，空虛莫名，心靈無所歸依，才會做這樣的夢。

這是我當時的結論，我不是醫生，當然也不能幫她甚麼，只是說了一連串空泛的安慰話，而當我說這些話的時候，劉麗玲不斷搖頭，直到我自己也感到乏味，不自覺地打了一個呵欠，劉麗玲站了起來，她臉上的淚痕也乾了，告辭離去，白素送她出門，我自己上了樓。

白素很快就回來了，我正準備向床上躺下去，白素將我拉了起來：「你不覺得劉麗玲的夢很怪嗎？」

我悶哼了一聲：「在大都市中享受優裕生活太久，才會有這樣的怪夢。」

白素手托著下頦：「我倒不這樣想，她一直不斷做同樣的夢，一定有原因。」

我「哈哈」笑了起來：「有原因？甚麼原因？那是一種預兆，一種預感，表示她日後真會殺死一個姓展的小夥子？」

白素神情惱怒：「我發現你根本沒有用心聽她敘述。」

我立時抗議：「當然我聽得很仔細。」

白素道：「如果你聽仔細了，你就不會說那是她的一種預感，你會留意到，在她夢境中出現的人物和事情，是過去，相當久以前的事。」

我「呵哈」一聲：「是麼？那又表示甚麼？表示她殺過一個人？」

白素卻十分嚴肅：「我想是這樣，她真的曾經殺過一個人！」

我實在忍不住笑，一面笑，一面用手指著白素，可是白素的神情一直那麼正經，以致當我笑到一半的時候，再也笑不下去。

我笑不下去的原因，一半是由於白素嚴肅的神情，另一半，是由於我在突然之間，起了一個突如其來的念頭，像是電殛一樣，令我全身發麻，剎那之間，不但笑不出，連話也講不出。

我望著白素，神情一定古怪之極，白素也望著我，過了好一會兒，她才道：「你也想到了？」

我喃喃地道：「原來……原來你已經想到了？」

白素說道：「是的，我早想到了。」

我全身只覺得極度的緊張，張開口，大口喘著氣，然後小心地選擇著字眼：「你的意思，劉麗玲的夢，是她曾經有過的經歷？」

白素點著頭，以鼓勵的眼光望著我，要我繼續講下去。我又吸了幾口氣：「這種經歷，其實也不是發生在劉麗玲身上的，而是發生在一個叫翠蓮的女人身上，而這個翠蓮，有可能是劉麗玲的……是劉麗玲的……」

我重複了兩次，竟然沒有勇氣將這句話講完。白素嘆了一聲：「這兩個字，不見得那麼難說出口吧？我的意思是，那個叫翠蓮的女人，是劉麗玲的前生。」

我所遲疑著講不出口來的那兩個字，就是「前生」。

一個人有前生，這是由來已久的說法，古今中外都有，說法大致相同。肯定人死了之後，肉體消滅，靈魂不滅，找到新的肉體，又開始人的生活，那麼，上一次的生活，就稱之為「前生」。

雖然這種說法由來已久，但是一直未曾有過正式的研究，被列入玄學或靈魂學範疇之內。近年來，有不少學者，致力研究，但大都也不過根據當事人敘述的一些紀錄。譬如說，英國就有一個婦女，進入法國一個宮廷的後花園，感到自己到過這地方，而在經過了催眠之後，她說出，她是千年前的一個宮女，甚至完全可以記得當時的宮廷生活，等等。這種例子相當多，根據這種例子出版的書，也有好幾十種。

那只不過是一種紀錄，由人講出來，問題就很多：講述人可信程度如何？是不是有巧合的成分在內？是不是人的潛意識作用？等等問題，都使得「前生」這件事，不能有結論。

當然有很多人，包括許多著名學者在內，已經十分肯定人有前生，靈魂不滅。我絕想不到，聽一個人說他的夢境，結果竟然會牽涉到這樣玄妙的問題。

一個人，和他的前生，這種屬於靈異世界的事，給人的感覺，極其奇妙，不知如何應付才好。

白素看到我在發怔，笑了一下：「你為什麼這樣緊張？像劉麗玲這樣的例子，雖然還未曾有過紀錄，但是我相信那一定是她前生的經歷，她前生，是一個叫翠蓮的女人，根據她這個夢來看，這個翠蓮，不是什麼正經的女人，甚至殺人！」

我苦笑了一下，突然想到一個更玄妙的問題：「那難道劉麗玲要對她前生的行為負責？」

白素想了片刻：「這不是負責不負責的問題，而是，而是……」

白素皺著眉，像是一時之間不知道如何措詞才恰當。我道：「你想說什麼？還債？報應？孽債？」

白素陡地一揚手：「孽債這個名詞比較適合。她前生殺了一個人，這個人臨死的眼神，在她今生的夢中不斷出現，這正是一種債項。她用她今生的痛苦，來償還她前生的孽債。」

我苦笑了一下：「好了，越說越玄了。如果是這樣，我們根本無法幫助她。」

白素攤開手：「我沒有說過可以幫助她，只是要將她心中的痛苦講出來，或許，她不會再做這個夢。」

劉麗玲是不是還在做那個夢，我不知道，因為事後，白素沒有再向我提起她，也沒有再帶她回來。

一直到我遇到楊立群之前，對於劉麗玲的夢是她前生經歷，我也不能十分肯定，只是抱著懷疑的態度。在這期間，我和幾個朋友討論過，意見很不一致。

在聽了楊立群的敘述後，整件事就完全不同了。

楊立群的夢，和劉麗玲的夢，顯然有著聯繫。楊立群在夢中，是一個叫小展的年輕人，被殺。劉麗玲在夢中，是一個叫翠蓮的女人，殺人。

他們兩人，各自做各自的夢，可是兩個人的夢，是同一回事！

由於這一點，甚麼「日有所思」，甚麼「潛意識」等等的解釋，全都要推翻，唯一的解釋是：那是他們兩人前生的經歷！

所以，當我在聽楊立群敘述之際，心中驚駭，等到楊立群講完，我就將劉麗玲的夢境講了出來。

我只講到一半的時候，心理學家簡雲已經目瞪口呆，楊立群更不住地搓著手。

等我講完，楊立群的臉色灰敗，他用呻吟一樣的聲音道：「衛先生，這……這是什麼意思？怎麼會有這樣的事？」

我嘆了一口氣，先不發表我的意見，而向簡雲望去，想聽聽他這個心理學專家的意見。

簡雲皺著眉，來回踱步，踱了很久：「如果我不是確知衛斯理的為人，一定以為他在說謊。」

我沒好氣地道：「謝謝你，我們，現在，要聽你這個專家的意見。」

簡雲道：「除非，真有他們兩人夢境中經歷的那段事發生過。」

我緊接著問：「如果是，又怎樣？」

簡雲無目的地揮著手：「我不知該怎麼說才好，真不知該怎麼說才好，我想，那件事，發生在相當久之前，當時的那幾個人……小展……翠蓮甚麼的，一定早已經死了……」

楊立群有點不耐煩：「你究竟想說甚麼？請痛快說出來，小展當然死了，叫人殺死的。」

簡雲苦笑了一下：「有一派學著，認為靈魂不滅，會轉世投胎……」

簡雲說到這裏，停了一停，像是作為一個專家，突然這樣講，非常有失身分，連臉都紅了起來。

楊立群相當敏感，立時「啊」地一聲：「難道這是我……前生的事？」

簡雲的神情更是尷尬忸怩，好像是在課堂之中答錯了問題的學生。我立時道：「可能是！」

楊立群呆了一呆，「哈哈」笑了起來：「原來我前生被一個女人殺死！」他講到這裏，突然一本正經向我望來：「衛先生，那個對你講述夢境的另一個人是甚麼人？是男？是女？他前生殺過我，我今生應該可以找他報仇？」

楊立群看起來，像是在說笑話，可是我卻笑不出來。非但笑不出來，而且有一種陰森的感覺。

在這裏，必須說明一下，由於當日在聽了劉麗玲的敘述後，我和白素曾討論到「果報」、「孽債」等問題。所以，我在向楊立群和簡雲講及劉麗玲的夢時，根本沒有說到劉麗玲的名字，甚至也沒有說明這個做夢的人是男，是女。

本來，我真的準備介紹楊立群和劉麗玲相識，因為他們兩人的夢境，如此奇妙地相合，如果承認前生，在前生，他們一個是殺人兇手，另一個是被害者，這極有趣。

可是一聽到楊立群這樣說法，我卻有一種不寒而慄的感覺，人世間的恩怨本來已經夠多，如果前生的恩怨，積累到今生，那太可怕了！劉麗玲感到小展臨死時的眼光一直在向她報復，楊立群又這樣講，這使我在剎那間，完全打消了讓他們兩人見面的意圖。

我笑了笑：「算了吧，我不認為你和那個人見了面之後，會有甚麼好處。」

楊立群卻堅持著：「當然有好處，我們可以一起討論這個奇特的夢境，因為我們兩人，都對這個夢那麼熟，這一定很有趣。」

我還是搖著頭，楊立群叫了起來：「你答應過，介紹這個人給我認識。」

我的神情有點無可奈何：「是，我答應過，但是我現在改變了主意。」

楊立群盯著我：「為了甚麼？」

我很難回答他這個問題，只好攤了攤手：「我不想回答。」

楊立群陡然大聲道：「我知道，你怕我一見到這個人，就回刺他一刀，將他刺死。」

我一聽到楊立群這樣說，不禁乾笑了一聲。

我雖然不是怕他見到了劉麗玲之後刺她一刀，但總也有點類似的擔心。

我想了一想：「楊先生，你一直受這個夢的困擾，你來看簡博士，目的是想減輕精神上的負擔，我相信現在一定減輕……」

楊立群一揮手，粗暴地打斷我的話題：「不，更嚴重。你不知道做這個夢的痛苦，我一定要找到那殺我的人……」

他講到這裏，突然停了下來，神情極其古怪，是連他自己都感到吃驚的那種樣子。簡雲和我，自然更加吃驚，一起望定了他。

楊立群當然也感到自己的失言，他呆了半晌：「我並不想報仇，只是想減少痛苦。」

我吸了一口氣：「在夢中你捱的那一刀，並沒有痛苦，痛苦的是被那三個人打。」

楊立群低下了頭，然後，又緩緩抬起頭來，嘆了一聲：「不！剛才我向你們講述夢境，隱瞞了最重要的一點，我……中刀之後，並不是立刻就死，而是還有一段短暫時間的清醒……」

楊立群講到這裏，不由自主，發出一下類似抽搐的聲音。這種聲音起自他的喉間，他的喉結，也在急速地上下移動，就像是他心口中了一刀，血湧了上來，在他的喉際打轉，情景真是詭異到了極點。

我和簡雲屏住了氣息，望著他。他一直抽搐著，喘著氣，竟難以講下去。我不禁嘆了一聲：「你不說，我也知道，因為那個在夢中殺你的人，感到你臨死之前的眼光，極其可怕。由此可知你心中的懷恨。」

楊立群等我講完，才道：「是的，在那一剎那之間，我心中的痛苦、憤恨，真是難以形容，在不到一秒鐘的時間之內，我下了極大的決心，如果我死了之後變成鬼，一定要是一個厲鬼，要加十倍的殘忍，向殺我的人報仇！我……是那麼的愛她，那麼信任她，為了她，我可以做任何事，可是她卻殺了我。」

楊立群越講越激動，到後來，他額上的青筋，現得老高，汗珠比豆還大，一滴一滴，向下滴來。他才進醫務所來的時候，情形已經很不正常，但是和此際比較，他才進來時，再正常不過。

簡雲很害怕，當楊立群越講越激動，站起來揮著手，咬牙切齒時，他不由自主地退了幾步。

我也看出了情形不對頭，如果楊立群再在這種情緒激動的情形下講話，他會產生嚴重的精神分裂，以為自己真是「小展」。這種情形必須制止，是以我走過去，抓住了他揮動的手臂。

我抓得極用力，可以使一個人產生相當程度的痛楚，而使他自幻覺中驚醒。可是，我卻意料不到，楊立群的反應，竟是如此奇特。

他現出十分痛苦的神情，陡地叫了起來，聲音尖銳，慘厲。而且，他的口音也變了。他叫道：「我不怕，你們再打我，我還是說不知道！」

簡雲在一旁，不由自主，發出一下呻吟聲。我也大吃一驚，不由自主鬆開了手。楊立群連退了幾步，跌倒在地，雙手抱頭，身子蜷縮著，劇烈發抖。

他那時的姿態，怪異到極點。我立時想到，「小展」被那旱煙袋、瘦長子和大鬍子圍毆的時候，可能就用這個姿勢來保護他自己。

楊立群的夢，就算真的是他前生經歷，也只不過一直在他夢中出現，至多造成他精神上的困擾。在現實生活中，他是楊立群，決不是夢中的「小展」。可是這時候，「小展」不但進入他的夢，而且，還進入了他的現實生活。

他蜷縮著，抽噎著，尖聲用那種古怪的北方口音叫著，他已不再是楊立群，活脫是小展！

那情景看在眼中，令人遍體生寒。簡雲手足無措，我雖然比較鎮定，也不知如何是好。

楊立群的身子越縮越緊，叫聲越來越淒厲，每一下叫聲之中，都充滿了痛苦。如果不是身心都受到極度的創傷，任何人都無法發出那麼痛苦的叫聲。

我看這樣下去，決不是辦法，只好走向前去，抓住他的手，將他拉了起來。楊立群並沒有抗拒，立時給拉了起來，和我面對面。我的目光，一和他的雙眼接觸，心就不禁怦怦亂跳，他的雙眼之中，充滿了紅絲，而且眼神之中的那種痛苦、怨恨，難以形容。我雖然決沒有做過任何對不起他的事，可是看到了他這種眼神，還是嚇了一大跳。

我忙叫道：「楊先生！」

可是楊立群像是完全未曾聽到，他的聲音在剎那之間，變得極嘶啞：

「為甚麼？翠蓮，我那麼愛你，肯為你做任何事，你為甚麼……」

他突然講出這樣的話來，更令我駭然。

第四部：鍥而不捨尋找夢境

楊立群已經極不正常，我揚起手來，準備重重地打他一個耳光。

通常，人如果極度混亂，一個耳光可以令他清醒。可是我的手才揚起來，簡雲就抓住我的手腕，向我使了一個眼色：「小展，你愛翠蓮，肯為她做任何事，是不是？」

我一聽到簡雲叫楊立群為「小展」，而且這樣問，已經知道他的用意。簡雲是心理學專家，他看出楊立群精神分裂。他也知道，在這樣的情形下，最好誘導他，使他逐漸恢復正常。

我明白了這一點，後退了一步。簡雲站在楊立群的對面，又將剛才的問題，細問了一遍。

楊立群立時嗚咽了起來：「是的，是的。」

簡雲又道：「你太愛她了，願為她做任何事，甚至願為她死？」

楊立群繼續嗚咽道：「是……」

簡雲大喝一聲：「小展，既然這樣，你死了，還有甚麼可以記恨？你願意為她而死，你自己願意，還怨甚麼？」

楊立群被簡雲一喝，陡地怔了一怔，現出十分冤屈的神情。可是這種神情只維持了極短的時間，他陡地又啞著聲叫了起來：「我願意為她死，可是……可是……她殺我……她殺我！那不同……她殺我，我那麼愛她，可是她心裏沒有我。她心裏，我還不如一條狗，我……我……」

楊立群聲嘶力竭地叫，簡雲又開始手足無措。我也發現，心理學專家的辦法，無法在楊立群的身上奏效，既然這樣，就只好讓我來試一試最原始的方法。我搓了搓手，一聲大喝，出手快如閃電，手才揚起，「啪」的一聲響，已自我的右掌心和楊立群的左頰之間，傳了出來。

那耳光打得重，楊立群陡地側向一邊，撞在一張旋轉椅上，挨住了那張椅子，椅子轉動，他也隨著轉動。等到椅子停下，他「咚」一聲，跌倒在地，動也不動，一聲也不出，昏了過去。

簡雲嚇了一大跳：「你將他打昏了！」

我瞪了簡雲一眼：「你有更好的方法？」

簡雲嘆了一聲，拿起一大瓶冷水來，我忙攔住他：「等一等，如果他醒來之後，仍然像剛才那樣子，我們怎麼辦？」

簡雲苦笑了一下：「剛才，他簡直將自己當成了夢中的小展，這是嚴重的精神分裂，必須由精神病專家來治療。」

我苦笑了一下，的確，如果楊立群醒來之後，和剛才一樣，那麼他就是一個不折不扣的瘋子。瘋子，自然只好送進瘋人院去！

我心中很沉重，好好的一個人，如果被一個不斷重複的怪夢弄瘋，那多可怕！

我沒有再說甚麼，向簡雲做了一個手勢，簡雲將一大瓶冷水，向楊立群的頭上，直淋了下去。

楊立群慢慢睜開眼來，眼中神情，迷惑不解，和剛才完全兩樣！

我向他伸出手，他抓住我的手，我用力一拉，將他拉了起來。他一面抹著臉上的水珠，一面問：「發生了甚麼事？」

簡雲在我後面拉了拉我的衣衫，我明白簡雲的意思：「沒有甚麼，你突然昏了過去，可能精神太緊張，我們用水將你淋醒了過來。」

楊立群的神情，極度疑惑，又用手摸著他的臉，我那一掌打得十分重，他的半邊臉，已經紅腫了起來，當然會感到疼痛。

他一疊聲追問道：「有人打我！為甚麼？」

我和簡雲互望了一眼。剛才「化身」為小展，他全然不知道。這倒有點像是俗稱「鬼上身」的靈魂附體。可是楊立群的情形，堪稱特別之極，他自己的鬼，上了他自己的身！也就是說，是他前生的某一個經歷，又在他的今生生活中重現！（如果承認楊立群的夢境，是他前生的經歷）我忙道：「楊先生，沒人打你，你跌倒的時候，臉撞在桌子上。你突然昏了過去，我們都來不及扶你，真對不起！」

楊立群神情疑惑，但是他也很聰明，看得出如果追問下去，我們也決計不會再說甚麼，是以他索性不再問，只是道：「我這個夢，是我前生的經歷？」

我這時，十分後悔將劉麗玲的夢講給他聽。如果我沒有說甚麼，就可以用另一個角度去解釋這件事而令楊立群信服。這時，如何解釋同一事故，在兩個完全不相干的人夢中出現？我想了一想：「可以這樣假定。」

楊立群「哦」地一聲：「這樣說來，在若干年前，真的發生過這樣的一件事？在中國北方的一個油坊之中，一個叫『小展』的人，曾被三個人毒打，而且被一個他所愛的女人殺死？」

我又想了一想：「理論上來說，應該如此。」

楊立群立時反駁：「不是理論上，是實際上，應該如此。」

我做了一個隨便他怎麼說的手勢：「不過先得肯定，人真有前生。」

楊立群反應理智：「是的，先必須肯定有前生。」他講到這裏，頓了一頓：「其實，在邏輯上，可以反證。」

我怔了一怔：「甚麼意思？」

楊立群道：「肯定了有前生，就可以肯定若干年前在那座油坊中，真有這樣的事發生過。相反的，如果證明了若干年前，在某地的一個油坊，真有這樣的事發生過，那就可以證明真的有前生了。」

我乾笑了兩聲，打了幾個「哈哈」：「你別開玩笑了，你怎麼能證明若干年前，在一個油坊中發生過那樣的事？」

楊立群沒有答覆我這個問題，只是緊抿著嘴，不出聲，過了一會兒，他才道：「衛先生，謝謝你告訴我另一個人的夢。雖然你不肯講出這個人的身分名字來，但至少我知道，曾殺了我前生的人，現在還在。」

我聽得他這樣講，不禁又驚又怒：「楊先生，你這麼說是甚麼意思？」

楊立群道：「我只不過指出一個事實。」

當時，我怒氣上湧，真想重重地再給他一個耳光，但是我忍住了沒有動手，只是道：「你這樣說，全然不符合事實，殺小展的女人，早已經死了。」

楊立群道：「可是她卻投生了！」

我大聲道：「那又怎樣？她已經變成了另一個人了！」

楊立群用一種詭異的目光望著我：「不，不是另一個人，我身上有小展的記憶，那個人有翠蓮的回憶，交集在一起，事情並沒有完。」

我本來還想講甚麼，但是繼而一想，何必和他多費唇舌。

首先，他無法證明若干年前中國北方的一個小油坊中發生過甚麼事。就算證明了，他也無法知道劉麗玲是有另一個夢的人。

可是，他詭異無比的神情，令我有異樣的感覺，我道：「楊先生，你現在日子過的很好，事業成功，名成利就，比以前一個鄉下小子，不知道好多少，何必追究前生的事？」

楊立群脫下外衣，用力抖去外衣上的水珠，大聲道：「我的生活一點也不好，我一點也不快樂。不將這個夢境中的一切徹底弄清楚，這一輩子，也決不會有快樂，你再勸我都沒用！」

我見他固執到這種地步，自然沒有甚麼可說，只好攤了攤手。

我道：「有一點你要知道，你決計無法在我這裏得到那個人的消息。」

楊立群聽了之後，一直瞪著我，我也瞪了他好久，楊立群才道：「好。」他講了一句「好」字之後，頓了一頓，才又道：「到時再說。」

我不明白他「到時再說」是甚麼意思。而楊立群卻已經轉過身去，和簡雲握了握手：「謝謝你，我真是不虛此行，在衛先生的敘述中，使我知道了我的夢境，原來還有這樣超特的意義。」

我啼笑皆非：「也沒有甚麼特別意義，我勸你不必為這個夢傷腦筋。」

楊立群又發出了詭異的一笑：「我不是小孩子，知道應該怎麼做！」他說著，逕自向門口走去，簡雲替他開了門，楊立群將外套搭在肩上，就走了出去。

簡雲關好門，背靠在門上，向我望來。我聳了聳肩：「我們盡了責，他來的時候，精神異常緊張沮喪，走的時候卻充滿了信心。」

簡雲不住托著他的眼鏡，來回踱了幾步：「你不應該將另一個人的夢，講給他聽。」

我苦笑道：「如果你在兩個月前，聽到過這樣的一個夢，今天又聽到楊立群的敘述，你會怎樣？能忍得住不講？誰會想到他竟然這樣神經病，把前生和今生的事，混淆不清。」

簡雲又來回踱了幾步：「看他剛才昏過去之前的情形，他的精神不正常，萬不能讓他知道另一個人是甚麼人。」

我道：「放心，他不會在我這裏得到消息。」

簡雲道：「別人呢？」

我想起了白素。只要我回去對白素一說，白素自然也不會透露任何消息。至於劉麗玲本人，我也深信，她在對我和白素講了她的夢境後，再也不會對任何人講起，倒大可以不必擔心楊立群會知道是她，跑去在她心口刺上一刀。

所以我道：「別人也不會知道！」

簡雲搓了搓手：「那樣，或許比較好點。」

我忍不住問道：「你究竟在怕甚麼？」

簡雲神情苦澀：「很難說，整件事情，詭異到這種程度，任何可怕的事都可能發生。」

他講了之後，過去斟了一杯酒，一口喝乾，突然向我問來：「衛斯理，我的前生，不知道是甚麼人？」

我給他沒頭沒腦的一問，問得無名火冒三千丈，立時沒好氣地大聲道：「誰知道，或許就是那個絡腮鬍子，再不，就是那個拿旱煙袋的！」

簡雲連連揮手：「別開這種玩笑。」

我因為急於要回去和白素見面，告訴她會晤楊立群的事，所以也不再在簡雲的醫務所多逗留，告辭離去。

一回到家裏，我拉著白素，逼著她坐下來，然後，原原本本將楊立群講述的一切，複述了一遍。

白素有一個很大的好處，就是當她在聽人敘述一件事之際，絕少在中間打岔。等到我講完，我已經從她的神情上，看出她感到極度的興趣。可是，她卻說道：「你不該將劉麗玲的夢講出來。」

我呆了一呆，簡雲曾經這樣說過，白素又這樣說，我只不過呆了極短的時間，就道：「你是怕楊立群去對付劉麗玲？」

白素的語氣，和簡雲一樣：「誰知道？整件事，太古怪玄妙了。」

我笑了笑：「我們不必瞎擔心了！」

白素又發了一會兒怔，也沒有再說甚麼。接下來的幾天之中，我和白素不斷地討論這件事，我也知道，白素還曾特地去接近劉麗玲，可是幾天之後，她就放棄了。因為劉麗玲非但絕口不提及她的夢，而且還有意疏遠白素。看來她對於自己曾向我們講述她的夢，表示相當後悔。

在這樣的情形下，白素不便去作進一步的探索，所以事情算是漸漸淡了下來。一直到我和簡雲研究的課題，告了一個段落，也未曾再見過楊立群出現在簡雲的醫務所。

大約是我和楊立群見面之後的一個多月，我忽然接到了小郭的電話。

小郭，本來是我進出口公司中的一個職員，後來開設了一家私家偵探社，早幾年，已經是名探一名了。如今，更是不得了，他的偵探事務所，早已裝上了電腦，事業發展得極理想，已經是他這一行中的權威了。人一當了權威，總不免和以前有所不同，所以，近年來，我和他的聯絡也逐漸減少了。他忽然會打電話給我，我知道，一定是有什麼古怪的事發生了。小郭知道我是最喜歡古怪事情的。我在電話中，聽到了他權威的聲音，道：「我的偵探社，接到了一宗奇異之極的委託！」

我「哦」地一聲，道：「要你查什麼？」

小郭道：「一件謀殺案！」

我立時道：「謀殺案不是私家偵探的業務範圍，你還是多替有錢太太找她丈夫的情婦好！」

小郭給我說得連權威的聲音也變得狼狽起來：「別取笑我，這件謀殺案，是發生在多年之前的。」

我道：「多少年之前？」

小郭笑道：「不知道。」

我有點生氣道：「要查什麼？」

小郭道：「這還不算稀奇，奇怪的事，還在後面。不單不知道謀殺案是在什麼時候發生的，而且，不知道是在什麼地方發生的！」

我「嘿嘿」冷笑了兩聲，道：「十分有趣！」

「十分有趣」的意思，就是一點也沒有趣。因為這是不可能的事。任何謀殺案，時間、地點全是不可或缺的線索，如果連這點線索都沒有，又怎麼知道會有這樣的一件謀殺案？

小郭忙道：「你聽我說下去，託我查案的，只知道案中死者和兇手的名字，甚至那還不能算是名字，只是一種稱呼。」

我抱著姑妄聽之的態度，聽他講下去。小郭道：「那件謀殺案中的死者，叫作『小展』。」

我一聽到這裏，整個人都震動了起來，忙叫道：「你等一等。」

小郭給我突如其來的吼叫聲嚇了一大跳，道：「你怎麼了？」

我笑道：「沒什麼，我只不過想猜一猜兇手的名字，如果你一說出來，我就不能猜了。」

小郭「哈哈」大笑，道：「別開玩笑了，你怎麼猜得到兇手的名字？」

我道：「如果我猜到了，怎麼說？」

聽得我這樣講，小郭倒也真精乖伶俐，知道我神通廣大，不敢小瞧我，忙道：「猜到就猜到，沒有怎麼樣。」

我嘆了一聲：「好吧。本來，至少可以贏你一箱好酒，那個兇手，是個女人，叫翠蓮，對不對？」

我的話一出口，就聽到小郭在電話中發出了一下呻吟聲，但是隨即他就道：「你認識那個委託人？」

我笑了起來：「對，一戳穿，就一點也不稀奇。你接受了沒有？」

小郭道：「他能提供的線索，只是時間大約在三十多年前，地點是中國北方，山東、江蘇交界處的一個農村中，兇案發生的地方，是一座油坊。在兇案地點的附近，有一條通路，兩旁全是白楊樹，還有一座貞節牌坊。」

我一聽到「小展」兩字，就知道這件怪案的委託人，一定是楊立群，所以小郭向我講到這些時，我一點也不覺得驚奇。

我只是道：「小郭，很難根據這點線索找到地方的，你該知道，近三十多年來，這個地方，經歷了多少戰爭？經歷了多少動亂？什麼油坊、牌坊，一定早已不存在了。」

小郭嘆了一聲，道：「我也這樣說，可是這位楊先生，一定要我們派人去查一查。」

我「呵呵」笑道：「生意上門，你隨便派一個人去走一遭，就可以收錢，何樂而不為？」

小郭道：「可是這件事十分古怪，你想，楊先生為什麼要查這件案子？」

我知道小郭這樣問，一定是楊立群未曾向他說過自己的夢，所以小郭覺得莫名其妙。我想了一想，道：「誰知道他是為了什麼。」

小郭感到很失望，因為我的反應很冷淡。他又講了幾句，就掛上了電話。我在放下電話之後，呆了半晌，心中想，楊立群原來真是這樣認真。

他如果是這樣認真，我倒有必要去見一見他。但是我立時又想到，如果他這樣認真的話，我去看他，他向我逼問另一個人是誰時，我也不易應付，所以還是不要多找麻煩的好。

我既然決定不再替自己找麻煩，自然也將這件事擱過一邊，只是略對白素提了提就算了。

自接到小郭的電話之後，又過了大半年。那天早上，我正準備出去，才到門口，門鈴就響了起來，我順手打開了門，看到門口站著一個陌生人。我問道：「請問找誰？」

那「陌生人」卻立時開口，道：「衛先生，是我，我是楊立群。」

他這樣一說，我真嚇了一大跳。本來，我認人的本領是極其高超的，可是要不是他說自己是楊立群，我真的認不出他來。

他變得又黑、又瘦，滿面倦容，一副營養不良的樣子，看來像是生意失敗，流落街頭已有好幾個月之久一樣。我忙道：「啊，是你，你……」

楊立群摸了摸自己的臉，道：「我變了？最近半年來，我完全改變了生活，那地方的日子真不好過，生活程度低到了難以想像的地步。」

我十分好奇道：「你到哪裏去了？剛果？」

楊立群道：「當然不是。我在一個叫『多義溝』的小地方，今天才回來，沒回家，就來看你。」

我一面讓他進去，一面道：「多義溝？那是什麼鬼地方？我沒聽說過！」

楊立群道：「多義溝是一個鎮，一個小鎮，離台兒莊大約有六十公里，在台兒莊以西。」

我一聽到「台兒莊」三字，幾乎直跳了起來，盯著楊立群。楊立群看我盯著他，又出現了那種近乎狡猾的笑容來。我不禁叫道：「你……去了？真的去了？」

楊立群道：「是的，我早說過，我極認真。」

我無意義地揮著手，道：「你……找到了？」

楊立群的神情更狡獪，狡獪中，還帶著一份異樣的洋洋自得的神態。不必等他回答，我已經不由自主發出了一下呻吟聲，道：「你真的找到了！那……油坊……居然還在？」

楊立群道：「是，在落後地區，就是有這個好處，幾十年的時間，外面世界天翻地覆，日新月異，可是落後閉塞的地方，幾十年全是一樣的，我先給你看這些照片，再向你講經過！」

這時，我們已經進了客廳，一起坐了下來，我這才注意到他的手中，提著一個扁平的公事包，他取出一只紙袋來，然後，打開紙袋，抽出了十來張照片來。

照片是黑白照片，放得相當大，但是放大的黑房技術十分差。不過，也足可以看清楚照片上的影象。那是一條小路，小路兩旁，全是白楊樹，白楊樹都十分粗大，比楊立群敘述他夢境時所形容的大得多。

楊立群指著照片上的小徑，道：「我的夢一開始，就是走在這樣的小徑上。雖然事情隔了很多年，兩旁的白楊樹粗大了不少，但是我一看到這條小徑，就立時可以肯定，那是我夢中經過的小徑，因為我對這條小徑，實在太熟悉了！你看，這裏有一塊大石，一半埋在土中，一半露在外面，這是我在夢中見過千百次的情形！」

他一面說，一面又伸手在路邊的一個凸出點上，指了一指。的確，是有一塊大石，埋在路邊。

楊立群道：「當時我的心情，真是興奮到了極點。」

我不禁苦笑，道：「我真是不明白，你是如何找到這條小徑的，這簡直是不可能的事。」

楊立群道：「經過其實也不十分曲折，我先委託了一間私家偵探社，叫他們派人過去查，可是那私家偵探社，號稱是全亞洲最好的，卻一點用處也沒有，什麼也查不出來，所以我只好親自出馬了。」

我聽得他這樣批評小郭的偵探社，心裏只覺得好笑，心想要是小郭在的話，就一定會和他打架。

楊立群又道：「我記得你說過，事情發生的地方，可能是山東南部和江蘇交界之處。我從來也沒有到過那個地方，但是為了要弄清楚我夢境中遭遇的一切是不是真的曾經發生過，所以還是不顧一切地去了。」

我「嗯」地一聲：「真是勇氣可嘉。」

楊立群道：「不是勇氣，是決心。我決心要做一件事，就一定要盡我力量做成功。我是參加了一個貿易談判代表團進去的。你知道，那種閉塞社會之中，如果不是有特權的話，根本不能做任何事的。」

我佩服他有辦法，只是點著頭，示意他繼續向下講去。楊立群又道：「在我到達後，和他們的負責人表示，我要到山東省南部和江蘇省北部一行。他們問我的目的是什麼。我說，我的紡織廠，需要大量的高級原棉，那一帶，正是華東出產棉花最多的地方，我想去看一下，而且還可以向他們提供先進的棉花種植法，和改進棉花品種的外國經驗。」

楊立群真可以說是深謀遠慮到了極點。我嘲笑他道：「你為什麼不對他們的負責人說：你是要找前生的經歷？」

楊立群自然聽得出我是在開他的玩笑，瞪了我一眼：「扯蛋！」

我聽得他那樣說，不禁苦笑。「扯蛋」正是那一帶的方言，意思就是胡說八道。我沒有再說什麼。

楊立群續道：「於是他們替我安排行程，派了人和我一起去。和我一起去的那人是臨城縣人，也供給我車子。我們從徐州起一直在附近一帶兜著圈子，我裝成要深入瞭解，有時候，往往棄車步行，一走就是一天，那一段時間，真是辛苦極了。」

楊立群在商業社會中，是一個極成功的人物，平日生活雖然不至於窮奢極侈，但總也極其養尊處優，而他竟然肯到窮鄉僻壤去過這樣的日子，由此可知，弄清楚他夢境中的事，對他來說，是何等重要。

一想到這一點，我對他不禁起了幾分敬意，態度也改變了許多，道：「是，那當然辛苦。」

楊立群聽出了我語意中對他的尊敬，顯得很高興，道：「尤其是當我長途跋涉之際，根本一點把握也沒有，心中茫茫。我對帶路的那個姓孫的人說，要找一條兩旁有白楊樹的小路。他說在這一帶，到處是白楊樹。我說要找一座貞節牌坊。他更笑了起來，說貞節牌坊更多得不得了。」

他講到這裏，略停了一停，道：「我真沒想到中國有那麼多從二十歲起就開始守寡的女人。真可憐，為了一座牌坊，她們那幾十年，不知道是怎麼捱過來的。」

我聽他忽然對女人的守寡問題大發議論，忙作了一個手勢，示意他不要將問題岔開去。楊立群忙又道：「我又說，要找一座榨油的作坊，姓孫的說油坊也到處都有。一直到有一天，經過一個叫多義溝的小鎮，那小鎮的街道，是用石板鋪起來的，簡直就像是拍電影的佈景一樣，兩旁有些房屋店鋪。這樣的小鎮，在這些日子來，我經過了許多。我們乘坐的車子，是一輛吉普車，在小鎮的街道上駛過之際，引來了不少孩童，跟在後面。一進入這個小鎮，我心中已經有一種異樣的感覺，事情又十分湊巧……」

他講到這裏，又停了下來，眼中閃耀著十分興奮的光芒，道：「車子在大街中停了下來，因為前面有一輛用馬拉的大板車，裝滿了一隻隻形狀十分奇特的竹簍子。竹簍子裏面，好像是一種相當粗糙的瓦罈。其中有一隻，想是從車上滾了下來，打碎了，瓦罈中裝的油，全部漏了出來，許多人正用一切可以順手拿到的東西，將漏在地上的油盛起來。一個女人，甚至當街脫下她的上衣，用那件破衣服，去浸在油裏，好讓衣服將油吸起來帶回去。」

楊立群講得十分生動。這種情景，如果不是他真有這樣的經歷，當然是不能憑空想出來的。

我本來想給他講一講中國北方鄉村中的農民，是如何珍惜食油的例子，但是我又急於想聽他講下去，所以忍住了沒有說什麼。

楊立群繼續道：「車子駛不過去，我只好落車。我一眼看到前面板車上，用紅漆漆著『第三生產大隊油坊』的字樣。我就向駕車的那個人道：『你是油坊的？』那人急得臉紅耳赤，正不知道怎麼才好，當然是因為他弄瀉了一罈油的緣故。一聽得我問，沒好氣地道：『不是油坊的，難道是別的地方的？』姓孫的忙過來大聲叱喝道：『這位是國家貴賓，你怎麼這樣無禮？』」

楊立群詳細講述經過，我並沒有阻止他。楊立群拿起茶來，喝了一大口，又道：「趕車的被姓孫的一喝，嚇得打了一個哆嗦。」

我笑了一下，道：「當地的土話，你倒學了不少回來。打哆嗦，多久沒聽到這樣的話了。」

楊立群笑了一下，道：「真奇怪，我一到那地方，對於當地的土話，領悟能力極高，一聽就明白。而且，學著講，也很容易上口。就是憑這一點，才使我更相信我的前生是在這一帶生活的，所以才有信念一直找下去。」

我沒有向他講，當日在簡雲的醫務所中，他神情詭異地雙手抱著蜷縮在地上時，所講的幾乎全是那地方的土語。

楊立群又道：「那趕車的神態立時變得恭敬：『是，是油坊來的。』我問他：『油坊在哪裏？』本來，我已經看過了超過十多個油坊，沒有一個是我夢境中的。這時，我這樣問，心裏想，不過多看一座油坊而已，不存著什麼大希望。誰知那趕車的道：『不遠，不過七八里地，過了貞節牌坊就是。』我一聽得他這樣說，心頭已經狂跳了起來，一時之間，幾乎窒息過去。

「而當我緩過氣來時，我自已也不知道何以忽然會講了一句莫名其妙的話。這句話，甚至是完全未經過我的大腦的，全然是自然而然，從我的口中滑出來的。我道：『就是秦寡婦的那座貞節牌坊？』那趕車的也不覺得意外，連聲道：『是！是！』那姓孫的可能本身的職業比較特殊，立時神情變得極其警覺和訝異，毫不客氣地瞪著我，道：『楊先生，你怎麼知道？』

「我知道，在那地方，稍為講錯半句話，雖然我是貴賓的身分，一樣會有極大的麻煩。可是我又實在無法解釋我何以會知道的。我甚至無法解釋我何以會這樣講。我只好含含糊糊地道：『隨便猜猜，就猜中了。』當然我這樣的解釋，不能令姓孫的滿意，剎那之間，在他的臉上，現出了一股十分猙獰的神情來。

「我轉過頭去，不去看他，但是卻大聲對他道：『孫先生，我想去看看那座油坊！』

「姓孫的來到我的身邊，壓低了聲音，道：『楊先生，我想請問你，你一路來，棉田經過不少，你沒有興趣，對油坊那麼有興趣，究竟你有什麼目的？』

「姓孫的詰詢，已經算是相當嚴厲的了。幸而我的反應快，已經迅速想好了答案。我立即道：『孫先生，這是一個秘密，本來我是不想說的！』一聽說是秘密，姓孫的神情更加緊張。我立時又道：『這一帶盛產棉花，棉籽可以提煉出品質很好的油來，而你們的食油正十分缺乏。我一直在留意油坊，是想發現當地居民是不是早已有自棉籽提煉食油的做法。現在我發現沒有，這是一種極大的浪費。這種可供利用的資源，不應該浪費，本來我想回去之後，再向你們上級提出的。現在你既然問起，我也只好先說了！』

「我這一番編出來的話居然有了用處，姓孫的連連點頭，道：『是，你說得對。中國民間也有利用棉籽榨油的，不過棉籽油有一種十分難聞的氣味，所以不很受民間的歡迎！』

「我忙道：『有一種化學劑，可以辟除這種難聞的氣味！』

「姓孫的聽了十分高興，我們棄車步行，向前走，一面走，一面我想出種種的話，來消除姓孫的對我的疑心。等到我看到了那條小徑時，我卻實在忍不住了，心中狂跳，不知道多辛苦，才能遏止狂呼大叫的衝動。姓孫的觀察力很敏銳，他看到我呼吸急促，道：『楊先生，你對這裏的地形，好像很熟，剛才一直是你在帶路，有好幾條岔路，你在岔路之前連停都不停，就選擇了該走的路，你真的以前到過這裏？』

「這時候，我心頭的激動、興奮，真是難以形容。姓孫的話，我也沒有十分聽進去，但的確，我在經過岔路口時，連想也不想，就繼續向前走，到了這條兩邊全是白楊樹的小徑之後，我絕對可以肯定，我到過這裏，不是在夢裏到過，是真正到過這裏！」

楊立群一口氣講到這裏，才大口喝水，喘著氣，向我望過來。

我也被他的敘述，帶到了一個極其奇異的境界之中。我想了一想，道：「既然你是在夢中見過這條小徑許多次，你對它感到熟悉，也不足為奇。」

楊立群急急地道：「不是，不是，不是，不單是熟悉。那情形，就像是我回到了自己長大的地方一樣，太熟悉了。有許多事，是在夢中未曾出現過的，都一下子湧了出來，雜亂無章，但是都和眼前的環境有關。我向前奔過去，奔到了剛才我指給你看的那塊石頭旁，我停了下來，我就立時想到，就在那塊石頭之後，我第一次觸摸她的胸脯，這是我第一次撫摸一個女人的胸脯！」

楊立群越講越激動，我忙道：「等一等，你使用『我』這個字眼，好像不怎麼對。」

楊立群瞪著我，像是並不以為那有什麼不對，過了半晌，他才道：「不對？哦，是的，我不應該說『我』，應該說是小展。」

我道：「對，這樣才比較理智一些。你要緊緊記得，你是你，小展是小展。」

楊立群苦笑了一下，道：「可是我在那時，卻完全無法分得清楚。小展的經歷，完全進入了我的腦子，我感到我就是小展。」

我再努力要使他和小展分開來，我道：「當時的情景或者會令你迷惑，但至少現在，你應該清醒。」

楊立群低下頭去好一會兒。他是聰明人，自然知道我竭力要將他和小展區分開來的原因。所以過了一會兒，他抬起頭來，道：「你只不過聽我說了一個開始，等聽完之後，你再下結論好不好？」

我只好答應他，因為的確，他只不過說了一個開始。

楊立群又道：「當我來到小徑的盡頭，看到了那一座石牌坊，我害怕了起來。

「過了牌坊不遠，就是那座油坊了。在夢境中，油坊中有三個人在等我，他們會拷打我，向我逼問一些事。我在被毒打之後，又被一個自己所愛的女人殺死，我真不敢再向前走去。

「但是，我卻又立即自己告訴自己：那是我前生的事，距今至少有好幾十年了，我夢中所見的、所遇到的，是我以前的記憶，不會是如今出現的事實，我可以放膽向前走過去。

「當我在貞節牌坊之前停下來的時候，那姓孫的已經氣喘如牛地追過來，臉上現出怪異莫名的神情來，望著我，一到我近前，就道：『楊先生，你怎麼啦？』我沒有回答他，只是向前大踏步走去，他緊跟在我的身邊。

「不多一會兒，我就看到了圍牆和油坊的煙囪。圍牆和夢中所見的多少有點不同，你看。」

楊立群給我看第二張相片，相片是在油坊外拍攝的，可以看到圍牆遮不住的油坊建築物，和那根看來十分礙眼的煙囪。

楊立群指著照片上的圍牆，道：「圍牆可能倒坍過，又經過修補，你看，有些地方是新的，但是貼牆腳的野草，幾乎就和我在夢中見到的一模一樣。」

他講到這裏，又以異常興奮的神情，指著圍牆過去一點的那兩扇門，道：「看到這兩扇門沒有？當時我，小展，就在這扇門前徘徊了好久，而當時，翠蓮就在轉角處窺伺我。」

那兩扇門，在照片中看來，十分殘舊，的確已有許多年的歷史了。

楊立群緊接著，又給我看第三張照片，那是一個後院，堆著很多雜物和一包包的豆子。幾十年來，甚至連黃豆的包裝法也沒有改變過，用的仍然是蒲草織出來的草包。院子裏有很多人在工作。

楊立群解釋道：「小展那次到這個院子的時候，院子裏沒有人。當時油坊停止生產。現在有很多人在工作，可是院子的一切，全沒有變。」

我聽過兩個人詳細對我敘述這個院子的情形，這兩個人是楊立群和劉麗玲。雖然他們講述的只是他們夢中的情形，但由於他們講得十分詳細，所以，連我這時一看這院子的照片，我也有似曾相識的感覺。

楊立群又給我看另一張照片，那是油坊之內的情形。他聲音也變得急促，說道：「你看，你看這石磨！你看這石磨！當他們三人毒打我的時候，我的血……」

我大聲糾正他：「小展的血！」

楊立群道：「好，小展的血，曾濺在這個大石磨上。而我這時又聞到了那種熟悉的氣味，我在被打——小展在被打之後，就躺在這裏，而翠蓮，就是在這裏，將小展刺死的……」

第五部：不是冤家不聚頭

照片中顯示出來的，是一個典型的中國北方鄉村油坊。這個油坊，在楊立群的夢中，千百次重複地出現，實在是一件怪事，除了那是他前生的經歷之外，不能再有別的解釋。

楊立群也恰在這時問我：「對這一切，你有甚麼解釋？」

我道：「有。」

楊立群對我回答得如此快，有點驚訝：「你有甚麼解釋？」

我道：「那是你前生的經歷。」

楊立群一聽到我這樣說，現出極高興的神情來：「衛先生，你真和普通人不同，是的，那是我前生的經歷……是我前生的經歷。」

接著，他一張一張照片給我看：「這口井，就是那另一個人對你說，翠蓮在那裏看到倒影的井。」

他又取過另一張照片：「這就是那一叢荊棘，也是你說過的，翠蓮曾在這裏，不小心給刺了一下。」

最後，他指著的那張照片，上面是一個老人。那老人滿臉全是皺紋，說不出有多大年紀，手裏拿著一桿極長的旱煙袋。

我一看之下，吃了一驚：「這……夢中那個拿旱煙袋的……」

楊立群看出了我的吃驚，也知道我為甚麼吃驚，他道：「當然不是，那是另一個老人，他姓李，叫李得富，今年八十歲了。」

我「哦」地一聲，對這個老人，沒有多大的興趣。事實上，那些照片，已足夠證明很多事情了，所證明的事，如此奇玄，超越生死界限，是靈魂和肉體關係的一種延續，這許多問題，只要略想一想，就足以令人神馳物外。我思緒相當亂，竭力鎮定了一下，才道：「你找到了那些地方，可惜你無法證明曾發生過那些事。」

楊立群不說話，只是望著我微笑。他的那種神態，令得我直跳了起來，叫道：「你……也已經證實了曾發生過這樣的事？」

楊立群「哈哈」笑了起來：「不然，我為甚麼替那個叫李得富的老人拍照？」

我「嗖」地吸了一口氣，一時之間，講不出話來。楊立群道：「看到了那牌坊、油坊之後，我就在多義溝住了下來，說甚麼也不肯離開。那個派來陪我的，緊張絕倫，離開了我一天，到台兒莊去請示他的上級，結果回來之後，一聲也不出，想來是他的上級叫他別管我的行動。

「於是，我就開始了我的調查行動。在這裏，我必須說明一點，我在多義溝住的時間越久，對這個地方，就越來越熟稔，小展的經歷，也更多湧進我的腦子。我輕而易舉地找到了展家村，現在叫甚麼第三大隊第七中隊，我甚至可以記得，當初我……小展是怎麼爬上那株老榆樹去的。

「到了展家村，我就問那老年人，當時有沒有一個叫展大義的，可是問來問去，沒有人知道。」

楊立群講到這裏，我大聲道：「等一等，你怎麼知道小展的名字叫展大義？」

楊立群道：「我一進展家村，就自然而然知道了，就像你一覺睡醒之後，自然記得你自己的名字叫衛斯理一樣。」

我悶哼了一聲，沒有再問甚麼。

楊立群道：「我甚至來到了村西的一間相當破舊的屋子，指著那屋子：『展大義以前就住在這裏，有誰還記得他？』可是一樣沒有人知道。展家村的所有人，全是姓展的，是一族人，我問起他們是不是還有保留族譜，卻被人狠狠嘲笑了一頓，我又追問如今住在這屋子中的人，上代祖先的名字，可是說出來的也全不對。

「我已經找對了地方，可是卻沒有人知道小展，也沒有人知道翠蓮，這真令我發狂，我不斷地向每一個人追問，並且說，如果有人能提供消息的，我可以送他們生產大隊每個中隊一架收音機，可以送他們抽水機，總之是他們需要的東西，我都可以送。這樣，過了將近兩個月，許多人，附近百餘里的人都知道了，一天中午，一個中年婦人，扶著李得富，就是照片中的那個老人來見我。我和李得富的對話全部用錄音機錄了下來，你要不要聽？」

楊立群一面說，一面已取出了一具小型錄音機來，望著我，我罵道：「廢話，快放出來！」

楊立群取過一只盒子，盒中有幾卷微型錄音帶，我留意到盒上全有編號，他取過了第一號帶，放進機內，按下了掣。

我立時聽到了一個蒼老沙啞的聲音，講的是魯南的土語。如果不是我對各地方言都有一定程度的瞭解，根本聽不懂。

為了方便起見，我將錄音帶上，楊立群和李得富的對話，一字不易，錄在下面。錄音帶中除了楊、李對話之外，還有一個女人的聲音，那是帶李得富來的那個婦女。另有一個魯南口音也相當濃重的男人聲音，那是陪楊立群的那個姓孫的。看來，他十分盡責，寸步不離。而當時各發音人的神態，是楊立群在放錄音帶時補充的。

以下就是錄音帶上的對話：

李：（聲音蒼老而模糊不清）先生，你要找一個叫展大義的人？

楊：（興奮地）是，老太爺，你知道有這個人？

李：（打量楊，滿是皺紋的臉，現出一種極奇怪的神色來）先生，你是展大義的甚麼人？你怎麼知道有展大義這個人？

楊：（焦急地）我不是他的甚麼人，你也別管我怎麼知道有這個人，我先問你，你是不是知道有展大義這個人？

李：俺怎麼不知道，俺當然知道，展大義是俺的哥哥！（神情淒楚，雙眼有點發直。）

楊：（又驚又喜，但立時覺出不對）老太爺，不對吧，剛才那位大娘，說你姓李，展大義怎麼會是你哥哥？

孫：（聲音很兇，指著李）你可別胡亂說話！

李：（激動，向地上吐痰）俺才不扯蛋哩！俺本來姓展，家裏窮，將俺賣給姓李的，所以俺就姓李，展大義是俺大哥，俺哥倆雖然自小分開，可是還常在一齊玩，展大義大俺七歲。

楊立群在這時，按下了錄音機的暫停掣：「我那時，拚命在回憶，是不是有這樣一個弟弟，可是卻一點印象也沒有了。或許，前生的事，要印象非常深刻才能記得起來。」

我沒有表示異議，楊立群放開了暫停掣。

楊：（焦急莫名地）你還記得他？

李：俺怎麼不記得？他早死哩……（屈起手指來，口中喃喃有詞，慢慢地算）他死那年……俺……好像是韓大帥發號施令，是民國……

孫：（怒喝）西元！

李：（有點惱怒）俺可不記得西元，是民國九年，對哩，民國九年，俺那年，剛剛二十歲，俺是屬……（想不起來了）……

楊：老大爺，別算你屬甚麼，展大義……他……（聲音有點發顫）他是怎麼死的？

李：（用手指著心口）叫人在這裏捅了一刀，殺了的，俺奔去看他，他兩隻眼瞪大，死得好怨，死了都不閉眼……

楊：（身子劇烈地發著抖）他……死在甚麼地方？

李：死在南義油坊裏，俺到的時候，保安大隊的人也來了，還有一個女人，在哭哭啼啼，俺認得這個女人，是鎮上的「破鞋」。

楊立群又按下了暫停掣，問我：「你知道『破鞋』是甚麼意思？」

我有點啼笑皆非：「快聽錄音帶，我當然知道！」

「破鞋」就是娼妓。楊立群可能是第一次聽到這樣的名詞，所以才覺得奇怪。而且我也可以肯定，那個在哭哭啼啼的「破鞋」，一定就是翠蓮。翠蓮的造型，在劉麗玲第一次向我提及之際，我就知道她不是「良家婦女」！

楊立群笑了一下，笑容十分奇怪，道：「破鞋，這名詞真有意思。小展也算是可憐的了，他所愛的，是一個……一個……風塵女子！」

楊立群對小展和翠蓮當年的這段情，十分感興趣，他又道：「小展是一個甚麼都不懂的毛頭小夥子，翠蓮卻久歷風塵，見過世面，衛先生，你想想，這兩個人碰在一起，會有甚麼樣的結果？」

我悶哼了一聲，不予置評，而且作了一個手勢，強烈的暗示他，別再在這個問題上兜圈子，還是繼續聽錄音帶好。

可是楊立群卻極其固執，還是繼續發表他的意見：「那情形，就像貓抓到了老鼠，小展一直被玩弄，直到死。」

楊立群在這樣說的時候，面上的肌肉跳動著，現出了一股極其深刻的恨意。我看了心中不禁駭然。

第一次遇到楊立群，我就看出，楊立群有嚴重的精神病。在精神病學中，很常見的病例是「精神分裂症」。而楊立群的情形，卻恰好與之相反。我不知道精神病學上，以前是不是有過楊立群這樣特異的例子，只怕也沒有一個專門名詞。所以，只好姑妄稱之為「精神合併症」。

楊立群的症狀是：他將他自己和一個叫小展的人，合而為一了！小展的感情，在他身上起作用。小展叫一個女人給殺死，臨死之前，心中充滿了恨意，而這種恨意，如今在楊立群的身上延續。

本來，這只是楊立群一個人的事，大不了是世上多了一個精神病患者而已。我那時由於不知道事態這樣嚴重，向楊立群講了劉麗玲的夢。

那使得楊立群知道，殺小展的翠蓮，就是某一個人。

既然在精神狀態上和小展合而為一，他自然也會將翠蓮和劉麗玲合而為一。也就是說，如果他知道了劉麗玲在夢中是翠蓮，或者說，他知道了劉麗玲的前生是翠蓮，那麼會對劉麗玲採取甚麼行動？

毫無疑問：報仇！

這種推論，看來相當荒誕，但是在楊立群如今這樣的心態下，卻又極其可能成為事實。

我慶幸只說了劉麗玲的夢，而未曾講出做夢的是甚麼人，我也相信，楊立群沒有機會找出做相同的夢的人是劉麗玲。

當時，我聽得楊立群這樣講，一面心中駭然，一面覺得有必要糾正一下他的這種想法。我想了一想：「楊先生，你心中很恨一個人？」

楊立群的反應來得極快：「是的。那破鞋！我曾這樣愛她，迷戀她，肯為她做任何事，可是她卻根本不將我當一回事，她殺了我！」

我聽得楊立群咬牙切齒地這樣講，簡直遍體生寒。我道：「楊先生，你弄錯了，那不是你，那是小展。」

楊立群陡地站了起來，然後又重重坐下，指著錄音機：「聽完之後，你就可以肯定，以前確然有這件事發生過。」

我點頭：「我同意。不必聽完，也可以肯定。」

楊立群一字一頓，說得十分吃力，但也十分肯定：「我就是小展，小展就是我！」

我瞠目結舌，無話可說。我的反應還算來得十分快，我停頓了極短的時間，就道：「你這種想法，是一種精神病……」

我的話才講到一半，他就十分粗暴地打斷了我的話頭：「我就是小展，小展就是我！」

他又將他的心態表達了一遍，接下來他所說的話，更令我吃驚。

楊立群道：「而且，我假定在夢中是翠蓮的那個人是女人，我還不知道她是誰，只好暫時稱她為某女人，這個某女人就是翠蓮，翠蓮也就是某女人！」

楊立群在這樣講的時候，直瞪著我，緊緊握著拳，令得指節骨發出「格格」的聲音，看來，我如果是女性，就有可能被他當作是某女人。

我吸了一口氣，試探著問道：「我問你一個問題。」

楊立群冷笑了起來：「我知道你想問甚麼。」

我「嗯」的一聲，楊立群立時接下去道：「你想問我，如果見到了某女人，會怎麼樣，是不是？」

我無話可說，只好深深地吸了一口氣，然後，點點頭，表示我的確想這樣問。

楊立群陡地笑了起來，他的笑聲，聽來十分怪異，像是他已經報了多年的深仇大恨一樣，有一股極大的快意。他一面笑著，一面高聲說道：「要是叫我遇上了某女人，要是讓我遇上了她，那還用說，某女人曾經怎樣對我，我也要怎樣對她。」

當楊立群在高聲縱笑和叫嚷之際，我的全副注意力都被他吸引，以致未曾覺察到就在那時候，白素已經用鑰匙打開大門，走了進來。

我一直瞪著楊立群，楊立群也一直瞪著我，我們兩人都沒有發現白素的進來。要不是白素先開了口，我們可能很久都不知道。

白素的聲音十分鎮定：「那個某女人，曾經對這位先生，做了些甚麼？」

白素顯然是聽到了楊立群的高叫，才這樣問。楊立群的精神極其不正常，白素的話，令得我和楊立群都陡地震動了一下，楊立群立時向白素望去。眼光之中，甚至充滿了敵意。

我忙道：「這位是楊立群先生，這是白素，內人。」

楊立群「哦」的一聲，神態恢復了正常，向白素行禮，白素伸出手來，和他握了一下。楊立群向我望來，低聲道：「衛先生，向你說一句私人的話。」

白素十分識趣，一聽到楊立群這樣講，立時向樓上走去，一面走，一面回過頭來向我說道：「我拿點東西，馬上就走，門外有人在等我。」

楊立群壓低了聲音：「衛先生，我將你當作唯一的朋友，所以才將這一切告訴你，你明白……」

我不等他說完，就明白了他的意思。我道：「我必須說明一點，當日，在簡雲的醫務所中，聽你敘述了夢境，回來曾和白素討論過。」

楊立群的神情大是緊張：「那麼……她知道我就是小展？」

我搖頭道：「我想她不知道，她只知道你經常做一個怪夢，絕想不到你的精神狀態不正常。」

楊立群對我的批評，絕不介意，吁了一口氣：「那還好。還有，她……尊夫人是不是知道某女人和我有相同的夢這回事？」

某女人的夢，我就是因為白素認識劉麗玲而知道的。可是這時，我想到楊立群一定會用盡一切方法去找某女人，雖然以白素的能力而論，應付有餘，可是何必替她去多惹麻煩呢？

所以，我在聽到楊立群這樣問之後，我撒了一個謊：「不，她不知道。」

楊立群「哦」的一聲：「只有你一個人知道？」

我冷冷道：「當然不止我一個人，至少某女人本身也知道。」

楊立群悶哼了一聲，又道：「我求你一件事，剛才我對你講的一切，那些照片、你聽過的錄音，這件事，別對任何人提起。」

我道：「當然，沒有必要。雖然你搜集到的一切，證明了一種十分奇妙現象的存在，證明了一個人的記憶，若干年後會在另一個人的記憶系統中出現。」

我所用的詞句，十分複雜，我自認這樣說法，是最妥當了。

可是，楊立群聽了之後，卻發出了連聲冷笑：「洋人學中國人說的笑話，你可曾聽過？洋人忘了如何說『請坐』，就說：『請把你的屁股放在椅子上。』」

我多少有點尷尬：「一點也不好笑，而且和我剛才講的話，不發生任何關係。」

楊立群道：「事實上，只要用簡單的一個名詞，就可以代替你的話。我證明的奇妙現象是：人，有前生。」

我攤了攤手：「好，我同意。這是一個極了不起的發現，有如此確實証據的例子，還不多見，你的發現，牽涉到人的生死之謎，牽涉到靈學、玄學種種方面。」

我講到這裏，略頓了頓，才道：「你是不是要等白素走了，才繼續聽錄音帶？」

因為看到他已將那小錄音機收了起來，所以才這樣問他。

誰知道楊立群立時答道：「不。」

我又道：「那你為甚麼……」

我這樣說的時候，指了指錄音機，表示不明白他為甚麼要將之收起來。

我再也想不到楊立群竟會講出這樣的話來，他道：「我不準備再讓你聽下去。」

我陡地一呆：「那怎麼行？我只聽到了一半，那老人曾經確實知道當年發生的事，我還沒有聽完，怎麼可以不讓我聽？」

楊立群不理會我的抗議，只道：「還有很多發現，更有趣，可以完全證明人有前生的存在，確確實實的證明，不是模稜兩可的證明。」

楊立群的話，聽得我心癢難熬。證明人有前生，是一個極其重大的發現。這個發現所牽涉的範圍之廣，真是難以形容。而最重要的是可以肯定靈魂的存在。這是我近年最感興趣的問題，當然不肯放過一個能在這方面得到確實證據的機會。

我連忙道：「那麼，讓我們繼續聽錄音帶，聽完錄音帶之後，再……」

楊立群一揮手，打斷了我的話頭：「不，不再聽了，讓你去保持你的好奇心。」

我陡地一怔，楊立群又道：「你的好奇心，得不到滿足，就像我的好奇心得不到滿足一樣。如果你想滿足你自己的好奇心，你就必須同時滿足我的好奇心。」

剎那之間，我明白他這樣說是甚麼意思了。

我心中怒意陡生，提高了聲音：「楊立群，你這個王八蛋，你……」

楊立群立時搶過了我的話頭去：「衛先生，我是一個商人，我相信任何事，都應該公平交易。」

他在講了這句話之後，壓低了聲音：「你告訴我某女人的下落，我將全部我所搜集得到的資料，毫無保留地交給你。」

我已經料到楊立群的意圖，這時，這個意圖又自他的口中，明明白白講了出來，那更令得我怒意上揚，我不由自主地揚起拳來。

就在這時，門外突然傳來三下短促的汽車喇叭聲響，白素來的時候，曾說門外有人在等她，那自然是等她的人，覺得她進來太久，在催促她。

同時，白素也自樓梯上走了下來：「怎麼一回事，我好像看到有人喪失了他的紳士風度。」

我悶哼了一聲：「去他媽的紳士風度。」

楊立群用手指著我：「記得，我現在是楊立群，一個成功的商人，不是一個愚蠢的鄉下小夥子，你想在我身上得到點甚麼，一定要付出代價。」

我瞪著他，拿他一點辦法也沒有，楊立群已經收拾好一切東西，向我和白素揮了揮手，向門外走去。白素來到我的身前，大約這時我的神情，沮喪氣惱到了極點，所以逗得白素笑了起來：「咦，怎麼了？看樣子你打了一個敗仗。」

我有點啼笑皆非：「楊立群這小子……」

我才講了一句，外面又傳來了兩下按喇叭的聲音，我道：「送你回來的是甚麼人，好像很心急。」

白素道：「劉麗玲。」

送白素回來的是劉麗玲，這本是一件極其普通的事，白素和劉麗玲本來就是好朋友，可是這時我一聽之下，整個人直跳了起來，像是遭到了電殛。

劉麗玲！

劉麗玲的車子，顯然就停在我住所的門口，而楊立群，正從我住所走出去。

楊立群一走出去，一定可以看到劉麗玲。

楊立群看到劉麗玲，本來也沒有甚麼特別，人生這樣的遇合，不知每分鐘有多少宗。可是，他們兩個人的情形卻不同。

劉麗玲的前生是翠蓮。

楊立群的前生是小展。

楊立群要盡一切力量找尋的某女人就是劉麗玲！

白素看到我神態如此異特，她也怔了一怔，她可能還不完全明白，或者是我剛才向她介紹「楊立群」這個人的名字之際，她未曾留意。可是這時，她看到了我吃驚的程度，她一定已經明白。

她在剎那之間，神情也變得十分吃驚，以致我們兩人，不由自主握住了手，白素低聲道：「他們兩個……」

我壓低了聲音：「希望楊立群走過去，沒看見就算了。」

白素吸了一口氣：「我們出去看看。」

我點著頭，我們一起走向門口，推開門，一推開門，我們就呆住了。

我們所看到的情景，其實普通之極，不過是一男一女在交談，一個在車內，一個在車外，但是這一男一女，是楊立群和劉麗玲！我的心頭怦怦亂跳，臉色泛白。

看劉麗玲和楊立群兩人的神情，顯然由於初次見面，在有禮貌的交談，但是我卻已像是看到了一種極其凶險的凶兆。

這種看到凶兆的感覺，強烈之極。

劉麗玲的前生，曾殺死了楊立群的前生，楊立群已經肯定地提到過，如果他找到了「某女人」，他就要報仇。而如今，他就和「某女人」在講話。

當然，楊立群不知道如今在和他講話的那個人，就是他要找的「某女人」，但如果他們從此相識，交往下去，他總會有知道的一天。而當他知道了之後，結果如何，真叫人不寒而慄。

一時之間，我僵立著，心中亂成一片，所想到的只是果報、孽緣這一類的問題。本來，人海茫茫，楊立群和劉麗玲相識的機會，講起或然率來，真是微乎其微。可是，偏偏一個湊巧的機會，他們相識了，而他們的前生，又有著這樣糾纏不清的關係。

我突然又想起，楊立群曾向我提及反證明的事，而他也根據反證，證明了他和劉麗玲的前生。

楊立群和劉麗玲，由於前生有糾纏，所以今生無論如何，總有機會相識。這樣的因果，如果反過來說，是不是一個人的一生，和他發生各種各樣不同關係的其他人，全在前生和他有過各種各樣的糾纏？

想到這裏，我心中更亂，無法想下去。

我只看到，白素想向前走去，但是神情猶豫，也走得很慢。我敢斷定，她心中一定在想著我所想的同一個問題。

而眼前的楊立群和劉麗玲兩人，也好像講得越來越投機，劉麗玲打開車門走出來。

劉麗玲本來就是一個極能吸引人的美女，這時，她只不過隨隨便便穿著一條白色的長褲，和一件碎花襯衣。可是卻襯得玉腿修長，纖腰細細，再加上長髮飛揚，風姿之佳，任何男人看了，都會自心中發出讚嘆聲來。

而楊立群一看到劉麗玲自車中跨出來，顯然是整個人都叫劉麗玲吸引過去，他雙眼之中露出的那種光芒，簡直就像是一個在熱戀中的少男。我相信任何女性一接觸到這種眼光，就可以立時感到：這個男人，心中正對自己感到極度的興趣。所以，我看到劉麗玲一接觸楊立群的眼光之後，立時現出了一種矜持的神態，避開了楊立群的目光。而楊立群，也顯然壓制著他心中的熱情，維持著紳士的禮貌。

當劉麗玲向他伸出手來之際，他們只是輕輕地互握著，而且立時鬆開了手。

接著，我又聽到他們在互相交換著名字，劉麗玲作了一個「請」的手勢，楊立群探進頭去，看看車子。

在這時候，我和白素兩人，互望了一眼，只好苦笑。我們都想問對方一句話：「怎麼樣？」可是都沒有說出口來。

我向前走去，盡力維持鎮定，向劉麗玲揮了揮手：「原來你們認識的？」

劉麗玲掠了掠頭髮：「才認識。他走出來，說女人不應該開這種跑車，我反問他為甚麼，他講了一些不成理由的理由。」

楊立群在察看車子的儀表，聽得劉麗玲這樣說，自車廂中縮回身子來：「這種高級跑車，專為男人駕駛設計。」

劉麗玲一昂頭：「我用了大半年，沒有甚麼不對勁。」

楊立群笑了起來：「當然，它可以行駛，但是它的優越性能，全被埋沒。」

劉麗玲側著頭，望著楊立群：「請舉出一項這車子的優越性能。」

楊立群道：「從靜止到六十哩，加速時間是六點二秒，有一種更新型的，已經進展到五點九秒，我看你就無法發揮這項性能。」

劉麗玲的微笑，掛著一絲高傲：「要不要打賭試一試？」

楊立群和劉麗玲雖然在爭執，但是一男一女發生這樣的爭執，那正是感情發展的開始。

而我極不願意看到楊立群和劉麗玲有感情發生。所以，當我看到劉麗玲一問，楊立群像是迫不急待想要答應，我忙道：「不必賭了，劉小姐有高級駕駛執照，一定可以發揮這車子的最佳性能……」同時，我又推著白素：「劉小姐剛才催了你幾次，你們一定有急事，你快上車吧。」

我是想推白素上車，劉麗玲載著白素離去，那麼，就算楊立群一看到劉麗玲就雙眼發光，也許從此以後，他們兩個人再也沒有相遇的機會，那麼，自然一切天下太平了。

白素的反應，在我的意料之中，她一被我輕輕推了一下，立時想跨進車去。可是，劉麗玲卻一下把她拉住：「我不能送你去了，這位楊先生輕視女性，應該得到一點教訓。」

楊立群隨即仰天打了一個哈哈，一副不以為然，只管放馬過來的神態。劉麗玲立時作了一個「請」的手勢，楊立群也老實不客氣地上了車，劉麗玲坐上了駕駛座，關上了車門，向白素說了一聲「對不起」。「轟」的一下響，車子已經絕塵而去，轉眼之間，便已經看不見了。

我和白素像傻瓜一樣地站著，一動也不動。兩個人之間，我更像傻瓜一些。

過了好半晌，白素才道：「他們認識了。」

我重複道：「他們認識了。」

白素又道：「他們相互之間，好像很有興趣的樣子。」

我苦笑道：「何止有興趣！」

白素道：「那怎麼辦？」

我搓著手：「沒有辦法。剛才我想到過，由於他們前生有糾纏，今生一定會把糾纏繼續下去，所以，不論怎樣，他們總會相識。」

白素苦笑著，望著我：「我和你成為夫妻，是不是前生也有糾纏的緣故？」

我嘆了一聲：「照我剛才的想法，豈止是夫婦，子女、父母、朋友，甚至鄰居，以及一切相識，更甚至是在馬路上對面相遇的一個陌生人，都有各種因果關係在內。」

白素的神情有點發怔：「那，是不是就是一個『緣』字呢？」

我攤著手：「緣、孽、因果，隨便你怎麼說，反正就是那樣。」

白素嘆了一聲：「楊立群和劉麗玲兩人，如果有了感情，發展下去，會怎麼樣？」

我苦笑了一下：「如果楊立群知道劉麗玲的前生是翠蓮……」

白素打斷了我的話頭：「不要做這樣的假設，要假設楊立群根本不知道。」

我想了一想：「結果一樣。劉麗玲的前生是翠蓮，楊立群的前生是小展。在前生，翠蓮殺了小展。照因果報應的規律來看，這一生，當然是楊立群把劉麗玲殺掉。」

白素陡地一震，叫了起來：「不！」

白素平時絕不是大驚小怪的人，可是這時，她感到了真正的吃驚。不但是她吃驚，連我也一樣吃驚。

一件可以預見的不幸事，可是我們卻一點辦法也沒有。

白素道：「我們應該做點甚麼，阻止這件事發生！」

我苦笑了一下：「白大小姐，你再神通廣大，只怕也扭不過因果規律吧！」

白素不斷道：「那怎麼辦？那怎麼辦？」

我想了一會：「我們不必站在街頭上討論這件事，你想到哪裏去？」

白素道：「本來想去買點東西，現在不想去了。」

我挽著她，回到了屋子中，坐了下來，兩人默然相對半晌。

我道：「讓劉麗玲知道，比較好些？她和楊立群交往會有危險！」

白素苦笑道：「怎麼告訴她？難道對她說，和楊立群維持來往，結果會給楊立群殺掉？」

我被白素的話逗得笑了起來：「當然不是這樣對她說，我們可以提醒她，楊立群就是她夢裏的小展！」

白素道：「那有甚麼作用？」

我道：「有作用，她自己心裏有數，她前生殺過小展，小展今生是楊立群，有前世因果的糾纏，楊立群會對她不利。她如果明白，就不會和楊立群來往，會疏遠他。」

白素苦笑著，望著我，她的神情也十分苦澀：「如果有因果報應這回事，難道可以藉一個簡單的警告就避免？」

我呆了半晌：「恐怕……不能。」

白素道：「既然不能的話，那我們還是……」

我不等她講完，就接下去道：「那我們還是別去理他們好。」

白素喃喃道：「聽其自然？」

我道：「這是唯一的辦法，只好聽其自然。」

白素嘆了一聲：「聽其自然！事情發展下去會怎麼樣？我們已經預測到會有一個悲慘的結局，但是卻無能為力，等到慘事發生之後，我們是不是會自責？」

白素問的，正是困擾著我的問題。但是我沒有答案。我相信白素也不會有，任何人在我們這種情況下，都不可能有甚麼答案。

我苦笑了一下：「我們會很不舒服，但我想不必內疚，因為事情並不是我們促成的，前世的因果糾纏，今生來了結，那是冥冥中的一種安排，不是任何人力所能挽回的。」

白素又嘆了一聲，說道：「也只好這樣了。不過，我還想做一點事。」

我用疑惑的眼光望著她，白素的神情很堅決：「我要盡一切可能瞭解她和楊立群之間感情發展的經過，和他們相處的情形。」

我瞪著眼：「那又有甚麼用？」

白素道：「現在我也說不上來，但是我希望在緊要關頭，盡一點力，盡可能阻止慘事的發生。」

我沒有再說甚麼。

反正照白素的計劃去做，也不會有害處。我道：「可以，最好不要太著痕跡。」

第六部：熱戀

很快三個月過去了。

在這三個月之中，楊立群和劉麗玲的感情，進展得十分神速，三個月之後，楊立群和劉麗玲兩人，有了第一次的幽會。

劉麗玲和楊立群兩人之間的感情發展經過，如果落在一個撰寫愛情故事的人手中，可以成為一個極其動人的愛情文藝長篇小說。只可惜我不擅於描述這類故事，所以只好將他們從相識到第一次幽會間感情的發展，做一個簡略的敘述。當然，他們在第一次幽會之後，感情繼續發展，也會用同一個方式寫出來。

劉麗玲對楊立群第一個印象很不好。當時楊立群從我家裏出來，他才從北方來，困苦的生活，令得他看來憔悴，風塵僕僕，十足像一個流浪漢。

可是楊立群畢竟是一個成功人物，憔悴疲倦的外型，並不能掩飾他那種獨特的神采，所以，當他被劉麗玲的艷光所吸引，而走到車子附近，一開口，談到車子之際，劉麗玲也立時被他所吸引。

劉麗玲的最大興趣之一是開快車，而楊立群也恰好是這方面的專家，所以開始的時候，他們雖然對於劉麗玲所駕駛的那種跑車，在意見上發生爭執，而當劉麗玲載著楊立群疾駛而去之後不久，楊立群竟對這種跑車的性能，瞭若指掌，已經使劉麗玲佩服得難以形容。

等到楊立群坐上了駕駛座，將這種跑車的性能，發揮到淋漓盡致的時候，劉麗玲更加佩服，直到幾小時之後，他們已經盡了興，雙方才互相介紹自己。當劉麗玲拿著楊立群的名片，看著名片上一連串頭銜，心中更是驚訝，她望著名片，又望了望眼前幾乎有點衣衫襤褸的楊立群：「你在幹甚麼？微服私訪？」

（我知道這些經過，全是白素事後瞭解到向我轉述的，而我用他們兩人直接交談的方式寫出來，以便各位容易明白當時的情形。）

楊立群笑著，說道：「當然不是，我到了一個你做夢也想不到的地方，去做一件你做夢也想不到的事。」

劉麗玲睜大眼，望著楊立群：「哦？甚麼事？」

（劉麗玲這樣問，可能是由於真的好奇，也可能只是順口一問。但當我聽到白素這樣敘述，心中十分緊張。因為我見過劉麗玲，知道她是一個美女。美女有異樣的魅力，會使一個男人對她滔滔不絕地講出許多話來。要是楊立群將他做過的事、到過的地方講出來，劉麗玲就可以知道兩個人的夢是一樣的。）

（謝天謝地，楊立群沒有講。）

楊立群笑了笑：「講出來你也不相信，十分荒誕無稽。」

楊立群所做的是：去尋找一個他從小就不斷在做的夢，這種事，當然不容易使人相信，楊立群這樣回答，十分得體。而劉麗玲也沒有再追問下去，或許是她覺得，初相識不應該對他人的私事，尋根究底。而以後，劉麗玲也沒有再問及為何初見面的那天，楊立群的裝扮、神情，那樣特異。

而且，以後，楊立群和劉麗玲之間，也沒有再在這件事上作過任何談論。

所以，從他們相識起，到第一次幽會的三個月中，他們兩個人之間，還不知道相互之間有一個同樣的夢。楊立群當然也絕想不到，幾乎和他天天見面的美女，就是他千方百計要尋找的那個「某女人」。

第一次交往的經歷極其愉快，他們在分手時，訂了下一次的約會。那一天晚上，當他們兩人盡興在公路上飛馳之後，由劉麗玲送楊立群回家。

楊立群和劉麗玲共處的那幾小時之中，精神愉快之極。可是當劉麗玲駕著車，轉過街角，已經可以看到楊立群那幢精緻的小洋房之際，楊立群的情緒，迅速轉變，他甚至有點粗暴，叫道：「停！停車！」

劉麗玲立時煞車，車子高速前進，突然停車，輪胎和路面摩擦，發出了「吱吱」一聲。停下車之後，劉麗玲轉過頭，望向有點心神恍惚的楊立群：「考驗我的駕駛技術？」

楊立群苦笑了一下：「不，我到家了，謝謝你送我回家。」

劉麗玲四面看了一下，她停車的地方，四面全是空地，她笑了一下：「我不知道你住在草地上，好像也看不到你搭的帳幕。」

楊立群向前面那幢小洋房指了一指，表示那才是他的住所。劉麗玲笑了起來，說道：「第一次送你回家，我也不敢希望你請我進去喝杯酒，但是送到門口，輕輕吻別，總可以吧？」劉麗玲講的話，通常是男性在第一次約會之後，送女性回家時說的。

劉麗玲這時，當然是看出楊立群的神情有點尷尬，而且也猜到是怎麼一回事，所以才故意這樣講，逗楊立群。

楊立群望了劉麗玲片刻，才道：「我很想請你去喝一杯酒，可是，有人不肯。」

劉麗玲「哦」的一聲：「對，楊太太。」

楊立群道：「是的，她。」他停了一停，才又道：「對不起，我早沒有對你說。」

劉麗玲極大方，攤了攤手：「沒有必要早對我說，而且當初我們也沒有機會談到你的婚姻狀況。」

楊立群沒有再說甚麼，他一手推開車門，在準備跨出去的時候，他突然轉過身來，身子傾向劉麗玲，劉麗玲立時向後側了側身子。

劉麗玲對白素說：「當然，他想吻我，可是我卻避開了他，他一看到我身子向後側，便停止了行動，只是伸手在我的手背上，輕輕按了一下，現出一個極其無可奈何的笑容，跨出車子，輕輕關上車門，直了直身子，然後又彎下身來，隔著車窗，望了我一眼，才一步一步，向他的住所走去。每一步都轉過頭來，望我一下，他走進屋子，我才駕車離去，在回家的途中，我駛得十分慢。」

白素沒有表示甚麼意見，只是「嗯」的一聲。

劉麗玲坐得更舒服一點，臉向上：「從那一刻起，我就知道，我愛他，他也愛我，奇妙到極點，偶然的相遇，互相吸引。」

到這時候，白素不能不表示意見了，她小心地提起來：「可是，楊先生已經有了妻子，而且，我想你也不至於相信男人的『妻子不瞭解我』！」

劉麗玲道：「當然我知道他有妻子，可是夫妻是夫妻，愛情是愛情，愛情和婚姻是完全兩回事。」

白素「哦」的一聲：「我不知道原來你還擅長寫愛情文藝小說！」

對白素這樣講法，劉麗玲的心中非常不高興，她道：「不是寫小說，這是人生。這真是人生，我遇到了他，他遇到了我，我們彼此，在第一小時的交往中，就可以互相明白的知道，我們在一起，無比快樂。人生除了追求快樂，還能追求甚麼？」

白素嘆了一口氣，沒再說甚麼。

至於楊立群那天回家後的情形，後來楊立群講給劉麗玲聽，劉麗玲也轉述了出來。由於整件事發展到後來，錯綜複雜之極，所以楊立群和他的妻子之間，發生了一些甚麼事，也很有記述一下的必要。

門打開，楊立群走進門，門內是個小小的花園。楊立群一進門，就不禁皺了皺眉。

楊立群在的時候，小花園的花草樹木，由他親自打理，一切都很整潔，這時，他看到的是雜草叢生的一幅草地，一圈玫瑰花，大都已經枯黃，幾朵瘦小的花朵，正在掙扎著開放。

楊立群略停了一停，抬起頭來，就看到他的妻子，站在建築物的門口。

簡單地介紹一下楊立群的妻子孔玉貞女士。她受過高等教育，出身富裕家庭。父親是本地一個十分有名望的工業家，發跡甚早。老一代的工業家在經營方式上比較保守，所以近幾年來，好像有點黯然失色。不過孔家的企業，仍然實力雄厚。

孔玉貞和楊立群在美國留學時認識，兩個人念的大學不同，但是留學生之間互相常有來往，所以成了密友，然後成為夫婦。

結婚之後回來，楊立群開創事業，成就一天比一天大，當年談情說愛時的熱情，卻一天比一天減退，夫婦間感情開始減退，事實上，不能怪任何一方，由男女雙方性格所造成。

有的男女，可以長期相處，但是有的，卻不能長期相處，孔玉貞和楊立群，不幸屬於後者。楊立群極其好動，有永無止境的活力，而孔玉貞一點也不好動，只希望享受丈夫給她的溫馨。對於丈夫興高采烈的活動，尤其是事業上的活動和成就，每當楊立群向孔玉貞提及時，在孔玉貞看來，實在沒甚麼了不起，因為她自小就生長在一個事業成功的家庭之中。

孔玉貞反應冷淡，每一次都令得楊立群為之氣沮，極不愉快。

另一方面，他們的性生活不協調，孔玉貞保守，使得楊立群到外面去結識女人。等到事情一次兩次被孔玉貞知道後，夫妻之間的感情，自然更加冷淡。

感情冷淡，是極其可怕的惡性循環，只是越來越向壞的方面滾下去，而不會有奇蹟式的向好方面情形出現。

楊立群和孔玉貞之間的情形，就是如此，他們同床異夢已經很久了。這時，楊立群進門，看到孔玉貞站在樓梯口，冷冷地望著他。楊立群走向樓梯，說道：「我回來了！」

出遠門回來，夫妻小別重逢，在正常的情形下，有許多話可以說。但是他們夫婦關係不正常，所以楊立群在講了那一句話後，竟然沒有別的話可以說下去。而且這時候，如果另外有一條路可以上樓的話，他一定會繞道而行，避開孔玉貞。

孔玉貞神情冰冷，冷冷地道：「送你回來的那個女人，怎麼不請她進來坐坐？」

以孔玉貞的教養而言，「那個女人」這樣的話不應該出口，她至少應該說「那位小姐」，但是由於她心中極其不滿，所以連帶講話也粗俗了許多。這種說話的語氣，令得楊立群立時起了極大的反感，他也沒有了風度，冷笑道：「或許人家根本不喜歡見到你。」

孔玉貞提高了聲音：「像你一樣，不喜歡看到我？」

楊立群才從和劉麗玲相處的極度愉快之中回來，孔玉貞的那種態度，就令他更反感，他毫不考慮地道：「是，我不喜歡。」

孔玉貞的臉色更難看，聲音也變得更尖銳：「那你為甚麼要回來？」

楊立群立時轉身，大踏步走向門口，才轉過身來，對扶住了樓梯扶手，身子不由自主發抖的孔玉貞道：「是的，我不應該回來，我做錯了，現在，我改正錯誤。」

楊立群說完了這句話，一腳踢開門，向外就走，孔玉貞直了直身子，想叫住他，可是自尊心令她沒有發出任何聲音。

楊立群出了房子，當晚住宿在酒店中。第二天回公司處理事務，一方面又和劉麗玲通電話。他們有了第二次的約會。

第二次約會，據劉麗玲的敘述，十分隆重。那是在第一次偶遇之後的第一次正式約會，劉麗玲刻意打扮，而楊立群，也精心修飾。

精心修飾的楊立群，看起來一切隨隨便便，但是卻又令人感到極度的舒適。打扮得恰到好處的劉麗玲，更是艷光四射。

從黃昏時開始，一直到午夜，才想到該分手了，時間在他們相聚時，幾乎不存在，一分鐘像一秒鐘那樣快速地溜走，驀然之間，已是午夜。

他們在劉麗玲的車子中，劉麗玲的頭向後略仰，令得她的一頭長髮，瀑布一樣地向下瀉，襯著乳白色的汽車坐椅背，看來極其迷人。

她眨著眼：「還是我送你回家？」

楊立群也將身子向後靠，靠成了一個和劉麗玲身子傾斜度平行的側臉，望著劉麗玲，道：「那天，我一進去就出來，以後一直住在酒店。」

劉麗玲「哦」的一聲：「酒店，不是家？」

「酒店當然不是家，可是……」楊立群的聲音變得低沉：「酒店也有酒店的好處。」

劉麗玲嬌笑了起來：「譬如說，可以招來各種各樣的女人！」

楊立群微笑著，並不否認，他很明白，在劉麗玲這樣的女性面前，不必自認為道德君子。一個浪子型的男人，更能夠令得劉麗玲傾心。他道：「是的，像昨天，就有兩個金髮美人。」

「兩個？」劉麗玲揚起眉來，眼望著外面。

「兩個。」楊立群的聲音很低沉。

劉麗玲沒有說甚麼，只是突然之間，發動車子，車子直衝向前，由郊外到達市區。然後，又突然停車，仍然不望楊立群，說道：「請下車。」

楊立群一言不發，打開車門，將劉麗玲的手輕輕拉起來，在她的手背上吻了一下，關上車門，頭也不回，就向外走開去。

劉麗玲在車子裏，一直望著楊立群的背影，咬著下唇，心中一片迷惘，實在不知道自己應該想些甚麼才好。不過在紊亂的心情中，有一點她倒可以肯定，她愛上了楊立群，另一點也可以肯定的是，楊立群也愛她。

這樣的愛情，在成年人之間，應該沒問題，問題是在於兩個人如何在一個適當的場合之下，打破雙方的矜持，迅速地使雙方的關係變得更直接，不必再依靠築起堤防的語言，來保護自己的自尊心。

這樣的機會，在以後的數次約會之中，都沒有出現，但是楊立群和劉麗玲之間的感情，卻越來越進展，直到那一天，在楊立群的遊艇的甲板上，夕陽西下，遊艇停在遠離塵囂的海面上，他們兩人並頭躺著，讓海風圍繞著他們的身子。

楊立群的眼向下，陶醉在劉麗玲修長潤滑的雙腿上，劉麗玲的頭髮，被風吹起，撫在楊立群的臉上。楊立群伸了伸手臂，劉麗玲自然而然，抬了抬頭，枕在楊立群的手臂上。

兩人的呼吸，都開始有點急促，劉麗玲道：「昨天，我在律師那裏，簽了字。」

楊立群轉過臉去，劉麗玲也恰好轉過臉來，楊立群現出一個詢問的神色來，劉麗玲的聲音很低：「我簽了字，他也簽了字，我的離婚手續已經完全辦好了。」

楊立群「哦」的一聲，沒有別的反應。

曾經結過婚，這是劉麗玲的一個秘密，她不想人家知道這個秘密，也不會輕易對人講起，但這時，她認為應該對楊立群說明這件事。這是一種十分微妙的人與人之間的關係，到了一定的時候，在一定的場合下，有了一定的機緣做基礎，一個人會向另一個人，吐露一些心中的秘密。

楊立群的反應，看來不經意和冷淡，這令得劉麗玲有點尷尬。

劉麗玲略帶自嘲地道：「我曾經結過婚，你想不到嗎？」

楊立群的神態，看來一本正經：「是的，真想不到。」他講到這裏，略頓了一頓，劉麗玲的心中，正在不知甚麼滋味之際，楊立群已經立時道：「因為我還是一個處男，想不到那麼多。」

他講完這句話之後，就哈哈大笑起來，劉麗玲一躍而起，作勢要踢他。他抓住了劉麗玲的腳，劉麗玲倒了下來，兩個人緊緊擁在一齊，在甲板上打著滾，一直滾到一堆纜繩旁邊才停止。

遊艇在海上，一直到第二天下午才啟航回市區，劉麗玲在兩天後，和白素一起吃午飯時，偷偷地將經過告訴了白素。

白素當時正在喝湯，她不是不夠鎮定的人，可是聽了之後，手也不禁有點發抖，她忙道：「麗玲，我認為，不論你多愛一個男人，在他面前，多少還是保留一點最後秘密的好。」

劉麗玲滿臉春風：「我不想在他面前，保留任何秘密，我想他也是一樣。」

白素更加吃驚：「你準備對他說一切關於你的事？甚至……包括……那個夢？」

白素在說到「那個夢」之際，聲音變得十分沉，而且充滿了神秘。劉麗玲的臉色，在聽了白素的話之後，迅速變得憂鬱，低下頭，過了好一會兒，她才道：「這個夢，我不會對他說。可是如果我們生活在一起，他一定會知道。」

白素盯住她：「難道你一直……」

劉麗玲道：「是的，除非我不做這個夢，不然，一到最後，我一刀刺進了……」

白素忙道：「不是你刺人，是夢中的那個女人用刀刺人。」

劉麗玲苦笑了一下：「那個女人就是我！一定就是我！」

白素按住她的手臂：「你絕不能這樣想，那不過是一場夢，那個女人，是你在夢中的化身。」

劉麗玲的神情更苦澀：「為甚麼我會有這樣的夢？夢中的那個女人，一定是我……是我在甚麼時候的經歷，或許，是我的前生？」

這是在劉麗玲口中首先提出「前生」兩個字來，白素一聽，連忙用旁話打岔：「前生？人對於今生的事，尚且不能知道，還談甚麼前生？」

劉麗玲呆了片刻：「總之，每次有這樣的夢，夢醒之後，我一定會發出極其驚恐的叫聲，在驚叫中醒來，並不是每一個人都有，他一定會問我，我該怎麼說？」

白素又吃了一驚：「麗玲，你才跟我說你們在遊艇上……怎麼那麼快就討論到同居了？」

劉麗玲大方地笑了一下：「不是討論到同居，而是已經同居了。」

白素「哦」的一聲，有點不知怎麼回答才好，過了一會兒，她才道：「可能我的腦筋太古老了，有點不適合這個時代的男女關係。」

劉麗玲道：「當然，因為你有十分美滿的幸福婚姻，不需要再去追求可以給自己快樂的男女關係，所以你才覺得意外。像我這樣，可以讓我快樂的男女關係，簡直是生命的組成部分，一旦有了這樣的愛情，我可不願意浪費半秒鐘。」

白素似是「哦哦」的應著。劉麗玲道：「我們既然已經相愛，又全是成年人，何必再忸怩？他已經搬到我的住所來。」

白素總算明白了劉麗玲和楊立群之間的最近關係，她試探著問：「那麼，在你們一起的幾晚之中，你並沒有做那個夢？」

劉麗玲道：「還沒有，但是我知道，遲早，我一定會做這個夢，一定會在尖叫中醒過來。」

白素緊握著她的手：「就算是，也不要緊，你就說做了一個惡夢，任何人都會做惡夢，他也不會追根尋底。」

劉麗玲用湯匙攪著湯，低聲道：「只好這樣解釋了，唉，真不知為甚麼會有這樣的夢。」

白素沒有再說甚麼，劉麗玲在憂鬱了一會兒之後，又開朗了，像是一個初戀的小女孩，向白素說了許多有關楊立群的事，在她眼中看來，楊立群沒有一樣不好，每一個小動作都很可愛。沉醉在愛河的人，看起對方來，全是那樣。

白素在向我轉述這些情形之後，搖著頭：「楊立群和劉麗玲還完全不知道他們前生有糾纏，看來楊立群也很小心，不至於將自己的夢對劉麗玲提起。」

我嘆了一聲：「正如你所說，知道和不知道，結果都一樣，他們相識、相愛，甚至已經生活在一起了。」

白素想了片刻：「如果他們知道，可能不同。楊立群會由愛轉恨，把她殺了報仇！」

我打了一個寒戰：「你說得太可怕了。」

白素喃喃地道：「但願永遠不會發生。」

事情是總會發生的。正如劉麗玲所說，只要她和楊立群生活在一起，只要她再做這個夢，這個秘密，就很難維持下去。

那一天晚上，和劉麗玲、楊立群同居之後的其他日子，並沒有分別，下午五時半，他們兩人的車子，在一個十字路口會合。然後，就像繁忙的都市馬路，只有他們兩人在駕車，他們像頑童一樣地追逐，甚至突然停下來，兩輛車靠在一起，然後自窗中探出頭來，迅速地一吻，而不顧前後左右人的大聲囂罵或吹口哨。

到家之後，還是劉麗玲的住所。劉麗玲本身事業極成功，她過著豪華的生活，她的住所，佈置得十分舒適。劉麗玲和楊立群的同居生活，有一個其他男女所沒有的優點，就是他們兩個人全不在乎錢，所以誰住在誰的屋子裏，都不會有自卑感。

一進門，他們兩人就熱烈地擁抱，然後，是熾熱得連鋼板也會融化的一個多小時，他們才嘻哈笑著沐浴，開始播放音樂，一起煮食、進餐，然後再沉浸在音樂之中。

在他們兩人的天地之中，只有歡樂。

午夜，他們並頭躺了下來。不久，劉麗玲先睡著了。才睡著不久，她就開始做夢，夢一開始，她在一口井旁，從水中的倒影之中看著自己。

在夢中，劉麗玲不再是劉麗玲，是一個叫翠蓮的女人。

夢境一絲不變，到了最後，翠蓮一刀刺進了小展，小展用那種怨恨之極的眼光，望向翠蓮，夢醒了。

和以往無數次一樣，劉麗玲是在極度的驚恐之中，尖叫著驚醒的，而且身子立時坐了起來，睜大了眼。

事後，劉麗玲對白素這樣說：「我一坐起來，立時睜大眼，但是在最初的剎那間，我甚麼也看不到，只感到夢裏面，那個小夥子怨毒無比的眼光，仍然在我的面前，我實在太驚恐了，意識到，立群就在我的身邊，我不應該尖叫，他會問我為甚麼，我不想他知道我經常會做這樣的夢，可是我卻實在忍不住。」

白素問道：「為甚麼？你是一個很有自制力的人。」

劉麗玲苦笑道：「因為那時，我已經完全清醒了，完全從夢中醒了過來。」

白素聽得莫名其妙：「既然完全醒了過來，那你更應該……」

白素的意思是，既然完全清醒了，就更可以忍住尖叫，忘掉夢中的驚恐。

劉麗玲在不由自主地喘著氣：「是，我已經完全清醒了，可是我卻清楚看到，有一對充滿了怨毒的眼睛，就是夢中的那一對，就在我的面前，就在我的面前！」

當時，這樣的情景，一定令得劉麗玲駭懼已極，所以她向白素講到這裏，她不由自主，用手遮住了眼。白素也聽得心頭亂跳，勉強說一句：「那……怎麼會，不會的。」

劉麗玲道：「我一看到那對眼睛，又尖叫起來，但是我立時發現，用那種眼神望著我的是立群，他也坐著，滿頭是汗，甚至額上的青筋也現了出來，而且，在大口喘著氣，樣子極其痛苦。」

白素「啊」的一聲，她已經猜到發生甚麼事了，但是卻沒有說甚麼。劉麗玲又道：「我叫了兩聲，立群一直望著我，我勉力定了定神：『立群，你幹甚麼？』立群又喘了幾聲，才十分軟弱無力地道：『對不起，嚇著你了，我才做了一個惡夢。』立群的神態，迅速地恢復了正常，他抹著額上的汗：『一定是太疲倦了，所以才會做惡夢。』我表示同意，我們又躺了下來。」

白素聽得十分緊張：「他沒有問你做甚麼惡夢？」

劉麗玲道：「沒有，為甚麼要問？我也沒有問他，惡夢就是惡夢，每一個人都會做，有甚麼好問？」

當白素向我轉述之際，我聽到這裏，不禁嘆了一聲：「偏偏他們兩人的惡夢不同。」

白素吸了一口氣：「你有沒有留意到劉麗玲敘述，他們兩人，同一時間驚醒？」

我怔了一怔：「是，這說明他們兩人，同時進入夢境，在夢境所發生的一切，完全配合，翠蓮一刀刺進小展胸口，也正是小展中刀的時候。」

白素出現了駭然的神情來：「以前就是這樣？還是當他們兩人睡在一起之後，才是這樣？」

我苦笑道：「誰知道！」我講了之後，頓了一頓，才道：「第一次，他們兩人互相不問對方做了甚麼惡夢，第二次可能也不問，第三次呢？以後許多次呢？只要一問，楊立群就立刻可以知道他要找的『某女人』是甚麼人！」

白素苦笑道：「照他們兩人如今熱戀的情形來看，就算楊立群知道了，怕也不會怎麼樣吧？」

我重複著白素的話，語音苦澀：「怕也不會怎樣吧，誰知道事情發展下去會怎麼樣！」

白素苦笑道：「最安全的方法，當然就趁現在拆散他們，但是我想，世界上沒有人，沒有任何力量可以做到這點。」

我嘆了一聲，我也相信是。楊立群和劉麗玲都不是少男少女，他們都極有主見，這一類的人，絕不輕易愛，而一旦愛情將他們連在一起，也就沒有甚麼力量可以拆散他們。我又嘆了一聲：「只好由得他們，看來，不論事情如何發展，都不是人力所能挽回的。」

白素的神情很難過：「我們兩人最難過，明知會有事情發生，卻一點辦法也沒有。」

我也神情苦澀：「那有甚麼法子？或許這也是前生因果。說不定你的前生，就是那個瘦長子。」

白素「呸」地一聲：「你才是那個拿旱煙袋的。」這樣一說，氣氛輕鬆了許多，反正也是沒辦法的事，也只好丟開一邊。

在劉麗玲和楊立群同時做惡夢的第二天，劉麗玲就向白素敘述了經過，白素在中午向我轉述，下午，她不在家，我正在整理一些文件，和另外一件怪異的事情有關，日後我會記述出來。

下午三時，門鈴突然響起，我聽到老蔡去開門，又吩咐來客等一等，我伸手翻了翻記事簿，今天下午三時，我並沒有約會，可知來人是不速之客，並未經過預約。

我聽到老蔡拒客的聲音，而來人則在嚷叫：「讓我見他，有要緊的事。」

我一聽聲音，那是楊立群。

我站了起來，打開書房門，看到楊立群正推開老蔡，向上走來，我沉下臉：「楊先生，你有所謂要緊的事，我沒有！」

楊立群呆了一呆，他當然聽出我言詞中的不滿，可是他還是迅速向上走來，來到我的面前，直視著我。

我也瞪著他，足有半分鐘之久，他才道：「好，我認輸了。」

我一聽，失聲笑了起來：「楊先生，我和你之間，並無任何賭賽，有甚麼輸贏？」

楊立群一怔，陡然叫道：「有，我賭你會忍不住好奇心，想繼續知道我收集到的資料。」

我一面讓他進書房坐，一面哈哈大笑：「你證實了人有前生，對於你前生的細節問題，我怎麼會有興趣？」

楊立群才坐下，又陡地站了起來：「你一定有興趣，一定會有。」

我攤開雙手，道：「好吧，你一口咬定我會有興趣，我也不妨一聽。」

楊立群立時道：「可是，你得告訴我，那個某女人是誰，在哪裏？」

我又笑了起來：「楊先生，你曾自稱自己是個商人，我看你是不太成功。你有一批水貨，每天白付倉租，有人肯代你免費運走，已經是上上大吉，你還有甚麼條件討價還價？」

楊立群睜大著眼，望著我，大口喘著氣。他那時候的樣子，和上次收拾錄音帶離去的那種狡猾神情相比，有天淵之別，看來可憐得很。

我正想開口勸他，別再枉費心機去尋找某女人，也別將前生的事，糾纏到今生來。可是我還沒開口，他已經啞著聲叫了出來：「我一定要找到她，一定要！」

我有點厭惡：「你這個人，怎麼……」

我的話還沒有講完，楊立群又叫了起來：「非找到她不可，要不然，我就不會有幸福。」他叫著，停了一停：「我目前極幸福，我不想這種幸福生活，遭到破壞。」

楊立群這樣說，我真有點發怔。他說他目前的生活極幸福，那自然是指他和劉麗玲之間的關係。而他卻拚命去找這個某女人，那才真的沒有幸福！

當然，我絕不會向他說明，我望著他，他喘得更激烈：「昨天晚上，我又做那個夢。」

我仍然只是哦的一聲，楊立群捏著拳，叫道：「我從惡夢中驚醒，將睡在我旁邊的人，嚇得驚叫起來。」

我竭力裝出若無其事的樣子，心中不知是甚麼滋味。

楊立群以為劉麗玲的尖叫，是被他嚇出來的。他卻不知道劉麗玲的尖叫，完全是由於她自己的夢。

我心中在想，楊立群的這種誤會，不知道可以持續多久？正當我在想的時候，楊立群已經粗暴地推了我一下：「你現在明白了？」

我假裝糊塗：「我一點也不明白，睡在你身邊的人，是誰？」

楊立群像是想不到我會有此一問，呆了一呆：「劉麗玲。」

我裝出詫異的神情來：「你們的感情，進展神速。」

楊立群悶哼了一聲：「第一次，我可以向她解釋，我做了一個惡夢，但如果次數多了，每次半夜三更，將她驚醒，她會以為我有神經病，會離開我。」

我喃喃道：「你的精神狀態本來就不正常。」

楊立群陡地叫了起來：「告訴我那個女人是誰，我就可以終止那個惡夢。」

我不禁大是惱火，厲聲道：「放你的狗臭屁！就算你知道那女人是誰，你用甚麼辦法可以不使自己再做惡夢？照樣刺她一刀？」

楊立群給我一罵，臉脹得通紅，張大了口，一句話也說不出來。

我繼續對他毫不客氣地罵道：「別做你的春秋大夢了，你是一個精神病患，我建議你好好地去接受治療，離開劉小姐，她是一個好女孩，你這種精神狀態不健全的人，完全不配和她在一起。」

楊立群被我的話激怒，他陡地狂叫了起來，跳著，衝向我，揮拳向我打來，我一伸手，抓住了他的拳頭，用力一推。

那一推，將他推得向後連跌出了七八步，重重地撞在牆上，令得他的神智清醒了一些。所以，當他再站定的時候，狂怒的神情不見了，他喘著氣，抹著汗，垂著頭，向外走去。當他走到門口的時候，他才指了指他帶來的那個小包：「全部錄音帶都在，你可以留著慢慢研究。」

我正想拒絕他的「好意」，他又神態十分疲倦的揮了揮手：「你當是可憐我，讓我去見一見那個在前生殺了我的女人。」

我這時，倒真有點同情他，忙道：「你見了她，準備怎樣？」

楊立群嘆了一聲：「我？我當然不會殺她。我只不過想知道，她為甚麼要殺我，讓我解開心中這個結，或許不會再做同樣的夢。」

我苦笑著，明知道自己絕無可能答應他的要求，但我還只是暫且敷衍著他：「我看也未必有用，不過可以考慮。」

楊立群無助地向我望了一眼，再指了指錄音帶：「你聽這些錄音帶，可以知道我的發現，其中有一些極其有趣。」

我不知道他這樣說是甚麼意思，而且關於他的事，我也必須和白素商量一下，所以我道：「明天你有沒有空？這個時候，我們聚一聚？」

楊立群望了我半晌：「好！」

第七部：幾十年前的嚴重謀殺案

平時，日子一天天過，如果沒有什麼意外發生，一個隔天的約會，是十分平常的事。

我當時是準備聽了錄音帶之後，再好好勸解楊立群，不要再談前生的事，和今生的生活糾纏不清。我絕想不到，明天，到了約定的時候，我會在一個決料不到的場合見到他。自然，這是明天的事，在記述上，應該押後。

楊立群答應一聲之後，向外走去。我送他出門，看他上了車，駕車離去。他才一走，我就以一百公尺衝刺的速度奔回來，抓住錄音帶，直衝進書房。

上次楊立群賣了一個關子離去，恨得我牙癢癢的。但由於他提出的條件我無法答應，所以只好心中懷恨，無法可施。這時能夠得償所願，我真是半秒鐘也不願再耽擱。

我打開那小包，取出錄音帶，裝好，將以前聽過的部分快速捲過去，找到了上次中斷的地方，才繼續用心聽。

以下，就是錄音帶我未曾聽過的部份。

李：死在南義油坊，俺到的時候，保安大隊的人也來了，還有一個女人在哭哭啼啼，俺認得這個女人，是鎮上的「破鞋」。

楊：那「破鞋」……

李：人生得挺迷人。這女人在哭著，對保安大隊的人說，她來的時候，大義哥已經中了刀，不過還沒有斷氣，對她說出了兇手的名字。

楊：（失聲）啊！

（我知道楊立群為什麼聽著李老頭的話，會突然失聲驚呼一下的原因，因為他知道翠蓮是在撒謊。）

（翠蓮的謊言，楊立群可以毫不思慮，就加以指出，但在當時，是完全沒有人可以揭穿她的謊言的！）

李：（繼續地）那破鞋告訴保安大隊，大義嘸氣時，說出來的兇手名字是王成！

楊：王成是什麼人？

孫：（聲音不耐煩地）楊先生，你老問這種陳年八股的事有什麼意思？

楊：（憤怒地）你別管我，要是你對我有什麼不滿意，可以向你的上級去反映！老大爺，王成是什麼人？

李：王成是鎮上的一個二流子。

（如果楊立群在一旁，他可能又會按下暫停鍵，問我明不明白「二流子」是什麼意思。二流子，就是流氓混混，地痞無賴。）

李：保安隊的人一聽就跳了起來，嚷著，快去抓他！快去抓他！當時俺一聽……一聽……

（在這裏有楊立群的聲音作補充，李老頭的神情變得十分忸怩，像是有難言之隱。）

楊：請說，你怎麼了？

李：（聲音很不好意思地）俺一聽保安隊要抓王成，就發了急……

孫：（插口）那關你什麼事？

李：（聲音更不好意思）王成……平時對俺很好，經常請吃點喝點什麼的，所以，俺一聽要去抓他，心中很急，拔腳就奔，要去告訴王成，叫他快點逃走……

楊：等一等，老大爺，你是怎麼啦？展大義是你哥哥，你想叫殺你哥哥的人逃走？

李：（激動地）這是那破鞋說的，俺根本不相信王成會殺人。那破鞋不是好人！

孫：哼，老大爺，這你可不對了。

李：俺那時是小孩，也不知什麼對不對！俺奔出去，也沒人注意。奔到鎮上，衝進王成的家，他家裏很亂，人也不在，鄰居說他好幾天沒回家了，再去找他，也沒找著，以後也沒見過他！

楊：那麼，以後展大義的事呢？

李：（遲疑地）草草地葬了大義，鎮上的人議論紛紛，王成一直沒露面，保安隊也不了了之，以後，也沒有什麼人再記得了。

楊：（聲音焦切地）你再想一想，是不是還記得起來，有關展大義的事？

李：（陡然大聲）對了，有。保安隊有一個小鬼隊員，年紀比我大不了多少，一天突然對俺說，要是展大義不死，應該是個大財主。俺問他這是什麼話，他說，早半年，鎮西有一夥客商，全都中毒死了，所帶的錢、貨不知下落，就是展大義幹的。俺聽了，恨不得一拳打落他的兩顆門牙。

楊：這並不重要，那個……破鞋，後來怎樣來了？

李：那破鞋在鎮上，又住了一個來月，忽然不知去向，以後也沒有再見過她。

楊：你就知道這些？

李：是，還有兩個人，對了，還有兩個人，經常和王成一起的，也不見了，那兩個也是鎮上的混混。

楊：王成……那王成是什麼樣的人？

孫：（大聲）楊先生，你究竟在調查甚麼？

楊：告訴你，你也不明白！老大爺，請說王成是什麼樣的人？

李：這……這……時間太久了……

楊：你盡量想想！

李：是一個瘦子，個子很高，我看他的時候，是定要仰著脖子才能看到他，樣子……我真記不起了。

楊：（聲音很低，喃喃地）那瘦長子！

孫：你說什麼？

楊：老大爺，謝謝你，謝謝你，很謝謝你。

這一卷錄音帶，就到此為止。

楊立群在李老頭口中，不但證實了當年在油坊中發生過的事，而且還具體地證明了幾個人的存在：展大義、翠蓮、王成（那毆打小展的三個人之中的瘦長子）。

若干年前，的確，曾有楊立群夢中的事發生過。這是楊立群前生的經歷，我絕對可以肯定這一點。我又取出了第二卷錄音帶，一放出來，全是楊立群的聲音。

楊立群的聲音道：「在和李得富談過話之後，我已經可以完全肯定，我的夢，是我前生的經歷。本來，事情到這裏，已經可以告一段落，可是我總有一種強烈的感覺，感到我前生和那個毒打我的人（其中一個叫王成）之間，和翠蓮之間，似乎還有一種不可瞭解的糾纏。我還想弄明白這件事。

「時間已經相隔那麼久，而且在這段時間內，兵荒馬亂，不知曾經過了多少變動，實在是沒有什麼可能有新的發現。

「但是我還是繼續努力，一直在查，又查了十多天，沒有結果。姓孫的已經極不耐煩，我只好回到縣裏。在縣裏，我無意中知道，還有一批相當舊的檔案保留著。我忙要求查看這些檔案，又等了半個月，才得到批准。這些檔案，對當年發生的事，多少有一點幫助瞭解的作用，所以我將其中有關的，全抄了下來。」

我聽到這裏，不知道楊立群所指的「檔案」是什麼東西。我拿起一個牛皮紙袋，抽出了一疊紙來。

檔案所記的，是兩件嚴重的案件。

其一，是展大義死在油坊裏的一宗。另一宗，更加嚴重，一共牽涉到了四條人命。由於原來檔案所用的文字，半文不白，十分古怪，而且相當凌亂，所以我不原文照錄，而是經過整理之後，簡單地說明一下這些檔案的內容。

第一宗案，展大義被人刺死，行兇人王成在逃。檔案中有詳細的「屍格」，那是死者的受傷部位、大小、形狀，以及由何兇器致死的描寫。展大義的死，並沒有新的可供敘述之處，只是說明兇手王成，一直未曾抓到而已。

（在早年，很少用「疑兇」這個字眼，檔案中用的一直是「兇手」字樣，可想而知，幸而王成未被抓到，若是抓到了，一定是一宗冤獄。）

第二宗案件，極其駭人，有四個過路的客商，在經過多義溝的時候，被發現一齊倒斃在路邊的一個茶棚之中，七孔流血，膚色青黑，顯然是中毒斃命。

（這種「茶棚」，在北方鄉下常見，並沒有人管理營業，只是一桶茶，在窮鄉僻壤，茶有的是泡浸著榆樹葉子，並非茶葉。茶的來源是一些好心人挑來的，方便過往途人，口渴了可以取飲。有時，也有好心的老太太，用炒焦了的大麥沖水來供應途人飲用。）

中毒斃命的四個人，顯然是飲了茶桶中的茶之後致死的。經過調查，證明桶中剩餘的茶中有毒，可以令人致死。

（檔案中沒有說明是什麼毒，而且驗出有毒的方法，也相當古老，是用銀針浸在桶裏的茶中，確定有毒的。）

茶桶中的茶有毒，當然是有人故意下毒的。而且，客商隨身所帶的東西，盡皆失盜。

在屍體被人發現之後，有一個人曾在事發前經過那個茶棚，說是看到有一男一女，在茶棚中坐著，但未曾留意那一男一女的樣子。經過茶棚的那人，因為急於趕路，也未曾逗留。事後竭力回憶，講出那男人的樣子來，像是一個叫展大義的小夥子。

可是，傳了展大義來問，卻有一個叫王成的人，竭力證明展大義在那天，整天都和他在一起賭錢。一起賭錢的，還有兩個人，一個叫梁柏宗，一個叫曾祖堯。

那死了的四個商人，身分後來被查明，全是皮貨商，才將貨物脫了手回來，經過多義溝。根據各方面的瞭解調查，合計四人身邊，至少有超過四百兩的金條，可能還有其他的珍飾，這些財貨，全都不知所終。

這件案子，也是懸案。檔案中還有好幾位保安隊長的批註，看來，他們都想破這件案，但一點結果也沒有。自然，時間相隔一久，就再沒有人提起了。

我看完了這些檔案之後，不禁呆了半晌。楊立群不辭辛苦，將這些檔案全都抄了下來，我相信他的想法，和我是一樣的。

這件四個商人被毒殺的案件，當然是一宗手段十分毒辣的謀財害命案件。這宗案子的唯一疑兇，是展大義。

除了展大義外，還有曾在現場出現過的一個女人，這個女人是什麼人？是翠蓮？

更令人啟疑的是，王成竭力證明展大義不在現場，而王成已可以肯定，是曾在油坊毒打展大義的三個人之一。還有兩個人，曾祖堯和梁柏宗，是不是就是三個人中的另外兩個？

可以肯定的是，王成、展大義和翠蓮之間，一定有著巨大的瓜葛，他們之間，曾經做過一些什麼事，因為做這件事而得到了一些東西。王成等三人在油坊會展大義，目的就是逼展大義說出東西的下落，而展大義卻寧願捱毒打也不肯說出來。

展大義不說，是因為他曾答應翠蓮不說的，可知那王成等三人要逼問下落的東西，是在翠蓮的手中。翠蓮可能曾經甜言蜜語，答應和展大義分享的，但結果，她卻一刀刺死了展大義！

事情的輪廓，已經可以勾勒出來了。

從王成等三人的兇狠，和翠蓮行事的狠辣上，倒不難推斷出，四個商人被謀財害命一案，就是王成等三人、翠蓮和展大義五個人幹出來的。

我得到了這樣的推斷之後，心中驚喜交集，因為我已經想好了明天見到楊立群時，如何去勸他別再追尋那個「某女人」的言詞了。

傍晚時分，白素回家，我忙將一切全告訴她，也包括了我的推斷。白素想了一想之後，道：「很可能。不過，展大義是一個老實人，好像不會參加那麼兇狠的謀財害命的勾當。」

我搖頭道：「也很難說，誰知道當時經過的情形是怎麼樣的？」

白素又想了一會兒，忽然笑了起來，道：「我們怎麼啦？幾十年前的事，還去研究它幹什麼？你明天見了楊立群，準備怎麼對他說？」

我笑了笑，道：「你看過三國演義？」

白素瞪了我一眼，道：「越扯越遠了。」

我笑道：「一點也不遠。關公死後顯靈，在半空之中大叫：『還我頭來！』他當時得到的回答是什麼？」

白素道：「嗯，一個老僧反問他：你的頭要人還，顏良、文醜，過五關斬了六將的頭要誰還？」

我一拍手，道：「我就準備用同樣的方法，去勸楊立群。」

白素十分高興，道：「這是最好的辦法了。」

當晚，我們兩人的情緒都十分輕鬆。第二天中午起，我就等楊立群來，可是等來等去，楊立群一直沒有來。一直到過了約定的時間，才突然接到了一個電話。

電話是劉麗玲打來的，她的聲音十分急促，道：「衛先生，請你立刻到中央警局來，立群在那裡。」

我呆了一呆，一時之間，我甚至未曾聽明白「中央警局」是什麼。

我可以將楊立群的名字，和許多稀奇古怪的地方聯在一起，什麼多義溝，什麼油坊，但是決無法和警局聯在一起。

當劉麗玲又重複地講了一次之後，我才「哦」的一聲，道：「警局？為什麼要到警局去看楊先生？」

劉麗玲的聲音極焦急，道：「你來了就知道，請你無論如何來一次。」

從劉麗玲的聲音之中，我已經可以聽出，楊立群一定是惹了什麼麻煩了。不過，我也沒有怎麼放在心上。因為楊立群是一個在社會上十分有地位的人，事業成功，前途看好，就算有麻煩，也不會是什麼大麻煩的。

所以我道：「好，我立刻就來，要不要我找白素一起來？」

劉麗玲道：「能找到白素最好，找不到你快來。」

她再三強調要我快來，我放下電話，立即駕車，大約在十五分鐘之後，車已駛進了中央警局的停車場。車才停下，我就看到劉麗玲向著我直奔了過來。

當她向我奔過來之際，我只覺得她穿的衣服，顏色十分特別，或者說，顏色的圖案十分特別。那是一件米白色的西裝，上面有著許多不規則的紅色斑點。

我看到她奔得十分之快，簡直像是不顧一切在向前衝過來一樣。這樣的急奔，是隨時可以跌倒的。所以，我連車門也未及關上，就向她迎了上去，來到她的面前，一把將她扶住。

也就在將她扶住的那一瞬間，我陡地吃了一驚。那種吃驚的程度之甚，令得我一時之間，只是張大了口，一句話也講不出來。

劉麗玲的神情，也是驚恐莫名，臉色煞白，喘著氣，也講不出話來。而令得我如此吃驚的，倒不是她驚恐的神情，而是她身上的衣服。

起初我以為是不規則的紅色圖案，但到臨近，我立時可以肯定，那不是什麼紅色的不規則圖案，那是血！

劉麗玲的衣服上，染滿了血！

我在大受震驚之餘，所想到的只是一件事：劉麗玲被楊立群知道了，她已遭到了楊立群的毒手。

是以我陡地叫起來，道：「他刺中了你哪裏？快找醫生，快！」

我一叫，劉麗玲震動了一下，道：「你說什麼？」

被劉麗玲這樣一反問，我的頭腦，在剎那之間，清醒了過來。劉麗玲是不可能受傷的，要是她受傷了，怎麼還能夠奔得那麼快？一定是我剛才一看到了血漬，由於連月來所想的，都是有一天楊立群會向某女人報仇的事，所以才立時有了這樣的想法。

我忙吸了一口氣，道：「對不起，我……被你身上的血漬嚇糊塗了！究竟發生了什麼事？」

劉麗玲喘著氣，道：「可怕，可怕極了。」

我雙手抓住她的手臂，用力搖著她的身子，希望她鎮定下來：「究竟發生了……」

我的話還沒有講完，劉麗玲已叫了起來：「他殺了他……他殺了他！」

劉麗玲在叫著，可是我卻聽得莫名其妙。

「他殺了他。」那是說明了有一個人，殺了另一個人，可是，誰殺了誰呢？

我忙道：「劉小姐你鎮定一下，誰殺了誰？」

劉麗玲大口喘著氣，還未及回答，就有一男一女兩個警官，已經急急奔了過來，來到劉麗玲的身後，女警官伸手扶住了劉麗玲：「劉小姐，你該去作證了。」

那個男警官看到了我，立時向我敬了一個禮：「衛先生，原來是你。」

我指著劉麗玲：「我是劉小姐的朋友，發生了什麼事？」

男警官道：「一件傷人案，劉小姐是目擊證人。」

我忙又問道：「誰殺了誰？」

由於我和警方的高層人員關係十分好，那男警官又認識我，所以我的問題，立時得到回答：「一個叫楊立群的男子，刺傷了一個叫胡協成的人。」

我呆了一呆，道：「這其中只怕有誤會，楊立群是我的朋友，他絕不是一個行兇傷人的人。」

男警官望了我一下，道：「楊立群被捕之後，一句話也不說，傷者還在急救中，醫院方面說傷勢十分嚴重，如果傷者死了，那麼，這就是一件謀殺案了！」

我苦笑道：「這個胡協成是什麼人？」

警官道：「傷者的身分，我們也沒有弄清楚。楊立群一句話也不肯說，劉小姐當時在場，我很需要她的證供，可是她卻又堅持，要等你來了，她才肯作供。」

我的心中，疑惑到了極點，向劉麗玲看去，看到那女警官正以半強迫的方式，在拖著劉麗玲向前走去，而劉麗玲正在掙扎著。

我忙道：「劉小姐，你放心，我會和你在一起。」

劉麗玲聽得我那樣說，才不再掙扎，可是那女警官卻還在用力拖她。我忍不住大聲斥責：「她自己會走，你不必強迫她。」

女警官呆了一下，鬆開了手，劉麗玲挺了挺身子，向前走去，我和男女警官跟在後面。進了警局的建築物，又看到了幾個高級警務人員，如臨大敵一樣，迎了上來，和我打了招呼之後，各自用疑惑的眼光望著我。

我還未曾出聲，又看到一個中年人，提著公事包，滿頭大汗，奔了進來，叫道：「我的當事人在哪裏？」

那中年人一眼看到了劉麗玲，立時又大聲叫道：「劉小姐，你可以什麼也不說。」

劉麗玲苦澀地笑了一下，道：「方律師，你終於來了。」

那中年人一面抹著汗，一面道：「我已經盡一切可能趕來了。」

劉麗玲也沒有說什麼。當時的情形十分亂，那個方律師立時和幾個警方高級人員爭吵了起來。他們大約是在爭執著法律上的一些問題。我還未曾聽清他們究竟在爭什麼，就已經跟著很多人，一起進了一間房間之中。

一進入那間房間，我就看到了楊立群。

楊立群手捧著頭，臉並不向下，只是直視著前面，一片茫然的神情，雙眼之中，一點神采也沒有，一動也不動地坐著。他身上穿著一件絲質的淺灰色襯衫，可是上面染滿了血跡。

在他的旁邊，坐著警方的記錄員。我注意到，記錄員面前的紙上，一個字也沒有，這證明了楊立群的確一句話也沒有說過。

一進房間，我和方律師，同時來到楊立群的身前，方律師先開口，道：「楊先生，你可以不說什麼，我已經來了，法律上的事，由我負責。」他一面又大聲向一個高級警官嚷叫道：「保釋手續，快開始。」

那高級警官搖著頭，道：「不會有保釋手續。」

方律師怒道：「為什麼？我的當事人，是一個信譽良好的商人，在社會上有地位、有身分……」

那高級警官冷冷地道：「他也有很好的用刀技巧，傷者中了三刀，全在要害。」

方律師伸出手來，手指幾乎碰到了高級警官的鼻子，道：「你這樣說，已經觸犯了法律，你絕對無法可以肯定，傷者是被我的當事人刺傷的。」

高級警官的忍耐力，顯然也到了頂點，他大叫了一聲：「我就是可以肯定。」

他一面叫著，一面回頭向身後的一個警官道：「你說說到了現場之後的情形。」

那警官立時道：「是。我負責一七六號巡邏車，接到了一個女人的報警電話，車恰好在出事地點附近，在接到報告之後三分鐘，我就到達了現場。」

高級警官問：「現場情形怎樣？」

那警官道：「現場是一幢高級住宅，我到了之後，按鈴，沒有人開門，只聽得裏面有一個女人在尖叫：『你殺了他！你殺了他！』於是，我和一起到達的兩個警員，一起撞門，撞開門後，衝進去。」

高級警官又問：「進去之後，看到了什麼？」

那警官吸了一口氣，道：「我看到他——」

他說到這裏，指了指楊立群，續道：「看到他的手中握著一柄刀，身上全是血，也看到這位小姐，身上也全是血，想去扶一個人。那一個人身上的血更多，顯然已受重傷，昏過去了，那位小姐，轉過頭，望著他。」

那警官又指了指楊立群：「又說了一句：『你殺了他！』我立即打電話，召救傷車，並且，扣起了疑兇。」

那警官講到這裏，方律師的臉色已經難看到了極點。高級警官陰陰地說：「律師先生，我看你還是快點回去，準備辯護詞吧。」

方律師悶哼一聲，道：「這種情形，我見得多了，那是自衛。」

高級警官怒不可遏，幾乎想衝過去打方律師，我忙道：「別爭，現場只有三個人？」

那警官道：「是。」

我作了一個手勢，道：「傷者在醫院，楊先生在這裏，他既然什麼也不肯說，只有請小姐說說當時的情形，才能瞭解事情的經過。」

方律師立時道：「劉小姐，你可以什麼也不說。」

高級警官怒道：「在法律上，劉小姐一定要協助警方，向警方作證供。」

方律師還想說什麼，我又攔住了他，大聲道：「為什麼我們不聽聽劉小姐自己的意願？」

一時之間，所有人全向劉麗玲望去。劉麗玲本來已經在另一個女警官的扶持下坐了下來，這時，又站了起來，然後，再坐下。在她的臉上，現出了一個極疲倦的神色來，道：「我當然要說，如果不是胡協成向立群襲擊，立群不會奪過他手中的刀來。」

方律師「啊哈」一聲，向高級警官望去，高級警官忙向記錄作了一個手勢，示意他開始記錄，同時道：「劉小姐，請你詳細說。」

一個警官拿了一杯水到劉麗玲面前，劉麗玲喝了一口，望了楊立群一眼。楊立群仍是一動不動，一片茫然的神情，也不知他在想什麼。

劉麗玲道：「中午，我和楊立群一起回家……」

高級警官問道：「你和楊立群的關係是……」

劉麗玲立時道：「我們同居。」

高級警官沒有再問下去，劉麗玲續道：「一出電梯，我們就看到胡協成站在我住所的門口……」

高級警官又問：「胡協成就是那個傷者？他和你們兩人有什麼關係？」

劉麗玲道：「和立群沒有關係，和我有，胡協成是我的前夫。」

一直到這時，我才知道這個受了傷，在醫院之中，生命垂危的人的身分。原來他是劉麗玲的前夫。劉麗玲曾經結過婚，白素告訴過我，看來這件事十分複雜，事情對楊立群很不利。

我一想到這裏，向楊立群看去，楊立群幾乎維持著同一種姿態，根本未曾動過。

劉麗玲在警局中講的話是這件事發生的經過，由於她講得十分詳細，所以後來，在法庭上提出來之際，獲得全體陪審員的接納，相信她所說的，全屬事實。

劉麗玲的講述，我不用對話的形式來敘述，而採用當時發生的情形，來將經過呈現在眼前。

那天中午，劉麗玲和楊立群一起回家，由於是星期六，所以他們中午就回家。

（楊立群顯然未曾向劉麗玲提及和我有約會，而我也根本未曾注意這一天是星期六。）

他們一出電梯門，就看到胡協成。楊立群和劉麗玲是摟著一起走出電梯來的，一看到胡協成，劉麗玲立時推開了楊立群。

楊立群並不認得胡協成，但是他也立時可以覺出，這個站在大堂之中，獐頭鼠目，神情猥瑣到難以形容的男人，一定和劉麗玲有著某種聯繫。他想伸手去握住劉麗玲的手，但劉麗玲卻避開了他，只是用冰冷的語氣，向胡協成道：「你來幹什麼？」

胡協成涎著臉，裝出一副油滑的樣子來，一面斜著眼看楊立群，一面咋著舌，道：「來看看你！」

一個如此獐頭鼠目的男人，在裝出這樣的神情之際，惹人厭惡的程度，可以說是到了頂點。尤其劉麗玲曾和他有過一段極不愉快的婚姻，深知他為人的卑鄙，厭惡之情，更是難以自制，她語氣更冷：「有什麼好看的，你走！」

楊立群已經忍不住了，大聲道：「麗玲，這是什麼人？」他又瞪向胡協成，喝道：「讓開！」

胡協成一聽楊立群喝他，立時歪起了頭，用手指著自己的鼻子：「我是她的什麼人？我是她的丈夫！你是她的什麼人，姘夫！」

胡協成的樣子不堪，話更不堪，楊立群無法忍受，立時要衝向前去，劉麗玲伸手攔住了他，向胡協成道：「我們已經離婚了。」

胡協成冷笑道：「一夜夫妻百日恩，何況我們做了將近三年的夫妻，你想想，在這三年之中，我們……」

胡協成接下來的話，不堪之極，也無法複述，楊立群大喝一聲，一伸手，就抓住了胡協成的衣領，將胡協成拉了過來，在胡協成的臉上，重重摑了一下。

胡協成發出了一下怪叫聲，突然一揚手，手上已多了一柄鋒利的西瓜刀，刀尖抵在楊立群的頸上。楊立群顯然未曾想到對方會出刀子，他一被刀尖抵住，也無法再有任何行動。

劉麗玲一看到這種情形，陡地叫了起來，但是她才叫了一聲，胡協成便已惡狠狠道：「再叫，我就一刀刺死他，再叫！」

劉麗玲想叫，又不敢再叫。這時候，胡協成的神情，兇惡到了極點，一面緊緊地用刀尖抵住了楊立群的咽喉，一面喝道：「開門，進去說話。」

劉麗玲忙道：「沒有什麼好說的，你要錢，我給你好了。」

胡協成又喝道：「開門，要不我就殺人！你知道我什麼都沒有，連老婆都跟了人，我怕什麼？」

劉麗玲又驚又生氣，身子在發著抖，以致她取出鑰匙來的時候，因為拿不穩而跌到了地上。這時候，如果有人經過，那就會好得多。可惜劉麗玲所住的地方是高級住宅大廈。越是高級的住宅，人越是少，在這幾分鐘之內，並沒有別的人出現。

劉麗玲眼看楊立群在刀子的脅迫之下，一動也不能動，毫無反抗的餘地，而又素知胡協成是什麼事都做得出來的流氓，所以，她只好打開門。

門一打開，胡協成押著楊立群進去，劉麗玲也跟了進去。胡協成一腳踢開了門，四面看看，冷笑道：「住得好舒服啊！」

劉麗玲怒道：「全是我自己賺回來的。」

胡協成冷笑道：「靠什麼？靠陪男人睡覺？」

楊立群怒道：「住口，你要錢，拿了錢就走。」

胡協成將手中的刀向前略伸了伸，令得楊立群的頭，不由自主向後仰去。胡協成十分得意地笑了起來，道：「好神氣啊，我不走，你怎麼樣？」

他說著，陡地轉過頭來，向劉麗玲喝道：「快脫衣服，我們來續續夫妻前緣！」

劉麗玲臉色煞白，胡協成的笑聲中，充滿了邪惡，厲聲道：「快點！在我面前，你又不是沒有脫過衣服，你有哪些花樣，你身上有幾根毛……」

胡協成盯著劉麗玲，才說到這裏，事情就發生了。楊立群陡地將胡協成的手臂一托，刀揚向上，胡協成立時一刀向楊立群刺來，楊立群避開了一刀，伸腳一勾，將胡協成勾得跌向前去，楊立群立時趁機撲向前，兩個人在地上扭打著，楊立群個子高大，力氣也大，奪過了刀來，向胡協成連刺了三刀。

胡協成中了三刀之後，血如泉湧，楊立群首當其衝，自然染了一身血，劉麗玲看到胡協成倒地，想去扶他，也染了一身血。

劉麗玲撥電話報警，警員趕到，破門而入，看到的情況，就如同那個警官所描述的一樣。

當時，在警局中，一聽得劉麗玲講述了事情發生的經過，我和方律師就不約而同，大大鬆了一口氣。因為照劉麗玲的敘述來看，毫無疑問，楊立群是自衛，胡協成先行兇，楊立群不會有什麼事。

高級警官反覆盤問，一直到一個小時之後，口供才被確定下來，那時，白素也趕來了。楊立群的保釋要求被接納，和我們一起離開了警局。

在警局門口，白素提議要送楊立群和劉麗玲回去，楊立群仍然是一副茫然的神色，幾乎一句話也未曾說過。劉麗玲神態極度疲倦，道：「我不想再去那可怕的地方，想先暫時到酒店去住。而且，我們也想靜一靜，不想和旁人在一起。」

我和白素，當然沒有理由堅持要和他們在一起，所以只好分手。

胡協成被刺傷，在醫院中，留醫三天，不治身死，案子相當轟動。

第八部：前生有因今生有果

在胡協成傷重期間，我和他還發生了一點小關係，是一段相當重要的插曲，但期間經過的情形，容後再敘，先說這件案子的處理經過。

楊立群自然被起訴，可是一切全對楊立群有利。劉麗玲的證供有力，胡協成有三次犯罪的記錄，並且三次都被判入獄。

那柄刀，又是胡協成帶來的，出售那柄刀的店家，毫不猶豫地指證，胡協成是在事發前一天，才買了這柄西瓜刀的。

一切全證明，胡協成圖謀不軌，楊立群因自衛和保護劉麗玲而殺人，所以在法庭上，陪審員一致裁定楊立群無罪。當他和劉麗玲相擁著，步出法庭之際，甚至並不避開記者的攝影。

我花了不少筆墨來記述這件案子，表面上看來，好像和整個故事，並沒有多大的關係，只不過是楊立群、劉麗玲兩個人生活中的一件事故而已。但是其中卻還有一段事，是和他們兩個人的夢境有關的。

當日，在劉麗玲作了證供之後，警方當然不能單聽劉麗玲的一面之詞，尤其，劉麗玲和楊立群的關係是如此特殊。

警方想要楊立群說話，但楊立群一直不開口，警方於是轉向胡協成，希望從胡協成的口中，弄清楚當日事情發生的經過，是不是確如劉麗玲所說的那樣。

胡協成在中了三刀，送醫院急救之後，一直昏迷不醒。警方為了想得到他的口供，派人二十四小時守著他，希望他一醒，就能回答問題。

警方對這項工作處理得十分認真，派去守在胡協成病榻之旁的，全是最能幹的人員。在警方人員等候胡協成醒來期間，整件案子是最轟動的社會新聞。而在這兩天之中，劉麗玲和楊立群兩個人，像是橫了心一樣，不但不避人，而且故意公然出入。

到了第三天上午，我忽然接到了一個電話，是一位高級警務人員打來的。那位先生我只知道他接替了原來由傑克上校擔任的職務，專門處理一些怪誕的事。

他在電話中道：「衛先生，我負責等候胡協成的口供。我姓黃，叫黃堂，是警方人員。」

我一時之間，有點莫名其妙，問道：「那和我有什麼關係，黃先生？」

黃堂像是遲疑了一下，才道：「我在警方的檔案中，知道你的很多事。而且，你和楊立群、劉麗玲都是好朋友，現在……事情……有點……好像……」

我聽到這裏，忍不住道：「請你爽快一點講，不要吞吞吐吐。」

黃堂吸了一口氣：「好，衛先生，我在醫院，胡協成醒過來了，講了一些話。」

我「哦」地一聲，道：「那你就該將他講的話記錄下來，他是不是為自己辯護？照我看，整件事，他很難找到什麼話替自己辯護的了，他……」

黃堂打斷了我的話，道：「衛先生，胡協成講的話極怪，你最好能來聽聽，真有點不可思議，我完全不懂他說的是什麼，你或許可以有點概念。」

我實在不明白黃堂的邀請是什麼意思。這一天，如果我有別的事要做，我一定會拒絕他的邀請。但是我恰好有空，而且又想到，胡協成是案中的主要人物，他的證供，對整件案子起著十分重要的作用。他如果完全否定了劉麗玲的證供，案子的發展，就大不相同了。而楊、劉兩人的事情，我是十分關心的。

所以，我當時就道：「好，我就來。」

黃堂又叮囑了一句，道：「你要來，最好快一點。醫生說，胡協成的傷勢十分重，已經沒有希望了，他忽然醒來，可以說話，是臨死之前的迴光反照。」

我一聽，連忙抓起外衣，飛衝下樓。

同時，我的心中，已形成一個概念。我想，一個人在臨死之前，是很可能胡言亂語的，警方人員聽不懂他在說些什麼，也很可以理解。因為我抱著這樣的想法，所以我雖然急急趕著路，但是並不起勁。

當我才一走進醫院的大門時，就看到一個十分壯健的年輕人迎了上來，向我伸出手，緊握住我的手：「我叫黃堂，快跟我來。」

他只說了一句話，轉身便奔，將迎面而來的人，不客氣地推了開去，我只好跟在他的後面，奔進了一間病房之中。

一進病房，我就看到了胡協成。這是我第一次見到這個人。這個人的樣子如何，由於在我見到他之後，大約只有半小時的時間，便已死去，所以不值得形容了。值得一提的，是他的神情。

他是一個身受重傷的人，躺在床上，可能連挪動一下腳趾的力氣都沒有，生命正迅速遠離他的身子。可是他臉上的那種神情，卻令人吃驚。他的雙眼睜得極大，面肉在抽搐著，更奇的是，他不斷在講著話，聲音不算宏亮，可是十分清晰。

我一進去，就聽得他在說：「小展不知道我們給他的是毒菰粉，他還以為是蒙汗藥。」

只聽得這一句話，我已經呆住了。

黃堂可能注意到了我的神情，立時向我望來。

後來，我和這位黃堂先生，又有若干次的接觸，知道了更多他的性格和為人。而這時，我已經可以肯定，他是一個十分機智的人，反應極快。他一看到我聽到了這句話之後的神情，立時問道：「衛先生，你懂得他這句話是什麼意思？」

我連百分之一秒都沒有考慮，就道：「不懂，這是什麼話？」

黃堂用疑惑的神情看著我，我急步來到病床前，湊近胡協成：「你……你是誰？」

我在問這一句話的時候，聲音忍不住在微微發顫。

胡協成剛才講的那句話，我相信全世界聽得懂的，只有我、白素和楊立群三個人。

他提到了「小展」，提到了「毒菰粉」，又提到了「蒙汗藥」。

若干年前，在北方一個鄉村的茶棚中，有四個客商，因為中毒而死！這樣的事情，怎麼會出自胡協成之口呢？而且，檔案上並沒有列明是什麼毒，他怎知道是「毒菰粉」？

所以，我的第一個問題，是要弄清楚胡協成是以什麼人的身分在說這句話的。

胡協成瞪大了眼望著我，眼神異常空洞：「我是王成！」

我的震動，真是難以言喻。剎那之間，我的身子，劇烈地發起抖來。

如果胡協成第一句話就這樣說，我可能一時之間，根本想不起「王成」是什麼人來。但是現在的情形卻不是這樣，他先講的話，已經使我想起很多事來，這時，他再自稱是王成，給我的震動之大，可想而知。

王成，就是那個二流子。翠蓮說他是殺死展大義的兇手，保安隊一直要將他緝拿歸案的那個人。

事情隔了那麼多年，不論王成躲在什麼地方，他能夠逃得過保安隊的緝拿，也一定逃不過死神的邀請，他自然是早已死了。那麼，自胡協成口中講出來的「我是王成」，又是什麼意思呢？

在我一聽到了這句話之際，由於所受的震動實在太甚，是以一時之間，竟然什麼都不能想。但是這樣的情形並沒有維持多久，只不過是幾秒鐘的時間，我立刻想到：胡協成的前生是王成。

一想到了這點，我心緒更是紊亂不堪，剎那間，甚至連呼吸也感到困難。

我想到的事太多了。一時之間，理不出一個頭緒來。在我發怔間，黃堂在旁道：「他又自稱王成了。他一直說自己是王成，真不知是什麼意思。」

我苦笑了一下，心忖，要解釋明白那是什麼意思，實在太不容易，還是別解釋的好。我只好喃喃地道：「或許，他根本是神智不清。」

我說著，在病床上的胡協成，忽然一伸手，抓住了我的手臂。

看胡協成的樣子，像是想藉著抓住我的手臂而坐起身來，可是他連用了幾次力，都未能達到目的。他大口喘著氣：「小展，我們只不過騙了你，那婊子……那婊子才是真正害你的人。她倒咬一口，說我殺你，害得我背井離鄉，那婊子將七百多兩金子全部帶走了。小展，你要找，得找那婊子，別找我！」

胡協成這一番話，雖然說來斷斷續續，可是卻講得十分清楚，人人都可以聽得明白。

黃堂的神情疑惑到了極點。我知道，他的疑惑，是由於我對這番話的反應而來的。這一番話我完全聽得懂，黃堂當然一點也不懂。黃堂是在疑惑我何以聽得懂。

我實在不知該說什麼才好。胡協成將我的手臂抓得更緊，突然又叫了起來：「我們全上了那婊子的當！全上了她的當！事情本來就是她安排的，我們卻去頂了罪，她得了金珠寶貝。」

胡協成說到這裏，不停地喘著氣，在旁邊的兩個醫生搖著頭，其中一個道：「你們不應該再問他了，他已經快斷氣了。」

我道：「你應該看得出，我們並沒有問他什麼，全是他自己在說。」

那醫生沒有再說什麼，胡協成在喘了足足三分鐘氣之後，又道：「小展，你倒楣，我不比你好，老梁、老曾他們也一樣，全叫這婊子給害了，全叫……」

他講到這裏，所發出的聲音，已是淒厲絕倫，聽了令人汗毛直豎。然後，陡地停了下來，喉際發出了一陣「咯咯」聲，雙眼向上翻。兩個醫生連忙開始急救，一個準備打針，但另一個醫生卻搖頭道：「不必了。」

我也可以看出，任何針藥，都不能挽回胡協成的生命了。他喉間的「咯咯」聲，正在減低，而圓睜著的雙眼之中，已經冒現了一股死氣。

前後大約只有一分鐘，醫生拉過床罩，蓋住了胡協成的臉，然後，向我們作了一個無可奈何的手勢。

胡協成死了。

在那時，我由於思緒的紊亂和極度的震驚，所以在神情上，看來如同呆子一樣。這一點無疑令得黃堂十分失望。他本來以為找了我來，可以解答他心中的疑問。誰知我的表現是如此之差。

不過，黃堂還是不死心，當我和他一起走出醫院之際，他還是不斷地在問我，道：「胡協成究竟是怎麼了？他忽然講那麼多話，是什麼意思？」

我的回答是：「不知道。」

他一直在向我提著問題，而我的回答，也全部是「不知道」。所以，我只是記下了他的問題。

人。

我之所以要記下黃堂的問題，是因為黃堂是一個歸納推理能力十分強的人。

黃堂根本不知道胡協成在講些什麼，但是卻也可以在胡協成的話中，歸納出某一件事的輪廓來。黃堂問道：「他好像夥同幾個人，做過一件傷天害理的事，用毒菰的粉毒人？」

黃堂又問：「和他同夥的人，一個叫小展，還有一個『婊子』？另外兩個人，好像一個姓梁，一個姓曾？」

黃堂再問：「結果，好像只有那『婊子』得了便宜，其餘的人都受騙了？」

黃堂不斷在問：「可是，為什麼警方的檔案裏，根本沒有這件案子？」

最後，黃堂有點發火，說道：「不知道，不知道，你什麼都不知道！」

我的回答是：「我的確什麼都不知道！你不能因為我不知道而責怪我，因為你自己也什麼都不知道。」

黃堂苦笑了一下，我自顧自上了車，回家，找到了白素，要她立刻回來，然後，將胡協成臨死之前的那番怪異的話，講給她聽。

白素也聽得臉色發白，道：「胡協成……就是王成？」

我忙道：「不，你不能這樣說，就像不能說楊立群就是小展，劉麗玲就是翠蓮一樣。」

白素「嗯」的一聲：「胡協成的前生是王成？」

我點頭道：「這樣說，聽起來至少比較合理一點。」

白素吸了一口氣，道：「我們先像拼圖一樣，把以前所發生的事拼湊起來。」

我對白素這個提議，表示同意，並且發表了我的第一個意見：「多年之前，有四個商人，帶著他們賺來的錢，大約是七百多兩金子和其他的珠寶，由南向北走。他們身懷巨資的事，被人知道了。」

白素道：「是。一般來說，身懷巨資的商人，對自己身邊的財物數字，十分小心保密，普通人是不容易知道的。」

我接下去道：「可是如果面對著一個美麗動人的女人，在得意忘形之際，就會透露一下，來炫耀他的身分。」

白素一揮手：「對，知道他們身邊有黃金珠寶的人是翠蓮。」

那四個商人是怎樣會和翠蓮相識的，當然過程絕不會複雜。翠蓮是「破鞋」，商人旅途寂寞，需要慰藉，這兩種人的相遇，是自然而然的事。

我道：「翠蓮一知道了他們有金銀珠寶，就起了殺機，商人不知道自己透露了身邊有錢，已伏下了殺機。」

白素皺著眉，說道：「這樣說法，可能不是很公平。我想，翠蓮當日，未必有殺機，只是起了貪念，她一定和王成等三人提起了這件事。」

我想了一想：「唔，這樣推斷比較合理，王成等三人一聽，就起了殺機，並且想到了小展可以利用。」

白素道：「我不明白，整件事情之中，小展這樣的老實小夥子，似乎不應該牽涉在內的。」

我來回走了幾步：「首先，小展和翠蓮是有密切關係的，小展一定在迷戀著翠蓮。」

白素說道：「這一點，毫無疑問。」

我又說道：「從已經獲得的資料來看，他們的計劃，十分完美，其中也需要一個像小展這樣的老實人。」

白素的神情仍然不明白：「為什麼？」

我道：「他們將毒下在茶桶裏，出外經營的客商，在世途不太平的時候，行事會特別小心，對路邊茶棚的茶水，多少有點戒心。但是小展在茶棚，正喝著茶——小展在喝的，當然是還未曾下毒之前的茶水——那四個客商，看到有人在喝，當然不會再起疑，於是，他們就喝下了有毒的水，中毒身亡。」

白素「啊」的一聲，道：「計劃真是周詳之極。而且，小展也不知道他放在茶桶中的是毒藥，只道那是蒙汗藥——那當然是王成等三人騙他的。小展不想害人，他們一定利用了什麼言辭，說動了小展，奪取那四個客商身邊的錢財。」

我悶哼了一聲：「我相信說客一定是翠蓮。所說的話，大抵是小展有了錢，就可以和她雙宿雙飛之類，這才令迷戀她的小展動了心。」

白素嘆了一聲：「結果，四個客商中了毒，翠蓮先出現，取走了客商身邊的財物，她可能還對小展說過，財物先由她保管。」

我點頭道：「是的，因為她一上來，就沒安著好心。」

白素再道：「可是，王成等三人，卻以為是小展得了財物，所以一直在逼小展。」

我苦笑了一下：「其中一次逼問，就是楊立群的那個夢，南義油坊中的拷問。」

白素吸了一口氣：「那也是最後一次逼問。」

我手握著拳，在空中陡地一揮，憤然道：「翠蓮這婊子也太狠心了，小展這樣維護她，她不和小展分享這筆錢財也罷了，竟然還殺了小展！」

我的情緒太激動了，是以白素瞪了我一眼，我不好意思地笑了笑。白素道：「事實上，事情一開始，翠蓮就將那四個男人玩弄於股掌之上。她殺了小展，嫁禍王成，令得王成等三個人非逃走不可，而錢財一直在她的身上，等到沒人注意她了，她才帶著錢財走了。」

我道：「從此之後，沒有人再知道她的下落，也沒有人再知道王成等三人的下落，而在若干年之後，他們當然全死了……」

我講到這裏，並沒有再講下去，神情也變得相當的怪異。

「若干年之後，他們全死了。」這樣，應該整件事，全告結束了。

可是，事實上，情形卻不是這樣的，事情並沒有結束，而且還延續了下來。

小展變成了楊立群，楊立群保留了一部分小展的記憶。翠蓮變成了劉麗玲，劉麗玲也保留了一部分翠蓮的記憶。

胡協成的情形怎麼樣，我不清楚，因為根本不認識這個人，但胡協成的前生是王成，已是毫無疑問的事。可能在胡協成的一生之中，也有著重複的怪夢，也可能是胡協成在臨死之前的一剎那，才想起前生的事。

而奇妙的是，胡協成和劉麗玲，今生曾經是夫婦。劉麗玲是這樣美麗出色的一個女子，她如何會嫁給胡協成這樣一個一無可取、外形又如此猥瑣的男人，不但旁人不明白，只怕連她自己也不明白。世上有許多這樣的結合，旁人只好嘆一聲：「感情是沒有道理可以講的。」

但，真是「沒有道理可講」？古老傳言，有「不是冤家不聚頭」之說，劉麗玲和胡協成，看來就是冤家，所以才聚了頭。

翠蓮曾做過許多對不起王成的事，甚至誣陷王成是兇手，害得王成要逃亡。

這一點，是不是劉麗玲莫名其妙做了胡協成三年妻子的理由？

我一面想著，一面將自己所想的講出來。白素一直在用心聽著，沒有表示什麼意見。直到聽到我提出了劉麗玲嫁給胡協成這一點，才皺著眉，道：「你的意思是，凡是今生成為夫婦的，都有前生的因果在？」

我想了好一會兒，因為白素的這個問題，並不容易回答。在想了至少三分鐘之後，我才道：「常言道：不是冤家不聚頭，『冤家』的意思，並不單指在冤仇而言，有過異常的關係，都可以總稱冤家。也就是說，這是一種因果糾纏，『果』是好是壞，要看『因』是如何而定。」

白素喃喃地道：「越說越玄了。」她講了一句之後，忽然望定了我：「我和你前生又有什麼『因』？」

我苦笑了起來：「誰知道，或許我是一個垂死的乞丐，你救了我！」

白素幾乎直跳了起來：「什麼話？今世你是在報恩？好不知羞！」

我雙手高舉，做投降狀：「別為這種無聊的問題來爭好不好？」

白素的神情變得嚴肅：「前生有因，今生有果，這是可以相信的。但是我不認為如今發生的每一件事，都由於前生的因。」

我有點不明白：「請你舉一個具體一點的例子。」

白素道：「譬如說，一個劫匪行劫，傷了事主，難道可以說是因果？難道可以說是這個事主前生一定有著被這個劫匪刺傷的『因』在，所以才有這樣的『果』？那麼不論做任何壞事，都可以有藉口了。」

我深深地吸了一口氣，拍了幾下手：「說得好！當然不是每一件事都由『因』而來。但是，有『因』一定有『果』，『因』是可以有開始的。劫匪傷人，那是他種了惡因的開始，結果一定會有惡果！而惡果的嚴重，比惡因一定更甚。像劉麗玲，莫名其妙做了胡協成三年妻子，我想她在這三年內所受的苦痛，一定比當年王成逃亡的過程更痛苦。」

白素沒有再說什麼，只是長長地嘆了一口氣。我又道：「而王成當年，拿毒藥欺騙了小展，後來又曾幾次毒打小展，那是他種下的惡因，結果是胡協成死在楊立群的刀下，那是惡果。」

白素見我一直講不停，連連揮著手：「別說下去了。我們對於這方面的事，可以說一無所知，你先別大發謬論。」

我瞪著眼：「怎麼見得是謬論？人有前生，已經可以絕對證明。」

白素搖頭道：「我不是否認這一點，而是其中的情形怎樣，我們一無所知。人有前生，那是說，人死了之後的記憶，有可能進入另一個人的腦子之中？」

我迅速地來回走著，想用適當的字眼，來回答白素的問題。可是我發現要找到適當的字眼，十分困難。想了好一會兒，我才道：「我們可以先假定，人死了之後，靈魂就脫離了肉體。」

白素道：「然後呢？」

我揮著手：「然後，這個靈魂就飄飄蕩蕩，直到機緣巧合，又進入了一個新生的肉體之中，這就開始了他另外一生。」

白素冷笑著，現出了不屑的神色來：「你這樣的說法，比鄉下說書先生還差。照你這樣講，應該每一個人都記得他的前生。事實上為什麼只有極少數的人可以憶起他的前生，而絕大多數的人都不能？」

我乾嚥著口水，答不上來。在受窘之後，多少有點不服氣：「那麼，照你說呢？」

白素道：「我早已說過，對於這些玄妙的事情，不單是我們，整個人類，還一無所知。我要說，也只不過是我的一種想法。」

我笑道：「別說那麼多開場白，就說說你的想法。」

白素笑了一笑：「好，首先，我反對用『靈魂』這個名詞。」

我呆了一呆，想不到白素會從這一點開始，我道：「為什麼？這個名詞用了很多年，有什麼不妥？」

白素說道：「正因為靈魂這個名詞用了很多年，所以，任何人一聽到這名詞，就形成一種錯覺，好像真有靈魂這樣一個『東西』的存在一樣。」

我叫了起來：「你是說靈魂不存在？」

白素道：「你別心急。靈魂這個名詞的不妥當，就是容易叫人以為那是一種『東西』，是有形象的。死去了的人，他的靈魂和他生前一樣，等等。可是事實上，人死了之後，脫離了軀殼之後的，絕不是任何『東西』，只是一組記憶。」

我又呆了一呆，一時之間，接不上口，所以只好「嗯」的一聲：「一組記憶？」

白素道：「是的，一組記憶。這組記憶，是這個人腦部一生活動的積聚，腦電波活動的積聚。」

我大搖其頭，說道：「我不明白。」

白素道：「事實還得從頭說起。我們每一個人，都有每一個人的記憶，你認為我們每一個人的記憶，是儲存在人體的哪一部分？」

我嗤之以鼻：「是在大腦皮層。」

白素道：「這是最流行的說法。可是在解剖學上，發現不到記憶的存在。在各種其他地方的探測試驗上，也找不到記憶的所在。人腦的資料究竟儲存在何處，目前還找不到。」

我失笑道：「一定是存在的，不然，人就不會有記憶了，是不是？」

白素說道：「當然是存在的，有一派人研究的結果，認為人的記憶，根本不在人體之內，而是在人體之外。」

我也聽過這種說法，所以我點了點頭：「這一派人的理論是，人的記憶，是一組電波，這組電波，只和這個人的腦部活動發生作用，所以每一個人才有每一個人不同的記憶。」

白素道：「是這樣。當人死了之後，大腦停止活動，不能再和這組記憶發生作用。但是這並不等於這組記憶已經消失。正像一架錄音機壞了，絕不等於錄音帶上的聲音消失了一樣。」

我明白白素想說什麼了，是以立時接下去道：「人死了之後，這組記憶，仍然存在。」

白素道：「是的，記憶存在。一組記憶，本來屬於獨特的一個人，只和這個人的腦部活動發生作用。這個人死了之後，記憶依然存在——至於以什麼方式存在，無人知曉。但是，一定是以『能』的方式存在，而不是以『物質』的方式存在。」

我大聲道：「對於這一點，我並無異議！」

白素又說道：「這組記憶，虛無縹緲，不可捉摸，當然也更看不到。」

我聽到這裏，咕噥了一下，道：「稱之為『一組記憶』和稱之為『一個靈魂』，實在沒有多大的分別。」

白素沒有和我爭論這一點，只是自顧自說下去：「一組記憶可以存在多久，也沒有人知道。或許可以存在千百年，也或許只能存在三年五載，也或許每組記憶存在的時日完全不同。總之，記憶如果在沒有消失之前，忽然又和另一個人的腦部活動發生了作用，那麼，另一個人就有了這組記憶。假設這組記憶本來屬於A，後來又和B的腦部發生了作用，那樣的情形下，A就是B的前生！」

白素侃侃而談，以她的想法來解釋前生和今世的關係。我聽了之後，想了一想，才道：「照你這樣說法，人根本沒有前生？」

白素道：「誰說沒有？像楊立群，就是因為有小展的記憶和他的腦部活動發生了聯繫，所以，小展就是楊立群的前生。」

我道：「劉麗玲和翠蓮，胡協成和王成的情形，也全是這樣？」

白素道：「當然。」

我又大搖其頭：「如果只是一種巧合，A的記憶，和B的腦部活動發生了關係，為什麼前生有糾纏的人，今世又會糾纏在一起？」

白素嘆了一聲，道：「我已經說過了，其間錯綜複雜的關係，現在根本沒有人知道。或許在若干年之後，看起來好像十分簡單，但現在不會有人明白。就像一千年前的人，不會明白……」

我接下去道：「不會明白最簡單的手電筒的原理一樣。」這正是我最喜歡舉出來的一個例子，用來說明時間和人類科學之間的關係。

手電筒，如今看來，是最簡單的東西。但在三百年前，世界上最聰明的人，想破了他的腦袋，也不會明白手電筒的原理。

白素道：「是啊，若干年後，這種問題的真相可能大白，現在，誰也不知道。」

我喃喃地道：「一組記憶，一組記憶……記憶和記憶之間……」忽然，我笑了起來：「會不會本來有關係的記憶，容易和現在有關係的人發生接觸？」

白素提高了聲音：「別去想，你想不通的。」

我實在不能不想，可是也實在無法再想下去。

在會見了胡協成之後，我和白素長時間的討論，就到此為止。

以後，我們又曾討論了幾次，但是說來說去，也脫不了這一次長談的範圍，所以也不必重複了。

我和白素都作了一個決定，胡協成臨死之前所說的一切，我們都決定不向楊立群、劉麗玲提起。

胡協成死了，警方以殺人罪起訴楊立群，但由於一切證據都對楊立群有利，所以陪審員一致裁定楊立群的罪名不成立。

楊立群和劉麗玲的關係，本來還是秘密的，但在經過了這次事情之後，他們兩人的關係已完全公開了。楊立群根本不再回家，公然和劉麗玲同居，兩人的感情，也越來越熾烈。

白素仍然保持和劉麗玲的接觸，瞭解她的生活，觀察她和楊立群生活、感情上的變化。

接下來的幾個月中，並沒有什麼可以記述的事。楊立群和劉麗玲外出旅行了好幾次，足跡幾乎遍及全世界，兩個人出現在任何地方，他們相互之間的親熱程度，都足以令人欣羨。

我也曾和他們偶遇過幾次，每次看到他們兩人，像扭股糖一樣摟在一起之際，心頭的陰影始終不能抹去。

他們兩人結果會怎樣呢？楊立群是不是已經放棄了尋找「某女人」？如果給他發現了「某女人」就是劉麗玲，他會怎麼樣？

不過，既然從各方面來看，他們兩人都要好得如同蜜裏調油一樣，似乎也沒有理由為他們再擔心下去，一切都好像很正常。楊立群和他的妻子孔玉貞，已經協議分居，一旦分居期滿，就可以離婚，到那時，楊立群和劉麗玲毫無疑問會結成夫婦。

第九部：人人都有前生糾纏

約莫在胡協成死後四個月，在一個酒會之中，我正和一個朋友在傾談，那朋友的目光，忽然轉向右，久久不回過來。我循他的目光看去，看到容光煥發、艷光四射的劉麗玲，正自入口處走進來，陪在她身邊的，是風度翩翩的楊立群，看來有點疲倦。

我笑著，用拳頭在我的朋友臉際輕擊了一下：「別這樣看女人！」

我那朋友的臉紅了一紅。楊立群發現了我，逕自向我走了過來，神色凝重。一看到楊立群這種神情，我知道一定有什麼事發生了。

果然，楊立群一來到我身前，便壓低了聲音：「我正想找你，我們可以單獨談談？」

我道：「可以。」

楊立群一副迫不及待的樣子，一聽我答應，立時拉著我走開去，我道：「現在？」

楊立群道：「立刻。」

我向和其他人寒暄的劉麗玲望了一眼，道：「上次你留在我那裏的東西，還在我手上。本來我有一番話要對你說的，可是第二天就發生了胡協成的事，所以我一直沒機會對你說。」

當我說這幾句話的時候，楊立群已將我拉出了會場，進了電梯。一進了電梯之後，他的神情就變得十分異樣：「你還記得胡協成的事？」

楊立群這樣說法，實在是十分滑稽的。他殺了胡協成，這是轟動全市的新聞，又不是過去了十幾二十年，誰會不記得？不過我並沒有說什麼，怕太刺激他，我只是道：「不容易使人忘記。」

楊立群像是根本沒有聽到我的話，只是皺著眉，不知在想些什麼。

一直到我們進了一家咖啡室，在一個幽靜的角落處坐了下來。楊立群先向外面看了一下，才壓低了聲音道：「衛先生，我對你說的話，你能保證不洩露出去嗎？」

我最怕人家這樣問我，因為事情若涉及秘密，總有洩露的一天，就算你遵守諾言，他也一定不止對你一個人講起的，何苦負日後洩露秘密的責任？所以我一聽之下，就雙手連搖：「不能保證，還是別對我說的好。」

楊立群像是想不到我會有這樣的反應，呆了一呆，神情很難過地望著我：「我……不對你說，那麼對誰說好呢？」

我順口說道：「你可以根本不說。」

楊立群嘆了一聲：「不說，我心裏不舒服。這件事，日日夜夜藏在我心中，我一定要講出來，才會舒服。」

我看著他那種愁眉苦臉的樣子，心裏也相當同情他：「或許，你可以對你最親近的人，像劉麗玲說……」

我的話還未講完，楊立群已陡地叫了起來，道：「不，不能對她說！」他的神情顯得如此驚恐，甚至在不由自主喘著氣，又補充道：「萬萬不能！」

我用疑惑的眼光望著他，楊立群點著了一支煙，猛吸了幾口，才道：「如果我對她講了，她一定會以為我是神經病，會離我而去。」

我吞了一口口水，試探著問道：「你要對我說的事，是和……你的前生有關？」

楊立群用力點著頭。

我嘆了一聲：「好吧，如果你不講，這種事一直在折磨你，總不是味道。是不是你又做同樣的夢了？」

楊立群苦笑道：「同樣的夢一直在做，每次都將麗玲嚇醒，幸而她一直沒有問我。」

我忙將頭偏過去，不敢和他的眼光接觸。因為我知道一個秘密，每當楊立群做這個夢的時候，劉麗玲也在做同樣的夢。

楊立群顯然全副心神都被他自己的事困擾著，所以全然未曾注意我的神態有異，他忽然將頭湊近了些，壓低了聲音道：「我殺了胡協成。」

他忽然又講了這樣一句話，我不禁怔了一怔：「這件事，人人都知道，而且已經過去了。」

楊立群將聲音壓得更低，而且，語音之中充滿了神秘，他道：「其實，事情的真相，只有我和麗玲兩人知道。不，應該說，事情的真相，只有我一個人知道。」

一聽得他這樣講，我不禁呆了半晌。

楊立群這樣說法，是什麼意思？「事實的真相」只有他一個人知道？那麼，劉麗玲的供證，難道全是假的？

我在呆了半晌之後，吸了一口氣，道：「你可以不必擔心，同樣的罪名，是不能被檢控兩次的，你已經被判無罪了。」

在這樣的情形下，我只能假設「事實真相」另有別情，所以也只好安慰他。

楊立群神情苦澀：「這我明白，可是……是我殺了胡協成。」

他一面說，一面望著我，我只好攤了攤手：「這一點是無可否認的了，你是自衛。」

楊立群緩慢地搖了搖頭，道：「不是。」

我又震動了一下，立時想起了事情發生之後，楊立群在警局中的情形。當時，他只是目光空洞地坐著，動也不動，不知道在想些什麼。而如今，他說他殺胡協成，不是自衛殺人，那是什麼？

我也壓低了聲音：「你是蓄意謀殺？」

楊立群又現出了一種十分茫然的神情：「也……不是，那天以前，我只知道胡協成這個人存在，從來也沒有見過他。」

楊立群的話，令我感到極度的迷惑。我實在猜不透他想說些什麼，只好不再打斷他的話頭，由得他去說。他又連吸了幾口煙，然後，將煙頭在煙灰缸上弄熄，望著桌面：「麗玲在警局講的話，只有第一句是真實的情形！那天中午，我們回家，一走出電梯，就看到胡協成站著。」

楊立群講到這裏，略頓了一頓，才又道：「我一看到有人站著，我根本不認識他。我的第一個印象，就是對這個人起了一種極度的厭惡感。我很少這樣討厭一個人，而且這個人我從來也沒有見過。可是那時候，那種厭惡感是如此強烈，以致他雖然並沒有擋著我的路，在跨出電梯之際，我還是厲聲喝著：『讓開！』」

我搖著頭：「胡協成是一個外形極猥瑣的人，這樣的人，是很惹人討厭的。」

楊立群側著頭想了片刻：「外形？不關外形的事，我只是憎惡他。當我第一眼看到他就厭惡他的時候，還不知道是為了什麼，可是當我動手殺他的時候，我就明白了。」

我吃了一驚，一時之間，不知如何搭腔才好。當時我的樣子，也只有「張口結舌」四個字才能形容。

楊立群又道：「他聽到我一喝，連聲道：『是！是！是！』而且立即退了開去。我只當他是一個不相干的人，讓開了，本來也就算了。可是他卻目不轉睛地望麗玲，這使我極憤怒，而麗玲則在避開他的目光，也現出極厭惡的神情來。這種情形，使我立時感到，他們是認識的，那使我更憤怒，我問他：『喂，你是什麼人？』」

楊立群喝了一口咖啡，又點著一支煙，才又道：「他態度極恭敬，說道：『楊先生，我姓胡，叫胡協成！』我一聽他的名字，就知道他是什麼人了。這時，麗玲也開口了，不但聲色俱厲，而且充滿了厭惡，她說：『你來幹什麼？我和你什麼關係都沒有了！』胡協成神情苦澀的叫道：『麗玲……』他才叫了一聲，就被我喝阻了，他忙改口道：『劉小姐，我，我……』」

我用心聽，根據楊立群的話，想像著當時的情景。胡協成毫無疑問，生活潦倒，他去找劉麗玲，多半是想弄點小錢，一個男人到這種地步，還要低聲下氣，沒出息是沒出息到了極點，可憐也算是可憐到了極點。

楊立群繼續道：「我一面挽著麗玲，向門口走去，一面回頭看著像乞丐一樣跟在後面的胡協成，喝他：『快滾！』在我這樣喝斥的時候，麗玲已經打開了門，走了進去。胡協成僵立著，神情很苦澀，喃喃地道：『我真是無路可走了！我……買了一柄刀……想去搶劫，可是……我又沒有勇氣……』」

楊立群向我望來，面肉抽動著：「衛先生，在聽到胡協成這句話之前，我一輩子沒有起過殺人的念頭，可是一聽得他那樣講，我望著他，心中對他的厭惡和憎恨，升到了頂點，我突然想到要將這個人殺掉。真的，在此之前，殺人，我想都沒有想過。」

我悶哼了一聲：「未必沒有想過，你千方百計想找到『某女人』，不是想回刺她一刀？」

楊立群被我的話刺激得跳動了一下，苦笑道：「沒有。我只是想找到這個女人，絕未想到要殺她。我只是想知道……當初她為什麼要殺我！」

我悶哼了一聲：「廢話。你怎麼知道這個女人還能記得前生的事？」

楊立群立時道：「是你告訴我她也有這樣的夢的。」

我道：「夢只是片斷，和你一樣，我看你就不記得前生曾做過一些什麼具體的事。例如那四個皮貨商人中毒死亡的事，就和你的前生有關。」

楊立群在剎那之間，臉脹得通紅，額上的筋也露了出來，鼻尖在冒著老大的汗珠。他的這種神態，倒叫我嚇了老大一跳，我忙道：「先別討論下去，你起了要殺胡協成的念頭之後，怎樣行動？」

過了至少兩分鐘之後，楊立群神態才漸漸恢復了正常，慢慢喝著咖啡：「我當時哼的一聲冷笑，道：『你想去搶劫？我看你連刀都拿不穩！』胡協成的手發著抖，真的取出了一柄刀來，打開包在刀外的紙，道：『楊先生，你看，其實我不要太多，我只要三千元，只要三千元就夠了，你能不能幫幫我？像你這樣的有錢人，三千元根本不算什麼。』不知道為什麼，他越是卑詞曲顏，我心中對他的憎惡便越來越甚。我甚至裝出一副同情他的神情來，道：『好吧，你進來，我給你！』他一聽之下，大是高興，連聲道謝，跟著我進了屋子。」

楊立群的雙手互握著，放在桌上。他的手握得極緊，以致手指泛白：「我在看到他這柄刀的時候，就有了殺他的全部計劃。」

楊立群講得這樣坦白，我聽得心驚肉跳。

楊立群又道：「他跟著我進了屋子，麗玲就十分惱怒，道：『你帶他進來幹什麼？』我低聲在她耳際說：『我替你永遠解決麻煩！』麗玲一時之間，還不明白我這樣說是什麼意思。那時，胡協成站著，有點不知所措的樣子。屋中豪華的佈置，顯然令他目眩。白象牙色的地毯，也令得他站在那裏，不知道該脫鞋子好，還是繼續向前走來的好。」

楊立群描述當時的情形，倒將一個窮途潦倒的人，講得十分生動。

楊立群繼續道：「我向他作了一個手勢，道：『請坐。』胡協成忙道：『不必了，我站著就好。』我向他笑道：『那你至少將刀放下來，不然，人家會以為你進來搶劫。』他一聽，立時手足無措，想將刀藏在身上，但是包在刀上的紙已被他抛掉，刀又十分鋒利，沒有法子放。我在這時向他伸出手去，他就自然而然，將刀交到我的手上。」

楊立群講到這裏，大口大口地喘著氣，臉色也蒼白到了極點，聲音也在不由自主地提高。

我忙道：「請你稍為壓低聲音。」

楊立群點了點頭，聲音又放得十分低：「刀一到了我的手中，我殺人的念頭，更是不可抑止。突然之間，突然之間……突然之間……」

他一連講了三聲「突然之間」，由於急速地喘著氣，竟然講不下去。

他在敘述他快要動手殺人時的心態，我自然不能去打斷他的話頭，只好由得他去喘氣。過了好一會兒，他才道：「突然之間……我覺得自己變了，我變得不再是楊立群，我變成了展大義……」

我聽到這裏，陡地吸了一口氣，身子也震動了一下，連杯中的咖啡都濺了好些出來。

楊立群的神情，更是古怪莫名，他仍然一再喘著氣，講道：「我自覺我是展大義，而更不可理解的是，我看出去，胡協成不再是胡協成，是……是……」

我只感到遍體生寒，楊立群道：「胡協成不再是胡協成，而是王成。」

他在講出了王成的名字之後，望著我：「你對王成這個名字，是不是有印象？」

我當然有印象，而且印象太深刻了。在經過胡協成臨死之前的那番話之後，怎麼會沒有印象？可是我只是點了點頭：「是，好像就是當年在南義油坊中，打你的那三個人中的一個。」

楊立群道：「就是他！我也立即明白了為什麼我一看到他就這樣憎惡的原因。他是王成！他是王成！我握刀在手，所想到的就是這一點，所以，我毫不猶豫地將手中的刀向他刺出去，刺了一刀又一刀……」

我忙阻止他道：「行了。你一共刺了他三刀，不必詳細講述每一刀的情形了。」

楊立群道：「是，我連刺了他三刀，血濺出來，他的身子倒向我，我扶住了他，他向我望來。」

楊立群講到這裏，陡地停了下來。

我道：「就這樣？」

楊立群道：「不，在他向我望來之際，最奇怪的事情發生了。」

我也苦笑道：「還會有什麼奇怪的事發生？你又不是給了他三千元，難道他還會謝謝你？」

楊立群揮著手，道：「他倒向我，我扶住了他。那時，麗玲一定被眼前發生的事嚇呆了，我也不知道她做了些什麼……胡協成在被我扶住之後，望著我，以幾乎聽不到的聲音道：『小展，是你！』」

我的聲音幾乎像呻吟一樣：「你……聽清楚了？」

楊立群道：「絕對清楚。我絕想不到他會講出這四個字來的。當時，我真正呆住了。我的前生是小展，這件事，只有你知道、尊夫人知道，胡協成是絕對沒有理由知道的，可是他卻叫我小展！」

楊立群講到這裏，用充滿了疑惑的眼光望著我，像是希望我給他答案。

我自然知道答案。胡協成的前生是王成，在他臨死之際，他已經知道自己的前生是王成，也認出了楊立群的前生是小展。

我不知道為什麼會有這種情形發生，或許，人到了臨死的一剎間，對於前生的一切，會一起湧上心頭；或許，正如白素所說，這裏面的種種複雜因素，如今根本沒有人可以明白，只能憑假設去揣測而已。

楊立群道：「他在說了這四個字之後，四面看著，眼珠轉動著。我隨著他的眼光看去，看到他的視線停留在呆立著的麗玲身上。當他望著麗玲的時候，他忽然現出極詫異的神情來，一個身受重傷的人，是無論如何不該有這樣的神情的。」

我聽到這裏，心中緊張到了極點。

因為，胡協成在臨死之前，既然有一種神奇的能力，可以使他看出楊立群的前生是小展，當然也能看出劉麗玲的前生是翠蓮。

要是胡協成也叫出了「翠蓮，是你！」這樣的話來，那麼，楊立群立時知道他要找的「某女人」就是劉麗玲了。

但是我立時又想到，剛才，楊立群和劉麗玲手挽著手進來參加酒會的情形，形態如此親熱，那顯然是他還不知道。

奇。」

我鬆了一口氣：「他重傷昏迷，神智不清，神情詫異一點，也不足為奇。」

楊立群對我的解釋，顯然不怎麼滿意，他道：「胡協成看著麗玲，忽然道：『怪不得……怪不……得……』他的聲音極低，在連講了兩聲『怪不得』之後，好像還講了一句什麼，可是麗玲就在這時，尖叫了起來，所以我沒有聽到他又講了什麼。麗玲一叫，胡協成昏了過去，我們由他倒在地上，麗玲過去，想扶他起來，也弄得一身是血，麗玲只是不斷叫著：『你殺了他！』當時，我極其鎮定，忙扶住她，教她應該怎麼做。」

我又大大鬆了一口氣。

胡協成在昏過去之際，最後講的那句話，楊立群沒有聽到，真是幸事。照楊立群的形容，胡協成在那時，一定已經認出了劉麗玲的前生是翠蓮。

胡協成連說了兩次「怪不得」，那也很容易理解。因為一直到那時，他才知道何以劉麗玲會嫁給他這樣的男人三年之久。

在接連兩聲「怪不得」之後，最有可能的一句話，是「原來你是翠蓮！」或者類似的話。

這句話，楊立群沒有聽到，自然最好了。

我道：「原來，劉麗玲的口供，是你教的。」

楊立群道：「是。我知道雖然我殺了人，但一切全對胡協成不利，我可以安然無事。」

我哼地一聲：「你在警局一言不發，那種神態也是做作的了？你的演技倒真不壞。」

楊立群道：「不。我那時，心中確實一片茫然。我在想，為什麼在突然之間，我會將他當作王成，而他又叫我為小展？我也在想，他忽然神情怪異，說了兩聲怪不得，是什麼意思。」

我問：「有結論沒有？」

楊立群嘆了一聲：「我不知想了多少遍，可是沒有結論。你……能提供些什麼？」

我幾乎不等楊立群把話講完，就道：「什麼也不能提供。一個重傷昏迷的人所講的話，有什麼意義？」

楊立群固執地道：「可是他叫我小展！」

我道：「你一直想著自己是小展，可能是你聽錯了。」

楊立群道：「絕不會。」

我沒有再說什麼，只是道：「你講這些給我聽，有什麼用意？」

楊立群挪了挪椅子，離得我更近一些：「我在想，胡協成的前生，會不會是王成？」

我不作任何表示。

楊立群嘆了一聲：「我想很可能是。王成一定曾經做過很多對不起我……小展的事，所以他才會莫名其妙地死在我刀下。」

對於楊立群這樣企圖為他自己開脫的話，我心中實在起了極大的反感。本來，我可以狠狠地用言詞刺激他的，可是我卻知道，胡協成的前生，確然是王成，而王成也的確曾做過不少對不起小展的事。所以，我竟然變得無詞以對，只好也跟著嘆了一聲：「這種虛無縹緲的事，誰知道！」

楊立群的神情，平和了許多：「在經過了這件事之後，我倒想通了很多。」

他忽然這樣說，我倒感到有點意外：「你想通了什麼？」

楊立群說得十分緩慢：「我和胡協成根本不認識，和他第一次見面，他就死在我的刀下，這是一種因果報應！」

我不置可否，只是「嗯」了一聲。楊立群又道：「如果是這樣的話，我實在不必致力去找『某女人』。我們前生既然有過生與死的糾纏，今生一定也會在因果規律之下相遇的。我根本不必去找她，我們一定會相遇，而且也一定會有了斷！」

我的脊背上，冒起了一股寒意，但是我卻竭力鎮定：「根據虛無縹緲的理論來看，倒不是沒有這樣的可能。」

我的話，模稜兩可，可是楊立群卻是信念十足，他道：「一定會的，一定會！」

我的寒意更甚，忍不住問道：「如果有這一刻，你準備怎麼樣？」

楊立群深深地吸了一口氣：「我不知道。作為楊立群而言，我根本不想對『某女人』怎麼樣。但到時，小展會對翠蓮怎麼樣，我完全不知道。」

楊立群的回答，可以說十分實在。但那種實在的回答，更增加了我心中的隱憂。

根據已得的資料，王成對小展，做過一些什麼呢？王成將一種毒菰粉，對小展說那是蒙汗藥，叫他放在茶桶中，給那四個皮貨商人吃，令得那四個皮貨商人中毒而死。

殺那四個皮貨商人的直接兇手是小展，但小展是受蒙騙的，他以為只不過是將四個商人迷倒，真正的兇手是王成。

王成還曾夥同其他兩個合謀者，毒打小展，毒打可能不止一次。王成對小展，只不過做了這些，已使楊立群在下意識中變成了小展之後，起了殺他的念頭，而且，這念頭是如此強烈，立即付諸實行。

而翠蓮，卻是小展熱愛的對象，小展為翠蓮犧牲了那麼多，堅守諾言，結果翠蓮卻殺了小展。

翠蓮對付小展的手段，比王成對付小展的手段嚴重、惡劣了不知道多少。

這實在是一個無法想下去的問題。我不禁為劉麗玲冒冷汗。而就在這時候，我卻看到劉麗玲走了進來。劉麗玲一進來，楊立群立時看到了她，他一面站了起來，一面道：「別提起剛才說過的任何話！」

我只發出了一下呻吟似的答應聲。看著劉麗玲來到近前，楊立群離開座位，迎了上去。任何人都可以看出這一男一女是一對戀人，而且他們之間的愛情熾烈，因為在他們的眼光之中，除了專注自己所愛的人之外，幾乎不注意任何其他人的存在。

一直到來到了近前，劉麗玲才向我點了點頭，算是和我打了一個招呼，然後，用埋怨的口吻道：「你怎麼啦，一轉眼，就人影都看不見了。」

楊立群道：「對不起，我有一點要緊的事，要和衛先生商量。」他又補充道：「是商務上的事情！」他一面說，一面已向我作了一個再見的手勢，接著，他就和劉麗玲互相緊摟著，走了出去。

他們互相將對方擁得那麼緊，真叫人懷疑在這樣的姿勢下，如何還能向前走動。可是他們顯然已經習慣了，居然毫無困難地向外走了出去。

這是一家十分高級的咖啡室，顧客一般來說，是不會對任何其他人發出好奇的眼光來的。可是當楊立群和劉麗玲向外走去的時候，所有的人，還是忍不住向他們望了過去。

我也望著他們的背影，心中不知是什麼滋味。

我絕不懷疑楊立群和劉麗玲的愛情。在胡協成被殺死之後，他們兩人變得更狂熱，可是，愛和恨，只不過是一線之隔。這樣深切的愛，在一旦知道了前生的糾纏之後，會不會演變為同樣深切的恨呢？

我想到這裏，不禁長長地嘆了一口氣。我揚起手來，準備召侍者來結賬，可是，就在此際，我看到一個女人，向我走來。

這個女人，我可以肯定，從來也沒有見過她，可是她卻向我走過來。她約莫三十出頭，樣子相當普通，可是卻有著一股淡雅的氣質，衣著也極其高貴。她的神情，帶著一種無可奈何的哀怨和悲憤。

在她向我走來之際，我只禮貌地向她望了一眼，她卻一直來到了我的面前。

她一到了我面前，就現出了一個禮貌的笑容：「對不起，能不能打擾你一陣？」

我作了一個請坐的姿態。她坐了下來，道：「真對不起，我實在想和你談談。你是衛斯理先生？其實你和楊立群，也不算是什麼朋友，不過我必需和你談一談，請原諒。」

她的話，令我感到十分疑惑，我道：「小姐是……」

她道：「太太，我是楊立群的太太，孔玉貞，楊立群和我還沒有離婚，我不肯，這……是不是很無聊？」

她說著，又顯露出一個十分無可奈何的笑容來。

剛才，我只是留意聽楊立群在講他如何殺了胡協成的經過，並沒有留意到咖啡室中的其餘人，根本不知道孔玉貞在什麼地方。想來，孔玉貞一定坐在一個極其穩秘的角落，因為連楊立群也沒有發現她。

我「哦」了一聲：「楊太太，請坐！」

孔玉貞坐了下來，道：「人家還是叫我楊太太，劉麗玲想做楊太太，可是做不成！」

我忍不住說道：「楊太太，男女之間，如果一點感情也不存在，只剩下恨的時候，我看還是離婚的好……」

我講到這裏，看到孔玉貞有很不以為然的神色，我忙作了一個手勢，示意她等我講完了再說：「而且，我看劉麗玲絕不在乎做不做楊太太。他們兩個人在一起，覺得極快樂，那就已經夠了。你堅持不肯離婚，只替你自己造成苦痛，楊先生就一點也不感到痛苦。」

或許是我的話說得太重了些，孔玉貞的嘴唇掀動著，半晌出不了聲，才道：「那你叫我怎麼辦？我還有什麼可做的？除了不肯離婚之外，我還有什麼武器、什麼力量可以對付他們？」

我十分同情孔玉貞，可是我也絕想不出什麼話可以勸慰她，只好嘆了一聲：「我只是指出事實，你這樣做，並沒有用處。」

孔玉貞低嘆了幾聲，看來她也相當堅強，居然忍住了淚，而且還竭力做出一種滿不在乎的神情來。

她道：「你和他一進來，我就看到了，我看到你們一直在講話。當初才結婚的時候，他也常對我講許多話，可是後來……後來……」

孔玉貞斷斷續續地說著，我對於一個失去了丈夫愛情的女人的申訴，實在沒有興趣。那並不是我沒有同情心，而是這是一件無可奈何的事，講些空泛的話，和聽她的傾訴，同樣沒有意義。

所以，我打斷了她的話頭：「或許你放棄『楊太太』這三個字，恢復孔小姐的身分，會讓你以後的日子，快樂得多。」

孔玉貞望了我片刻，才道：「你的話很有道理，很多人都這樣勸過我。」

她講到這裏，頓了頓：「衛先生，你是不是相信前生和今世的因果循環？」

我聽她突然之間講出了這樣一句話來，不禁嚇了老大一跳。我只好道：「這種事實在很難說，你為什麼會這樣問？」

孔玉貞神情苦澀：「你剛才說到恨，其實，我一點都不恨立群，只是感到這是命裏注定，無可奈何的事，我甚至感到，我是前世欠了他什麼，所以今生才會受他的折磨，被他拋棄。」

這樣的話，本來是極普通的，尤其是出自一個在愛情上失意的女人之口，更是普通。可是這樣的話，出自孔玉貞的口中，聽在我的耳裏，卻另有一番感受。因為楊立群、劉麗玲和胡協成三個人之間錯綜複雜的關係，的的確確，是和前生的糾纏有關的。

當我一想到這一點的時候，我心中又陡地一動。孔玉貞和楊立群是夫婦，那麼，他們的前生，是不是也有某種程度的糾纏？

我忙道：「你為什麼會這樣想？可有什麼具體的事實支持你這樣想？」

孔玉貞呆了半晌：「具體的事實？什麼意思？」

「具體的事實」是什麼意思，我也說不上來，就算我可以明確地解釋，我也不會說。我只好含含糊糊地道：「你說前生欠了他什麼——為什麼會這樣想？」

孔玉貞苦澀地道：「人到了無可奈何的時候，想想我和他結婚之後，一點也沒有對不起他的地方，而他竟然這樣對我，我只好這樣想了。」

孔玉貞的回答很令我失望，這是一個十分普通的想法。我所要的答案，當然不是這樣。於是我進一步引導她，問道：「有些人，可以記得前生的片斷，你是不是也有這樣的能力？」

孔玉貞睜大了眼，用一種極其訝異的神情望著我：「真有這樣的事？你真相信人有前生？」

我可以肯定孔玉貞不是在做作，是以我忙道：「不，不，我只不過隨便問問而已。」

孔玉貞又嘆了一聲，我改變了一下坐姿：「你剛才來的時候，好像有什麼話非對我說不可，你只管說！」

孔玉貞的神情很猶豫，欲言又止。我不說話，只是用神情和手勢，鼓勵她將要講的話講出來。她在猶豫了好一會兒之後，終於鼓起了勇氣：「在我們結婚的第二年，有一天晚上，他喝醉了酒，先是拚命嘔吐，後來，他忽然講起話來，講的話極怪，我根本聽不懂，好像在不斷叫著一個女人的名字，那女人叫什麼蓮！」

我雙手緊握著拳，原來楊立群腦中，前生的記憶是如此強烈，不僅在夢境中會表現出來。一般來說，人在醉酒之後，腦部的活動，呈現一種停頓的狀態。所以很多人在酒醒之後，會有一段時間，在記憶上是一片空白的。

如果白素的理論是正確的，前生的一組記憶，進入了腦部，在今生記憶消退之際，此消彼長，前生的記憶就完全佔據了腦部，也大有可能。

當時我的思緒十分紊亂，但是外表竭力維持鎮定，不讓孔玉貞看出來，我道：「喝醉了酒，胡言亂語，那也不算什麼！」

孔玉貞道：「當時，我只是十分妒忌。任何女人，聽到丈夫在酒醉中不斷叫著另一個女人的名字，都會有同樣反應的。所以我去推他，問他：『你在叫什麼人？那個什麼蓮，是什麼人？』他被我一推，忽然抬起頭來，盯著我，那樣子可怕極了。」

孔玉貞講到這裏，停了一停，神情猶有餘悸，接連喘了幾口氣，才又道：「他盯著我，忽然怪叫起來，用力推我，推得我幾乎跌了一跤，而且還叫了起來，道：『老梁，我認識你！你再用煙袋鍋燒我，我還是不說！』他一面叫著，一面現出極痛苦的神色來，好像真有人在用什麼東西燒他一樣。」

我聽到這裏，已經有一陣昏眩的感覺。

在酒醉的狀態中，楊立群竟然稱呼孔玉貞為「老梁」！

在和王成一起失蹤的兩個人，就有一個是姓梁的，在檔案上，這個姓梁的名字是梁柏宗。而且，楊立群又提到了煙袋，那麼，毫無疑問，這個梁柏宗，就是那個持旱煙袋的人了。

難道這個拿旱煙袋的人，是孔玉貞的前生？

我腦中亂成了一片，神情一定也十分驚駭，所以孔玉貞望著我：「這種情形實在很駭人，是不是？」

我忙道：「不，不算什麼，人喝了酒，總是會亂說話的。」

我已經第二次重複這樣的解釋了。事實上，我除了這樣講之外，也沒有別的話可說。因為我可以肯定，孔玉貞對於自己的前生，一無所知。既然她一無所知，我自然沒有必要講給她聽，所以只好如此說。

孔玉貞嘆了一聲：「可是，他說得如此清楚。他說這句話時的情景，我記得極清楚。他叫我『老梁』，真令人莫名其妙。」

我道：「後來怎麼樣？」

孔玉貞道：「後來我看看情形不對，當時我真給他嚇得六神無主，所以我叫了醫生來，給他打了一針，他睡著了。第二天醒來，他完全不記得酒醉後說過些什麼，我也沒有再提起。」

我笑了笑，竭力使自己神態輕鬆：「你剛才說有一件怪事，可是據我看來，那算不了是什麼怪事。」

孔玉貞苦笑了一下：「不瞞你說，後來，我請了私家偵探，去調查他是不是有一個叫什麼蓮的女人，可是調查下來，根本沒有。」

我又重複說道：「那也不是怪事。」

孔玉貞又道：「隔了大約幾個月之後，有一次我父親來看我。我父親是抽煙斗的，我們一起坐在客廳裏，好好地在說話，我一面說著話，一面玩弄著我父親的煙斗，誰知道立群他忽然現出駭然的神情來。當時，他的神態，不正常到了極點！」

孔玉貞望著我，我道：「他怎麼樣？」

孔玉貞道：「他忽然跳了起來，指著我，喉間發響，講不出話來，身子在發抖。我和父親都被他這種神情嚇呆了。我叫了他幾聲，他才突然坐了下來，雙手抱住了頭，等我拉開他的手去看他時，發現他滿頭大汗，我問他怎麼了，他回答說：『剛才……我以為你會拿煙斗來燒我。』」

她講到這裏，略停了一停，道：「衛先生，這是為什麼？我怎麼會拿煙斗去燒他？是不是他的精神有什麼不正常的地方！」

我苦笑道：「說不定，或許是他童年時期，有過關於煙斗的不愉快經歷，也許是商場上的精神壓力太重，造成了這種情形。這些事，其實全不是什麼大事，何以你對之印象如此深刻？」

孔玉貞現出極迷惑的神情來：「我也不知道。我總覺得，他對我冷淡，開始在那次醉酒之後。」

我唯有再苦笑：「那或者是你的心理作用。」

孔玉貞嘆了一聲，怔怔地望著外面，然後，站了起來：「真對不起，打擾你了。我還以為將這些事講給你聽，你會有別的見解。」

我作了一個十分抱歉的手勢。我是真正抱歉，因為我的確有我的見解，也知道其中一切的原由，可是我無法對她說。前生的事，糾纏到今世，何必讓有關人等，都知道為什麼？

孔玉貞站了起來，慢慢走了開去，走開了兩步之後，又轉過身來：「他為什麼這樣討厭我，我真不明白，實在不明白。」

我道：「感情的事，是沒有道理可講的。」

孔玉貞沒有再說什麼，走了出去。我默然又坐了片刻，和白素在電話上取得了聯絡，趕回家去，將一切和白素說了一遍。

白素駭然道：「你不感到事情越來越嚴重了？」

我說道：「當然感到！楊立群會殺胡協成，如果他知道了誰是翠蓮……」

白素想了一想，道：「奇怪，他會在下意識中，知道胡協成的前生是王成，知道孔玉貞的前生是梁柏宗，何以竟不知道劉麗玲的前生是翠蓮？」

我苦笑道：「只怕是遲早的問題吧。」

白素喃喃地重複著我的話，在重複了好幾遍之後，她才嘆了一口氣。

既然是「遲早的問題」，我和白素除了繼續和原來一樣，密切注意楊立群和劉麗玲兩人的生活之外，也沒有別的辦法可想。

第十部：行為瘋狂再度殺人

在以後的時日中，楊立群和劉麗玲曾外出旅行了很多次，有一年，他們倆人，幾乎有大半年的時間在外面。他們兩個人的感情，似乎越來越好。有幾次，我和白素遇到他們，看到他們那種親熱的程度，幾乎會妒忌。

一年之後，我和白素的擔心，已越來越少，因為照他們兩人這樣的情形，實在不可能發生什麼悲劇。一直到了將近兩年之後，一個午夜，電話突然響起來，我和白素在夢中驚醒，我先拿起電話來，聽到了楊立群的聲音：「嗨，衛斯理，來不來喝酒？」

我看看鐘，時間是凌晨三時四十三分。我不禁呻吟了一聲：「老兄，你知道現在是什麼時候？」我沒有聽到楊立群的回答，卻立時聽到了劉麗玲的聲音，顯然是她搶了電話：「別管時間，快來，我們想你們！」

楊立群和劉麗玲倆人都十分大聲，在一旁的白素也聽到了他們的話。白素在我耳際低聲道：「看來他們倆人都喝醉了。」

我點了點頭，對著電話道：「真對不起，我沒有凌晨喝酒的習慣，祝你們盡興。」

我說著，已經準備放下電話了，可是電話那邊卻傳來了劉麗玲尖叫的聲音：「你們一定要來，立群說，他曾經對你講過我們一個最大的秘密。」

我又呆了一呆，不知道劉麗玲是指什麼而言，楊立群有太多的秘密是我所知道的。我還沒來得及問，劉麗玲在電話那邊的聲音，已變得十分低沉，充滿了神秘：「就是他殺胡協成，我給假口供的事。」

我道：「事情已經過去了，大可不必再提。」

劉麗玲道：「這證明你是我們最好的朋友，你不來，我們會很傷心。」

我還想推卻，在一旁的白素，已經自我手中，接過了電話聽筒，大聲道：「好，我們立刻來。」

我嚷叫了起來：「你瘋了！這時候，陪兩個已經喝醉的人再去喝酒！」

白素瞪了我一眼：「我們不是曾經決定過要儘量關注他們的生活嗎？」

我無可奈何，咕噥著道：「包括凌晨四時去陪他們喝酒？這太過分了。」

雖然我十二萬分不願，但是在白素的催促下，我還是穿好了衣服，和白素一起駕車，到劉麗玲的住所去。我們到達時，大約是在接到電話的半小時之後，按鈴之後，門立時打開了。

門一打開，我們就聞到濃烈的酒味，楊立群和劉麗玲兩人，還穿著一身盛裝，當然盛裝已經十分凌亂，看來他們從一個什麼宴會回來之後，就一直在喝酒，沒有停過。我一進去，開門的劉麗玲，腳步歪斜，指著客廳上的一幅地毯：「他就倒在這裏！」

白素過去扶住她：「誰倒在那裏？」

楊立群哈哈大笑了起來：「還有誰？當然是胡協成倒在那裏！」

我不禁聽得氣往上衝：「楊立群，你雖然逃脫了法律的制裁，但這並不是一件光榮快樂的事。」

楊立群一聽，向我衝了過來，瞪著眼：「怎麼不快樂？太快樂了，一刀，兩刀，三刀，太快樂了，太……」

我看他簡直已到了不可理喻的程度，對付這種酒醉的人，最好的辦法，是使他清醒過來。所以我也不再說什麼，抓住了他的手臂，直拖他進浴室去，扭開了水喉，向他的頭上便淋。

楊立群在開始的時候，拚命掙扎，但是我用力按著他的頭，他叫了起來，叫了半晌之後，忽然他道：「你們淹死我，我也不說。」

突然之間，他講了這樣一句話，令我嚇了一大跳，忙鬆了手，楊立群直起身子，眨著眼，望著我。他的那種眼光，看得我有點發毛，唯恐在他眼中看出來，我不是我，是一個什麼古怪的人，如「老梁」之類。

我不由自主問道：「你認得我是誰？」

楊立群雖然講話仍然大著舌頭，可是經過冷水一淋之下，顯然已清醒了許多：「當然認得，你是衛斯理。」

我聽得他這樣講，才算大大鬆了一口氣，我一面搖著他，說道：「你醉了，快上床睡吧！」

楊立群不理會我的搖晃，大叫了起來：「麗玲！麗玲！」

劉麗玲在客廳中大聲應著，楊立群掙扎著要向外走去，我只好扶他出去。到了客廳，我將他推倒在沙發上，他立時彈立起來，我再將他推倒，如是者三四次，他才算安份點，坐了下來，伸手指著劉麗玲：「將今天我們聽來的故事，向他們說。」

劉麗玲叫道：「別……說！」

楊立群道：「我要說……今天我們參加一個宴會，有人講了一個故事，真……有趣。」

我和白素互望了一眼，相視苦笑。聽喝醉了酒的人講故事，那真是無趣之極了。

正在我要想法子，早一點離開他們之際，劉麗玲忽然尖聲叫了起來：「別說，一點也沒有趣，根本不是什麼故事。」

劉麗玲的神態，極其認真，好像楊立群要講的故事，對她有莫大的關係一樣。

我感到很奇怪，白素也覺得劉麗玲的神態，十分異樣，忙道：「好，不說，人家的事，有什麼好聽的！」

以楊立群和劉麗玲兩人的感情而論，本來是絕無理由為這些小事而吵起來的，可是這時的情形，正是奇怪到了極點，我處身其間，只覺得有一股極其妖異的氣氛，真是文字難以形容於萬一，只覺得所有完全不應該發生的事，都發生了，而且，發生得那麼突然，那麼迅雷不及掩耳，根本無法阻止，明知道這種事是不應該發生的，可是當時，就沒有人有力量阻止這種事發生。

楊立群本來已被我按得安安份份坐了下來，這時，一聽得劉麗玲這樣講，他又霍地站了起來，樣子不但固執，而且十分兇惡：「我一定要說！」

他在說那句話的時候，聲音十分尖利，盯著劉麗玲，像是看著仇人一樣。

劉麗玲的身子，忽然劇烈地發起抖來：「你敢說？你敢說！」

楊立群笑了起來：「為什麼不敢？非但敢，而且非說不可。」

我和白素看到情形越來越不對，我先說道：「算了，我根本不想聽。」

楊立群的態度更是怪異之極，盯著我，厲聲道：「你一定要聽，而且，你一定有興趣聽。」

白素道：「不，我們沒有興趣聽，麗玲也不想你講，你快去睡吧，你醉了。」

白素一面說，一面向我使了一個眼色，又作了一個手勢。我明白白素這個手勢的意思，她是要我一拳將楊立群打昏過去，好讓這場爭吵結束，等到明天酒醒之後，自然不會有事了。

我立時會意，而且也已經揚起手來。我是一個武術家，要一下重擊，將一個人打得昏過去幾小時，是輕而易舉的事情。可是，就在我揚起手來之際，楊立群陡地叫了起來：「那個女人，從山東來到本地，帶了一筆錢來，開始經營生意，眼光獨到……」

他的話令得我的手，僵在半空中。楊立群急速講的話，提及了「一個女人」，「從山東來」，「帶了一筆錢」，這些話，都令得我感到震動。他說的那個女人是什麼人呢？

我立時向白素望去，白素也現出極其疑惑的神情來。劉麗玲卻在這時，陡地衝了過來，揚手就是一個耳光，打向楊立群。

我剛才已經說過，發生的事，全有一種妖異之極的氣氛，沒有一件是人所能料到的，而且，來得疾如狂風驟雨，迅雷閃電，令人連防範的念頭都不容起。

劉麗玲忽然會惡狠狠跳起來，打楊立群一個耳光，這樣的事，怎能想得到？

我就在楊立群的身邊，可是我想格開劉麗玲的手，已經慢了一步，「啪」的一聲，楊立群已經重重地挨了一掌，楊立群大叫一聲，身子向後退了一步，叫了起來：「我要說！我要說！就算你打死我，我也要說！那個女人做地產生意，發了財，她來歷不明，根本不知道她姓什麼，從來也沒有嫁人，只是收了幾個乾兒子，她就是出名的翠老太太。」

楊立群一口氣講到這裏，才停了下來。「翠老太太」這個名字，我們倒一點也不陌生。她是本市一個傳奇人物，死了好幾十年，有許多地產，全屬於她的。她有幾個乾兒子，是十分有名望的富翁，有的也已死了，有的還存在。

楊立群何以忽然之間，講起了「翠老太太」的故事來了？真叫人莫名其妙。

劉麗玲厲聲道：「你再說！」

楊立群笑著，笑容詭異到了極點：「我當然要說，因為我認識這個翠老太太。」

劉麗玲轉向我們，尖聲道：「你聽聽，他在胡言亂語什麼？這老太婆死的時候，他還沒有出世，可是他卻說認識她！」

楊立群陡地吼叫了起來：「我認識她。」

我忙道：「你認識她，也不必吼叫，不過，你不可能認識她的。」

楊立群向我湊過臉來，酒氣衝天，壓低了聲音，神情更是詭異絕倫：「我認識她！她帶了四百兩黃金和一些珠寶，離開了山東，來到本市，竟然發了財，人人都尊敬她，叫她翠老太太，誰知道她原來是一個『破鞋』！」

楊立群的這幾句話，講得十分急驟，簡直無法打斷他的話頭。

而我聽到了一半，已經完全呆住了。

楊立群說的是翠蓮！

「翠老太太」就是翠蓮。

我也明白了劉麗玲為什麼一定不讓楊立群說，因為她也知道了「翠老太太」就是翠蓮。翠蓮當年，離開了家鄉之後，不知所終，原來她一直南下，來到了這裏，經營地產，成了顯赫的人物。

劉麗玲當然知道自己的前生是翠蓮，所以她才不讓楊立群說。

在這樣的情形下，我和白素真的怔呆了，我忙道：「這沒有什麼，本市這種傳奇人物多得很，有一個巨富，就是擺渡出身的。」

楊立群「磔磔」地笑了起來：「這個翠老太太，發了財，人人都對她十分尊敬，有誰知道她原來竟是一個妓女？」

劉麗玲尖聲道：「你怎麼知道她是一個妓女？」

楊立群道：「我知道！我就是知道，我認識她，我知道她是一個最不要臉的妓女……」

我不等他再說下去，就強力將他拉過一邊，在他耳際道：「你再說下去，劉麗玲就會以為你是神經病了。你在透露自己的前生，這是你要嚴守的秘密，不然，劉麗玲會離開你。」

我的話十分有力，楊立群陡地一震，神智像是清醒了不少，但是他立即又問我：「為什麼麗玲不讓我說？為什麼當席間有人提起這個翠老太太的時候，她也失態地不讓人說下去？」

我知道這事，十分難以解釋，我絕不能告訴他劉麗玲的前生就是「翠老太太」。

我只好道：「她當然不想聽，誰想聽一個和自己完全無關的故事？誰想聽自己心愛的人喝醉了胡說八道？你們快去睡吧！」

我在和楊立群說話時，同時注意到劉麗玲的行動。看到她在大口喝酒，白素想阻止她狂飲，但不成功。劉麗玲已經醉得不堪了，用力拋出酒杯之後，人已向沙發上倒了下去。

我拉起楊立群來，楊立群還在叫：「我認識她，她就是那婊子，就是她！就是她！」

我推著楊立群進臥室，將他放在床上，他又咕噥了片刻，才不出聲。我回到客廳，和白素相視苦笑：「我們怎麼樣？」

白素道：「我看，要留在這裏陪他們。」

這時，我做了一個決定：「由得他們去。」

我不知道如果照白素的意見，我們留下來陪他們，以後事情的結果會怎樣，當時的結果是白素依從了我的意見，以致第二天發生了可怕的事。是不是我們留下來，就可以免得發生這可怕的事呢？我不知道，我也不知道是不是就算我們留下來，這種可怕的事還是一樣會發生。

將來的事，是全然無法預測的，將來的事，受著各種各樣千變萬化的因素影響，全然是一個無法追求答案的未知數。

事後，我和白素再討論事情的發展和結果時，我和白素的見解都是一樣的。

我和白素離開劉麗玲的住所，才關上門，又聽得楊立群發出了一下憤怒的怪叫聲，接著，又是一下重物撞擊的聲音。

白素立時向我望來，她並沒有說什麼，只是用她的眼色，作了一個徵詢的神情。我伸手指著電梯，神情堅決，表示離去。

白素在看了我的神態之後，略有驚訝的神色，但是她並沒有表示什麼，就和我一起走進了電梯。

事後，我們也曾討論過我當晚的態度。

我自己也認為，當時堅決要離去，不肯留下來，這種情形，和我的個性不十分相合，白素在當時就感到奇怪。

白素當時感到奇怪，我卻只是在事後對自己的行動感到奇怪，在當時，我覺得那是理所當然，一點也不覺得有什麼不對，也全然沒有考慮到後果會如何。

當時這種自然而然的感覺，是基於什麼而產生的，我到現在，事情過去很久以後，還不明白。只是在很久很久以後，我和簡雲又提起了楊立群的事，這個心理學家才提出了一個解釋。我也只好抱著姑妄聽之的態度，不敢相信。

至於簡雲的解釋是什麼，我會在後面詳細複述我和他的對話。

我和白素離開了劉麗玲的住所之後，由白素駕車回家。照白素的說法，我在回家途中，神情十分輕鬆，在車中，不住抖著腿，吹著口哨，甚至哼著歌，像是忽然之間，了卻了一樁多年未了的心事一樣。白素一面開車，一面頻頻以驚訝的目光望向我，但是我卻未曾注意。

到了家，我也一點睡意都沒有，雖然躺在床上，可是雙手反托著頭，睜大了眼，直到白素大聲喝問：「你究竟在想什麼！」（據她說，喝問到了第三遍，我才有反應。）我才陡地如夢初醒：「沒什麼，我沒想什麼。」

我一面回答，一面看到白素的神情十分疑惑，我笑了一下：「真的，我沒想什麼。」

白素嘆了一聲：「我倒有點擔心……」

我揮著手，道：「擔心什麼？怕楊立群和劉麗玲吵起來，然後會……」白素的神情更是擔憂：「如果兩個人起了衝突，那……照他們前生的種種糾纏來看，可能……可能……」

我苦笑道：「我們無法二十四小時在他們身邊監視的，那就只好由得他們去。」

白素嘆了一聲，沒有再說什麼，就躺了下去，熄了燈，我也在矇矓中睡去。我不知道睡了多久，在感覺上，只是極短暫的時間，床頭的那具電話，突然又像被人踩到尾巴一樣地叫了起來。

我彈坐了起來，睜大眼，忍不住罵了一句粗話。白素自然也被吵醒，揉著眼，我注意到窗縫中，略有曙光，大概是天才亮。

我一面罵著，一面拿起電話來，向白素道：「如果又是那兩個王八蛋打來的，我不和他們客氣！」

我所指的「那兩個王八蛋」，自然是指楊立群和劉麗玲。

白素向我作了一個「快聽電話」的手勢，我對著電話，大聲道：「喂！」

電話那面傳來的聲音，卻不屬於「那兩個王八蛋」裏的任何一個，而是一個急促的男人聲音，先是連聲道歉，然後才道：「衛先生，我是黃堂！」

我呆了一呆，黃堂，那高級警務人員！我吸了一口氣：「黃堂，現在幾點鐘？」

黃堂道：「清晨六點十二分，對不起，我非找你不可，請你來一下，本來，這事不應該由我來處理，更不應該麻煩你，可是事情的當事人之一，是我們的熟人……」

他說之不已，我已急得大吼一聲：「快點說，別繞彎子！」

黃堂一連答了幾聲「是」，才道：「是這樣，楊立群駕車，撞死了人。」

我一聽，「啊」的一聲叫了出來，白素也聽到了，她雙手掩住了臉。

在那一剎間，我和白素的想法全是一樣的。不幸的事終於發生了，楊立群報了前生的仇，他不是用刀子刺死劉麗玲，而是用車子撞死了她。

想到這一點之際，我張大了口，除了發出「啊啊」聲之外，講不出別的話來。

黃堂繼續道：「怪的是，被楊立群撞死的……那位女士……」

我呻吟了一聲：「劉麗玲！」

黃堂聽得我說出了「劉麗玲」的名字，像是陡地呆了一呆，才道：「為什麼會是劉小姐？不是她。」

我使勁搖了搖頭，拉下白素掩住臉的手來：「不是劉麗玲，是誰？」

黃堂道：「是孔玉貞，楊立群的太太。」

當我聽說楊立群殺了人（用車撞死了人，也是殺人），而且被殺的又是一個女人之際，我想被殺的女人一定是劉麗玲。預知的、期待已久的悲劇終於發生，我感到了驚訝、難過，和無可奈何。

可是被撞死的竟然是楊立群的太太孔玉貞！那真是令我感到意外到了極點。我驚訝到了連「啊」的一聲，都發不出來。

黃堂在電話中又接連地「喂」了幾聲：「你聽到了沒有？」

我像是一個剛跑完了馬拉松的運動員一樣，一面喘著氣，一面用軟弱無力的聲音道：「是，我聽到了，楊立群用車子撞死了他的太太孔玉貞。」

黃堂又像是被我的話震動了一下：「衛先生，照你的說法，倒像是楊立群有意謀殺了他的太太。」

我的聲音仍然一樣軟弱：「不是麼？」

黃堂略為遲疑了一下：「有目擊證人，據證人的敘述，很難達成是謀殺的結論，應該是意外。」

我和白素互望了一眼，一時之間，思緒極其紊亂。我和楊立群分手並不久，最多兩小時，分手之際，楊立群已經醉得不堪，他怎麼會駕車出去，撞死了孔玉貞的？孔玉貞在凌晨時分，又為什麼會不睡覺，而在馬路上面逛？真是難以令人相信！

我勉力定了定神：「如果是一件普通的車禍，雖然丈夫撞死了妻子，令人感到疑惑，又何必來通知我？也不必你來管！」

黃堂道：「本來是，可是在出事之後，楊立群將自己鎖在車子裏，不肯出來。」

我有點生氣：「可以撬開車門，拉他出來。」

黃堂苦笑了一下：「他用的那種車子，無法撬開車門，要弄他出來，只好動用電鋸，我們又不想那樣做，所以才想起了你。」

我已經一面在穿衣服：「好，在哪裏？我立刻來。」

黃堂立時告訴了我一個地址。我一聽之下，又呆了一呆，那地方，是一處相當熱鬧的市區，臨近一間戲院，離劉麗玲的住所，和楊立群原來的家都相當遠。我不但想不出楊立群何以會到那地方去，也想不出孔玉貞何以清晨會在那裏出現。

我又說了一句立刻就來，放下電話，以最快的速度穿好衣服，然後，向白素做了一個要她在家等我的手勢，就匆匆離家而去。

當我駕車駛近出事地點之際，由於那裏是交通要道，雖然時間還早，交通已相當繁忙，更因為出了事，有一段道路被封閉，所以車輛擠成一堆，相當混亂。幾個維護秩序的警員，在叫其他車輛改道。我的車子駛近前，一個警官迎了出來，俯下身，大聲道：「黃主任等得很急，衛先生請快來。」

我點著頭，駕車駛向前，轉了一個彎，就看到了楊立群的車子。

那輛車子，我有很深刻的印象。那應該說是劉麗玲的車子。當日，劉麗玲就是駕著這輛車，才和楊立群勾搭上手的。

我也看到車中有一個人，雙手抱著頭，蜷縮在駕駛座上，而在車旁，有幾個警方人員正在用各種工具，想將車門弄開來。

黃堂向我急急迎了過來。我先向那些車旁的人指了一指：「不必再浪費時間了，這種跑車的特點之一，就是它的門鎖，是不能用鑰匙以外的東西打得開的。」

黃堂苦笑著，向車旁的各人揮了揮手，那些人都帶著憤然的神色，退了開去。

我來到了車邊，看著地上的血跡，車頭有一盞燈被撞得粉碎，碎玻璃上，也有血跡，可知當時那一撞之力，極其猛烈。我也注意到，車子停的地方，在過了一個紅綠燈位後不多遠，大約是二十公尺左右。

自紅綠燈位起，到車子停止處，有著極明顯的煞車痕，由此可知，車子撞到人的正確地點，就是在交通燈的位置上！

我略看了一下四周的環境，就略低下身，去看車子中的楊立群。楊立群一動也不動地蜷縮在駕駛座上，至少我到了之後，他沒有動過，雙手抱著頭，將頭藏在手臂中，根本看不到他臉上的神情。

我一面看他，一面用力拍著玻璃窗。可是楊立群卻一點反應也沒有。我冷笑了一下，轉身向黃堂道：「我有一個最簡單的方法，可以打開車門。」

黃堂道：「我知道，打碎一塊玻璃，就可以打開車門了。但是，我們不能像逮捕人犯一樣，將他自車中拖出來，我們的動作，如果一不小心，會令他受傷。」

我叫了起來，道：「他撞死了一個人！撞死了他的妻子，你也很清楚他的婚姻生活，那簡直……簡直……」

我本來想說「簡直是謀殺」的，可是黃堂卻止住了我。我在剎那之間，情緒會如此激動，當然是有道理的。楊立群和劉麗玲的戀情，早已公開，孔玉貞和他沒有感情，也是盡人皆知。在這樣微妙的關係下，如果說楊立群駕著車，「湊巧」撞死了孔玉貞，那未免也太過湊巧一點了。

我瞪著黃堂，怪他阻止我說下去，黃堂忙道：「有幾個目擊者證明，當時行人紅燈，車子綠燈，那幾個人在等著，可是在他們身邊的孔玉貞，卻向前直衝。雖然那時並沒有別的車輛，可是你看，那裏有一個轉彎，楊立群的車子，自那裡疾轉過來，速度相當高，但也沒有超過限速，一轉過來，恰好撞向闖紅燈的孔玉貞，撞力十分猛烈……」

我聽到了這裡，悶哼了一聲：「那幾個證人……」

黃堂道：「有各種不同的身分，有的是報販，有的是公司經理，也有一個是某大亨的司機……等等，楊立群全然不認識他們。」

黃堂像是猜到了我想說楊立群可能收買證人一樣，所以先解釋給我聽。我呆了一呆，照這樣看來，那純粹是孔玉貞不遵守交通規則，而造成的一樁交通意外。

但是我卻不相信那是意外。

因為我所知太多，我知道楊立群的前生是展大義。這個前生是展大義的楊立群，曾經用十分狡猾的方法謀殺了前生是王成的胡協成。

而孔玉貞的前生，從楊立群看到她拿起煙斗，就忽然大失常態這一點看來，極有可能，就是那個在南義油坊中，毒打小展的那個拿旱煙袋的梁柏宗。

楊立群撞死了孔玉貞，我不相信那是意外。

我一面想著，一面拍著車窗，同時大聲叫著。可是車中的楊立群，仍然沒有反應。我已經順手拿起一個工具來，要向車窗砸去。

這時，我心中只想到一點，楊立群的行為，必須制止。

楊立群的行動，是瘋狂的。

胡協成是死在他的冷血謀殺之下的，而楊立群所以要殺胡協成，是因為胡協成的前生是王成。

楊立群向我坦白他如何冷血謀殺了胡協成之際，我已是忍無可忍了，只不過在法律上，卻已不能奈他何。

可是這時，他又殺了孔玉貞，而且在表面上看來，他又不需要負任何責任。

這種事情如果發展下去，下一個被害者是誰？多半是劉麗玲，因為在前生，翠蓮一刀刺進了小展的心口。

在劉麗玲之後，又是什麼人？王成、梁柏宗之外，還有一個曾祖堯！

這種情形，必需制止，不能再任由楊立群去殺人，去報他前生的仇。

我抓在手中的那工具，是一個小型的起重器，足可以打破玻璃。我揚起了起重器來，黃堂連忙叫道：「衛先生，等一等。」

我略停了一停。就在那時，車中的楊立群，忽然抬起了頭。楊立群抬起了頭之後，雙眼之中，充滿了茫然的神色。

他的那種神情，我熟悉得很。當日，胡協成死後，他在警局的口供室中，就一直維持著這種神情。所以，此際看到他又現出這樣的神情來，更令我厭惡。我不顧黃堂的阻止，還是用力將起重器揮下，擊在玻璃上。我用的力道十分大，一打下去，玻璃立刻粉碎，碎破玻璃濺了開來，有不少濺在楊立群的臉上，造成了不少的小傷口。

血自那些小傷口流下來，一絲絲，令得他的臉，看來變得十分可怖。

他像是陡然自夢中驚醒一樣，叫了起來，聲音十分尖厲，然後又急促地問道：「我撞倒了一個人，撞倒了一個人，那人呢？那人呢？」

他一面說，一面直起身，探頭向外望來，像是想看被他撞倒的人在哪裏。黃堂冷冷地道：「不必看了，被你撞倒的女人，在救傷車到達之前，已經死了。」

楊立群張大了口，現出極其吃驚的神情來，結結巴巴地道：「我……那人……是個女人？她突然……突然奔過馬路，那時，分明是綠燈，我完全沒有想到減速，也來不及，我撞上了她，立即停車，我……事情發生了多久？我是不是……昏了過去？」

楊立群反而向我們發出了一連串的問題。我已經伸手進去，打開了車門，同時抓住了他的手臂，將他拉了出來，搖晃著他的身子，厲聲問道：「我和你分手的時候，你已經喝醉了酒，你為什麼還要駕車出來？」

我的話，當然立即可以得到證明，因為楊立群直到此際，還是滿身酒氣，人人都可以聞得到。

楊立群被我搖得叫了起來：「是的，我是喝了不少酒，可是我還能駕車，我一點也沒有違反交通規則，是她突然衝出來的，那是一個女人？」

他一再問及，被撞倒的是不是一個女人，這一點，令我十分起疑，但是又抓不到他什麼破綻，我只好大聲道：「不錯，是一個女人，你可知道被你撞倒的是什麼人？」

我這樣一問，楊立群陡地震動了一下，立時轉過頭去。雖然他立即又轉回頭來，可是他剛才那一剎間的吃驚神情是如此之甚，那是絕瞞不過我的。

為什麼當我提及他撞倒的是什麼人時，他會這樣吃驚？

我心中雖然疑惑，可是卻又無法盤問他。我只好盯著他，他像是有意在躲避我的目光，我不肯放過他，用極嚴厲的聲音說道：「被你的車子撞倒，立即死亡的人，是你的太太，孔玉貞！」

楊立群一聽得我這樣說，所受的震動之劇烈，真是難以形容，我從來也未曾見過一個人因為一句話震驚到如此程度的。

剎那之間，他的臉色變得如此難看，在他的臉上，找不到一絲生氣，他的眼中現出可怕的神色，口張得極大，急速地喘著氣，簡直就像是一條離了水的魚一樣，身子在劇烈發著抖，非但身子在發抖，甚至連他的頭髮，也因為顫抖而在起伏。

這時，他仍坐在駕駛座上，他的雙手，緊緊握住方向盤，他的樣子，令得黃堂也吃了一驚，道：「你怎麼了？」

楊立群的喉際，發出一陣「荷荷」的聲音來：「是真的，是真的！」

黃堂道：「是真的！」

在這裏，我必需說明一下的是，楊立群連說了兩下「是真的」，在黃堂聽來，像是他在問我，剛才我所說的話是不是真的。在黃堂聽來，「是真的」三個字之後，是一個問號。

這三個字，聽在我耳中，卻有全然不同的感覺，在我聽來，楊立群所說「是真的」三個字之後，是個驚嘆號！那分明是他本來對某一件事，在心中還有所懷疑，但是在聽了我的話之後，他心中的懷疑得到證實，所以才會這樣講。

他本來在懷疑什麼？在我的話中，又證實了什麼呢？我實在忍不住，大聲道：「楊立群，你究竟……」

他不等我講完，就用一種哀求的目光望定了我：「別急，我會和你詳細說的。」

他這句話的聲音十分低，只有我一個人聽得見，我用低沉而惡狠狠的聲音道：「記住，你已經殺了兩個人了！」

楊立群聽得我這樣說，身子又劇烈發起抖來。在一旁的黃堂，顯然不知道我和楊立群之間在辦什麼交涉。

我指著被我打碎了的玻璃，對黃堂說道：「以後，用這樣簡單的辦法就可以解決的事，別來煩我。」

黃堂連聲道：「是，是。」

我向外走去，在經過楊立群的身邊之際，我又壓低了聲音，狠狠地警告他：「別忘了你剛才的諾言。」

楊立群的神情，像是要哭出來一樣。我不再理會他，逕自上了車。才駛近家門，就看到白素迎了上來。白素的神情有點異樣，向著門，指了一指：「劉麗玲在裏面，她已接到楊立群的電話，楊立群告訴她，闖了禍，撞死了自己的太太。」

我吸了一口氣，和白素一起走進去。一進門，劉麗玲臉色蒼白，站了起來：「怎麼樣？是不是……警方會不會懷疑他謀殺了他的太太？」

我悶哼了一聲，胡協成是死於楊立群的冷血謀殺，劉麗玲雖然不是幫兇，但是卻在事後，編造了一套假口供，使楊立群逃過了法律的制裁，這件事，我對劉麗玲很不諒解。所以我一聽得她這樣問我，就忍不住道：「那要看是不是又有人肯替他作假供了。」

劉麗玲一聽，臉色變得灰白，坐了下來。白素瞪了我一眼。我問道：「我們走了之後，究竟發生了些什麼事？他為什麼要駕車外出？」

劉麗玲搖頭道：「不知道，我真的不知道。我根本不知道他出去了。我醉得人事不知，一直到被他的電話吵醒，直到現在，我還覺得天旋地轉。」

我看了她一會兒，道：「昨天你們曾吵過架，你還記不記得？」

劉麗玲道：「記得一點，那……是我們第一次吵架……是第一次。」

我俯近身去：「有第一次，就有第二次、第三次，我切切實實忠告你，快和他分手！他的精神不正常，你和他在一起，會有極大的危險！」

當我在這樣講的時候，白素在我的身後，不住地拉著我的衣服，示意我別再講下去。可是我卻不加理會，還是把話說完。

我實在非說不可。當年，在南義油坊中出現過一共五個人，除了小展之外，全是小展的仇人，王成和梁柏宗已經死在楊立群之手，曾祖堯今世變成了什麼人，根本不知道，那麼下一個輪到的，除了劉麗玲，還會是什麼人？

我對劉麗玲的警告，簡直已經不是「暗示」，而是說得再明白不過了。

或許是由於我發出警告的內容太駭人了，劉麗玲用極其吃驚的神色望定了我：「不，不，我不能和他分開，他……愛我，我也愛他。」

我不肯就此作罷：「你明知他是一個冷血的殺人犯，你還愛他？」

劉麗玲尖叫了起來：「他……沒有罪！胡協成算是什麼東西，這樣的人渣，怎麼能和立群相比！」

我又狠狠地道：「他又撞死了他的太太！當他兇性再發作的時候，下一個就會輪到你！」

我一面說著，一面伸手直指著劉麗玲。白素在一邊叫了起來：「衛，太過份了！」

我指著劉麗玲的手，仍然不縮回來。她望著我的手指，身子發著抖，過了好半晌，她才漸漸恢復了鎮定：「不，我不會離開他的，他也決不會離開我。」

我還想再說什麼，電話突然響了起來。白素走過去聽電話，向劉麗玲招著手。劉麗玲忙起身，接過電話來。我和白素都可以聽到電話那邊傳來楊立群的聲音。

楊立群大聲道：「麗玲，有很多目擊證人，證明完全不是我的錯，你放心，我不會有事！」

劉麗玲現出極其激動的神情來：「謝天謝地，我馬上來接你。」

她說著，放下電話，就向外衝了出去。

白素嘆了一聲：「你剛才何必那樣！」

我只覺得極度疲倦：「我只是不想楊立群再殺人，為了虛玄的前生糾纏而殺人。」

白素道：「這次事情……」

我不等她講完，就叫了起來：「我不相信是意外，絕不相信。這一對狗男女，他們所講的話，我沒有一句相信。」

白素苦笑了一下。我神態的激動，顯然有點不尋常，她反問了一句：「不相信到什麼程度？」

我想也不想，就脫口道：「可能那是早就計劃好了的。什麼同一的夢，前生的事，全是一派胡言！目的就是要殺掉胡協成和孔玉貞，又可以令得他們逍遙法外。」

白素的神情極吃驚：「你太武斷了。他們兩人，是在我們家門口認識的，而楊立群又曾不辭萬里，去追尋他的夢。」

我仍然激動地揮著手：「誰知道！或許這也是他們早安排好的。」

白素斷然道：「絕不會。」

我瞪大了眼：「不管怎樣，我不相信他們，也要制止楊立群再殺人。」

我一面說，一面已準備向外走去，白素道：「你準備到哪裏去？」

我已經走到了門口，回頭，大聲道：「我要去調查一下，孔玉貞為什麼一大早會到那地方去，叫楊立群撞死。」

白素嘆了一口氣：「衛，這似乎不關我們的事？」

我的聲音更大：「當然關我們的事。楊立群已經殺了兩個人，根據他殺人的理由，至少劉麗玲也會被殺，怎麼不關我們的事？」

白素又嘆了一聲，用很低的聲音道：「你不應該否定他們如今的糾纏，和他們的前生有關。」

我道：「我不是否定，我只是說，楊立群沒有權利殺人，他不能藉著前生的糾纏，而一再殺人。」

我再三強調著楊立群「殺人」，白素向我走了過來：「如果昨天晚上，我們不離開，楊立群當然不會駕車外出，也就不會導致孔玉貞的死亡。」

我聽得白素這樣講，略驚了一驚。接下來，我們所討論的事，前面已經提及過，在這裏也不再重複了。我們的結論是，就算孔玉貞不死在今天早上，也會因為某種「意外」而死亡，而且，她的死亡，也一定會和楊立群有「直接關係」。

「直接關係」是白素的用語。要是照我的說法，我會說，孔玉貞遲早會被楊立群所殺。從胡協成、孔玉貞的遭遇來看，劉麗玲也毫無疑問，會被楊立群所殺，這就是我如今要盡一切力量阻止的事。

白素無可奈何地望著我離開，我似乎聽到她在喃喃地道：「別硬來，有很多事情，是人力不能挽回的。」

我並沒有停下來再和白素爭論這個問題，而逕自向外走去。這時我想做的事，是去調查孔玉貞的真正死因。如果我能夠證明，孔玉貞是死於楊立群的刻意安排，那麼，就可以將楊立群繩之以法。楊立群要是被證明有罪，劉麗玲不會再愛他，那麼，劉麗玲的生命，就有了保障。不然，只怕不論我說什麼，劉麗玲都不會相信她有朝一日，會死在楊立群之手。

我駕著車，來到了楊立群的家——楊立群和劉麗玲同居之後，孔玉貞一直住在那幢小花園洋房之中。我才到門口，就看到屋子外，停著一輛警車，一個人正從屋內走出來。

我一看到了他，就叫了起來：「黃堂！」

黃堂轉過身來，我已停下了車，自車窗中伸出頭來望著他，他也望著我，我們兩人的神情都顯得十分驚訝，但是在對望了片刻之後，又不約而同，一起笑了起來。

我下車，向他走去：「你來……」

他幾乎同時也這樣問我。我指了指屋子：「我想來瞭解一下，孔玉貞為什麼會到出事的地方去，你也是為這個目的而來的？」

黃堂點頭道：「是，而且，我已經有了結果。」

我忙問：「是楊立群約她出去的？」

黃堂搖著頭：「不，屋中所有的傭人，還有孔玉貞的一個遠房親戚，他們全說孔玉貞一直有早起散步的習慣，每天都不間斷。」

我怔了一怔：「散步散到鬧市去？」

黃堂道：「對常人來說，可能比較奇特。但是那卻是孔玉貞的習慣。她習慣駕車外出，沒有目的，停了車，就四處走走，有時，會在菜市場附近，順便買菜回來。我們已找到了孔玉貞的車子，停在出事地點附近的一個停車場中。這件事，看來純粹是一樁意外。」

我悶哼了一聲：「如果是意外，你為什麼要來調查？」

黃堂現出一種無可奈何的神色來：「由於事情太湊巧了，楊立群殺了胡協成，又撞死了孔玉貞，而這兩個人，正是他和劉麗玲結合的大障礙。」

我冷笑道：「不單只為了這個吧！」

黃堂想了一想：「是的。胡協成的死，我們有疑問，現在孔玉貞又死了，所以我才來查的。」

我以前已經說過，黃堂是一個厲害角色。他在那樣講了之後，又望定了我：「你知道不少內情，是不是？」

我維持著鎮定：「內情？有什麼內情？我只是和你一樣，覺得胡協成和孔玉貞的死亡，對楊立群太有利了，而兩個人又恰好都是死在楊立群之手，所以我也一樣感到懷疑。」

黃堂嘆了一聲：「我感覺這兩個人都是被楊立群謀殺的。」

我心中暗暗吃驚，但是表面上不動聲色。雖然黃堂的感覺十分接近事實，但是我也只能跟著嘆了一聲，道：「是啊，只可惜『感覺』不能定罪。」

黃堂現出十分懊喪的神情：「我一定會繼續查。」他頓了一頓，才又道：「如果世上有十全十美的犯罪，那麼，楊立群這兩件案子就是典型。」

我沒有說什麼，只好報之以苦笑，呆了片刻，我才又問道：「照你看來，孔玉貞的死，全然是意外？」

黃堂道：「從所有的證據看來，那是意外，警方甚至不能扣留楊立群。」

我「啊」的一聲：「要是這樣……」我的思緒十分紊亂，在講了一句之後，不知如何說下去才好，只好乾笑著：「那我可以立刻找他長談了。」

黃堂瞪了我一眼：「你想在他口中得到什麼？想他自己承認殺了孔玉貞，是蓄意謀殺？」

我本來想說「是的」，但是這兩個字，在喉嚨裏打了一個轉，又嚥了下去，我逕自走了出去。一回家之後，我就開始找楊立群，可是我只知道楊立群和劉麗玲一起離開了警局。他們家裏的電話沒有人聽，辦公室則說他並沒有去上班。

第十一部：事情終於發生了

我一直試圖和楊立群接觸，白素也在找劉麗玲，這兩個人，好像在空氣中消失了一樣。一直到了午夜時分，我再打電話到劉麗玲的住所，那時，全市的晚報已經刊登了孔玉貞因車禍致死的消息。

這一次，電話總算有人接聽了。我聽到楊立群極疲倦的聲音：「看在老天份上，別來煩我了。」

我忙道：「我沒有煩過你，我不是記者，是衛斯理。」

楊立群發出了一下呻吟聲：「是你！」

我道：「是我，我一直在找你。如果你太疲倦的話，我們改天再談好了。」

楊立群卻急急叫了起來：「不！不！」他的這種反應，很令我感到意外。我還沒有接口，他又道：「現在，我就想和你談談，你等一等。」他講到這裏，像是放下了電話，走了開去，沒有多久，他的聲音又響了起來：「麗玲已經睡著了，我立刻去你那裏。」

我不知道楊立群何以這樣心急著要來看我。本來我就想找他談，他要來，我當然沒有理由拒絕。所以我答應了他，放下電話，向著在樓下的白素叫道：「楊立群說他立刻就要來，他來了，讓我來應付他。」

白素答應了一聲，我也下了樓，在客廳中來回踱步，等著。

比我預計的時間來得早，我就聽到了汽車在門口的急煞車聲。我連忙打開了門，看到楊立群正下車，臉色蒼白，向我走來，隔得還相當遠，一蓬酒味，就撲鼻而來。看這樣子，他像是一整天都在喝酒。我過去，想扶住他，但是他的神智倒還算清醒，推開了我的手，道：「我沒有醉。」他一面說，一面用手直指著我：「我所想的、所說的，全是在清醒狀態之下說的。」

我作了一個無可奈何的手勢，請他進去，在他還沒有坐下來之前，我就在他的身邊，低聲道：「今早的事，不是意外，對不對？」

我以為我的話，一定會引起楊立群的極度震動，誰知道他聽了之後，只是茫然地望了我一眼：「原來你早就猜到了。」

他那種冷靜的神態，令得我極其激怒，我一伸手，就向他的衣領抓去，想將他提起來，狠狠給他兩個耳光。可是我的手才揚起來，就有人在我的手肘上托了一下，令得我的動作，一下子失去了準頭，手臂變得可笑地向上揮了一揮。

我回頭一看，托我手肘的，正是白素。她向我使了一個眼色，示意我聽楊立群講下去。

楊立群像是根本不知道他自己差點挨了打，神情依舊茫然：「不是意外，我是有意撞死他的，我恨他，他害我、打我，我一定要報仇。我看到他在前面，我用力踏下油門，撞過去，看到他被撞得飛起來，看到他的血濺出來，我感到快意……」

他說到這裏，急速喘起氣來。我越聽越吃驚，大喝一聲：「你說的是誰？」

楊立群道：「梁柏宗，我撞死了他。」

這一下，我實在忍不住了，「啪」地一聲，在他臉上，重重打了一掌，厲聲喝道：「你撞死的是孔玉貞，不是什麼梁柏宗！」

楊立群撫著被我打的臉，他這時的神情，不是痛苦，也不是憤怒，反倒是一種極度的委屈：「我以為你會明白，孔玉貞，就是梁柏宗。」

我更加怒氣上衝，聲音也更嚴厲：「見你的鬼！」

楊立群喃喃地道：「是的，也許我是見鬼了。」

我疾聲道：「楊立群，你那見鬼的前生故事，不能掩飾你謀殺的罪行，再也不能了。」

楊立群發出了一連串苦笑聲：「你錯了，我根本不知自己駕車外出時會遇到什麼人，我只是因為和麗玲有了第一次爭吵，心中覺得不痛快，所以想駕車出去散散心。誰知道突然之間，我看到了梁柏宗，看到了他之後，我就忍不住……」

他略頓了一頓，才又道：「那情形，就像是我看到胡協成之後一樣。」

我被他那種無賴的態度，氣得連話也說不出來。白素道：「楊先生，你的意思是說，在你的前生，梁柏宗曾經害你，所以你才要撞死他？」

楊立群居然毫不知恥地大聲道：「是。」

白素嘆了一聲：「那麼，我不知道你要是遇見了那四個皮貨商，你會怎麼樣？」

楊立群一聽，低下頭去，喃喃地道：「我不知道，我不知道，我真的不知道……那包是毒藥。」

他一直重複著那幾句話，白素向我低聲道：「你看他，這是極罕有的例子，一個人的前生經歷，深深侵入了他今生的記憶之中，造成了他嚴重的精神分裂，使他一下子是楊立群，一下子是展大義。」

我苦笑了一下，白素竟然還有這樣的冷靜去分析他的心態，我說道：「他自己喜歡怎樣分裂，是他自己的事。可是他卻將人家也當作是精神分裂症患者，隨意憑他的判斷殺人。」

我的話，講到後來，提高了聲音。楊立群陡地站了起來，臉脹得通紅：「不！我不是隨便殺人的，他們害我，我根本不知道那是毒藥，那四個……四個皮貨商人，就算他們見到我……他們也不會殺我，他們該去找給我毒藥的人。」

我看到楊立群的神情，又已進入了一種近乎瘋狂的神態，所以我毫不客氣地伸手，在他的胸口，用力推了一下，令得他又坐回在沙發上，然後，我俯下身，雙手按在沙發的扶手上，和他面對面：「胡協成和孔玉貞的前生是什麼人，只不過是你的想像！」

楊立群大聲叫了起來，道：「不！」

我幾乎忍不住了，我實在想要告訴他，他如今最愛的那個女人，就是前

生殺了他的人。

一定是我的神情，變得十分異樣，白素陡地叫了起來，她看出了我的心

意，所以她叫道：「衛，別亂說話！」

我怔了一怔，面肉不由自主地抽動著。可是楊立群這時，看來卻像是陷

入了一種極激動的神態之中。我的神情、白素的喝阻，他全然未加注意，他

只是想站起來，由於我俯身阻擋在他的身前，他站不起來，掙扎了幾下，仍

然坐著。

他的臉脹得通紅，尖聲叫道：「不！他們的確是！我，我不是胡亂殺

人，告訴你，我早就知道了麗玲就是翠蓮，我並沒有殺她的念頭。」

楊立群陡然之間，講出了這樣的話來，我和白素兩個，可真是嚇呆了。

這是我們兩人一直在用盡一切方法想保守的秘密，可是他卻早就知道

了。

我陡地後退了一步，張大了口，一句話也講不出來。楊立群站了起來，

喘著氣，聲音極大：「劉麗玲的前生是翠蓮，想不到吧！」

楊立群道：「我和翠蓮，今生一定會有糾纏，會認識，但是直到我肯定

了這一點之前，我想不到我要找的人，就日夜在我身邊。」

由於一剎那之間的震驚是如此之甚，所以我實在不知道如何接口才好，一直等他講完，我才道：「別胡思亂想，怎麼可能？」

我的話，連我自己聽來，也覺得軟弱無力。楊立群一聽，立時「哈哈」大笑了起來：「胡思亂想？絕不是，我早就看出來了。每次，我從前生的惡夢中醒來，她也一樣，她和我同時做夢，一起醒來，在她殺了我之後，一起醒來。有好幾次，我夢醒之際，根本就和還在夢中一樣，在我面前的，不是劉麗玲，簡直就是翠蓮！」

白素苦澀地道：「楊先生，你實在該去看看精神科醫生才好，我認為你的精神，極不正常。」

白素的話，同樣軟弱無力，楊立群又笑了起來：「你們怕甚麼？怕我會殺了麗玲？告訴你們，我決不是胡亂殺人的，我知道了之後，對麗玲一點恨意也沒有，還是一樣愛她！」

我和白素互望了一眼，實在沒有任何話可說，楊立群揮著手，向外走去。

他到了門口，才轉過身來，大聲道：「我的事，由我處理。人和人之間的關係，太複雜了，太多因素了，連當事人自己也不瞭解，別說外人了。所以，你們別替我擔心。」

他說完了話，姿態像是一個大演說家一樣，揮著手，疾轉身，挺胸昂首，走了出去。

我和白素只是身子僵硬地看著他走了出去，一句話也講不出來。我們並不是沒有應變經驗的人，但是事情變到這種地步，我們卻一點辦法也拿不出來。

在他走了之後，我們又呆立了很久，才頹然回過神來，我伸手在臉上，抹著因為震驚而冒出來的汗，道：「原來他早知道了。」

白素苦笑了一下：「所謂早知道了，我想其實也不過是這兩天的事。孔玉貞出事的那晚，楊立群和劉麗玲都喝醉了酒，當晚楊立群對劉麗玲的神態言語，就十分奇特，他可能是到那時才肯定的。」

我無目的地揮著手：「奇怪得很，楊立群知道了，但是卻並不殺死劉麗玲，他說，他對劉麗玲一點恨意都沒有！」

白素不置可否，只是「嗯」了一聲。

我又道：「這種情形，能維持多久？說不定到了哪一天，他們兩人，又因小事爭執，楊立群會突然想起，劉麗玲就是翠蓮，突然之間，他又會變得精神失常，殺了劉麗玲！」

我講得十分嚴重，白素聽了，也悚然吃驚，來回走了兩步，道：「衛，我們還是要通知劉麗玲，至少也應該讓劉麗玲知道這種情形！」

我道：「當然。」

我一面說，一面指著電話：「通知她。」

白素立時拿起電話，撥了號碼，嘆了一口氣，放下，再撥：「在通話。」

我有點坐立不安，白素一直在打電話，時間慢慢過去，我吸著煙，一支又一支。

足足有半小時之久，劉麗玲的電話仍然打不通。不是沒有人接，而是一直在通話中。

我用力按熄了一個煙蒂：「不對，楊立群來的時候，說她正在熟睡，她和什麼人講電話，講那麼久？楊立群也該回去了，她為什麼一直在講電話？」

白素皺著雙眉，說道：「那我們……」

我用力打了自己的頭一下：「二十分鐘之前，我們就應該直接去，不該打電話。」

白素苦笑了一下，我們一起向外衝出去。午夜的街道相當冷清，我駕車，簡直是橫衝直撞，直駛向劉麗玲的住所。車子幾乎沒有減速，就直衝進大廈的大堂去，將大廈的管理員嚇了一大跳。

衝進了電梯，當我伸手出去按電梯的按鈕之際，我的手指甚至在微微發著抖，白素的臉色，也出奇地蒼白。我們兩人心中，都有一種極強烈的預感，感到會有意外發生。至於為什麼有這樣的預感，誰也說不上來。

電梯停下，我先一步搶到門口，伸手按著電鈴。我們可以清晰地聽到鈴聲一下又一下響著，可是就是沒有人來應門。我望向白素，白素已經取下了她的髮夾來，我讓開了些，仍然按著門鈴，由白素去開鎖。

幾分鐘後，白素已將門鎖弄開，她旋動門柄，推了推門，門內拴著防盜鏈。這證明屋內有人，屋內有人而不來應門，這表示什麼？

我在剎那之間，只覺得一股涼意，透體而生。

要撞開這樣的一條防盜鏈，是輕而易舉的事，我側了側身，一下子就將門撞開。

將門撞開之後，我幾乎沒有勇氣走進去，我反手握住了白素的手，我們一起走了進去。

客廳中沒有人，一切看來都很正常，臥室的門關著。客廳中十分靜，我和白素心情極度緊張，屏住了氣息，四周靜得幾乎可以聽到我們兩人的心跳聲。

客廳裏沒有人，這令得我略為鎮定了一些，我在想，或許他們兩人都喝醉了，所以聽不到門鈴聲，也聽不到撞門聲。他們不在客廳，那一定是在臥室了。

我大聲叫道：「楊立群！」一面叫，一面走向臥室。

我用力去拍門，我大約拍了至少有二三十下，起先，門內一點反應也沒有，接著，就聽得自臥室之中，傳出了一種奇異之極，令人聽了毛髮直豎的聲音，像是叫聲又不像叫聲，像呻吟又不像呻吟聲。一聽到了那種聲音，我和白素兩人，都不由自主，身子發顫，我更忍不住發出了一下大叫聲，用力去撞門。

撞到第三下，門就撞了開來，我和白素，同時看到了臥室中的情形。

一看到了臥室中的情形之後，我們全都僵呆了。那是真正的僵呆，剎那之間，我們像是被釘在地上一樣，動也不能動，一點聲音也發不出來。

我心中不知有多麼亂，在極度的紊亂之中，我只想到了一點：我們來遲了。

我們來遲了！

事情已經發生了！

我們來遲了！

由於極度的混亂，我已記不清是我還是白素打電話報警的，給我印象最深刻的是，我看到電話，在床頭几上的電話，電話聽筒垂下來，在床邊晃動著，這是我們為什麼想打電話而打不通的原因。

事情自然經過調查，經過整理，事情是如何發生的，總算有了眉目。以下是事情發生的約略經過，自楊立群離開家，來和我見面起，到事情發生止。

真正的經過情形，是不是這樣子，當然沒有人知道，因為兩個當事人之一，已經死了，另一個人講的話，沒有人可以知道是真話還是說謊。

為了容易瞭解起見，我用兩個當事人直接出場的方式來將事情的經過寫出來。事情的兩個當事人，當然是楊立群和劉麗玲。

再重複一次，用這種形式寫出來的經過，是不是真正的事實，無法證實。因為事情的經過，是由一個當事人講出來的。

楊立群看到劉麗玲熟睡，離家赴約。劉麗玲在他離去的一剎間就醒來，可能是由於楊立群離去時的聲音，弄醒了她。

劉麗玲醒來之後，看到楊立群不在身邊，就叫了幾聲，沒有人答應，她就披著睡袍，從臥房來到客廳，客廳也沒有人。

那一天，劉麗玲將楊立群自警局接走之後，他們一直在逃避著和他人接觸（我一直在找他們，也直到午夜才找到）。晚報上刊登的消息、孔玉貞的死，全都令他們感到極度的疲倦。

劉麗玲一面打著呵欠，一面又叫了兩聲，推開廚房的門看了看，也沒有人。這令得她感到十分憤怒，楊立群竟在這樣的時候，不聲不響地離開了她。

劉麗玲走進了廚房，打開冰箱，取出了一個蘋果，順手又拿起了一把水果刀，回到了臥室。她將蘋果放在床頭櫃上，手中持著刀，開始打電話，就將刀放在電話旁，正在打電話的時候，楊立群回來，看著劉麗玲。

楊立群耐心等著，等到又過了十分鐘，劉麗玲還是在講電話。

（那時候，大概是白素已開始打電話給劉麗玲而打不通的時候。）

楊立群感到十分不耐煩，劉麗玲在電話中講的，又是十分沒有意義的話，他忍不住提高了聲音，叫道：「別講了好不好？」

（這是整件事件中，唯一可以獲得証實的一件事。和劉麗玲通電話的那個女人，事後說她在電話中聽到了楊立群大聲叫劉麗玲別再講了，她感到害怕，所以立時放下了電話。）

劉麗玲突然之間聽不到對方的聲音，自然知道是對方聽到了楊立群呼喝的緣故，那令得她更為不快，她用力拋開了電話聽筒，坐了起來：「從什麼時候起，我連打電話都不可以了？」

（劉麗玲突然將電話聽筒拋了開去，而不是放回電話座，所以白素的電話仍然一直打不通。）

楊立群盯著劉麗玲：「我回來了！」

他說「我回來了」的意思，十分明顯，那是在告訴劉麗玲，他回來了，劉麗玲的注意力就應該放在他身上，而不應該再打無關緊要的電話。

劉麗玲的反應，是一下冷笑。她不望向楊立群，偏過頭去，站了起來。

這時，楊立群突然產生了一股衝動，過去一伸手，抓住劉麗玲的手臂，用力一拉，幾乎將劉麗玲的整個人都拉了過來。

楊立群用的力道是如此之大，令得劉麗玲的手臂生痛，同時，楊立群的這種態度，也令得劉麗玲更不高興，她大聲道：「放開我！」

楊立群也大聲說道：「不，我不會放開你，我愛你！」

楊立群的話，本來是十分動聽的情話，可是劉麗玲卻掙扎著，叫道：「放開我！」

楊立群非但不放開她，而且將她抓得更緊，又想吻她。劉麗玲掙扎向後，楊立群跟著逼了過來。當劉麗玲退到了床頭几時，她已經沒有了退路，楊立群像是勝利者一樣，哈哈地笑著，要強吻，劉麗玲的手伸向後面，抓到了那柄放在電話旁的水果刀。

她一抓刀在手，就向前一刺。水果刀極其鋒利，無聲無息，刺進了楊立群的胸口。

當水果刀刺進楊立群的胸口之際，他們兩人的身子幾乎是緊擁著，楊立群陡地震動了一下，望向劉麗玲，劉麗玲也望著楊立群。

劉麗玲一刀刺進楊立群的心口，那動作、姿態、他們兩人的位置，幾乎就像若干年前，翠蓮一刀刺進展大義心口時完全一樣。

當我和白素，撞開了臥室的門之後，看到的情形，和事情發生的一剎那，已經有了不同。楊立群已經倒在地上，一手按著心口，血自他的指縫中不斷湧出來。

劉麗玲手中握著水果刀，血自刀尖上向下滴，她的神情極其茫然地站著，動也不動。

我們看到了這樣的情形，真是呆住了。

自從知道了楊立群和劉麗玲兩人，各有他們相同的怪夢之後，我們一直擔心的是，當楊立群知道了劉麗玲的前生是翠蓮之後，會將她殺死。

可是如今我們看到的，卻是劉麗玲殺了楊立群！

劉麗玲又殺了楊立群。

這個「又」字可能極其不通，但當時，在極度的震驚之際，我的確想到了這個「又」字。

翠蓮殺了小展。

劉麗玲又殺了楊立群。

由於極度的震撼，當時，我不記得是我還是白素，在震呆之餘，先叫了起來：「快打電話，召救傷車。」

不論那是白素還是我叫的，有一點可以肯定的，是因為那時，我們都看到，楊立群中刀的部位，顯然是致命傷，但是他卻還沒有死。當我們進來之後，他的眼珠還能轉動，向我們望了過來。

電話可能是白素去打的，因為我一看到楊立群眼珠轉動，我立時注意到了他眼神中的那種垂死的悲哀，和一種極度的悲憤和不服氣之感。我連忙俯身，來到他的身前。

我一到他的身前，楊立群的身子陡地震動了一下，一伸手，抓住了我的衣襟。他看來像是想藉著他抓住我衣襟的力量而仰起身子來。

可是，生命正迅速無比地離開他的身子，他已經沒有能力做到這一點，他只能緊緊抓著我的衣襟，口唇顫動著，竭力想說話。

我忙湊近去，只聽得他用極微弱的聲音，斷續地說道：「為什麼？為什麼……她又殺了我？應該是……我殺她，為什麼……她又殺了我……為什麼？」

老實說，我根本不知道如何回答楊立群的問題才好。面對著離死越來越近的楊立群，我連假造幾句安慰他的話也說不出來。道理很簡單，因為我也不知道為什麼。

在前一生，翠蓮殺了展大義，為什麼在這一世，劉麗玲又殺了楊立群？楊立群的氣息越來越急促，他陡地提高了聲音，用一種聽了令人毛髮直豎、遍體生寒、充滿了怨憤和痛苦的聲音叫道：「為什麼？」

我被他的那一下叫聲，弄得心中痛苦莫名，我也不由自主叫了起來：「我不知道！」

楊立群的喉際，發出一陣咯咯的聲響來，看起來，他的生命，至多只能維持半分鐘了。可是看他的神情，卻還想在這半分鐘之內，得到他那個問題的答案。

我實在不忍心再面對他，上一生，展大義在極度的怨憤中去世，這一生，看來楊立群也要在極度的痛苦和不明不白中死亡了。

我推開了他的手，並不站起身，就轉過身去。

就在這時，我看到劉麗玲走向楊立群，她的神情已不再木然，而代之以一種異乎尋常的表情。她來到楊立群的身邊，楊立群看來是擠出了他生命之中最後的一分力量，轉過眼珠望向她。

在這樣的情形下，我真怕劉麗玲再過去刺楊立群一刀，我剛想阻止劉麗玲有任何行動時，劉麗玲已俯下身，在楊立群的耳際，講了一兩句話。

那只是極短的時間，劉麗玲不可能多講什麼，她至多只講一兩句而已，只見楊立群突然現出了一副恍然大悟的神色，而且試圖發出一個自嘲的笑容，和同時發出「哦」的一聲來。

可是，他只笑了一半，那一下「哦」的一聲，也只發了一半，緊接著，就呼出了他一生之中的最後一口氣，睜大著眼，死了。

我身子有點僵硬，直起身來，看到白素向我走了過來，也看到劉麗玲向後退去。這時，由於情緒的極度混亂，一切都像是在夢境之中看慢動作鏡頭的電影一樣，有很多細節，全部回憶不清。

我記得最清楚的是我突然像瘋了一樣，向劉麗玲撲過去：「你對他說了些什麼？快講，你對他說了些什麼？」白素將我拉住，大聲叫著我。

劉麗玲喘著氣：「我會告訴你的，我一定會告訴你的，不是現在！」

警車其實不應該來得如此之快，可是就在我和劉麗玲的問答之間，警車的嗚嗚聲已經傳了過來。事後，較為清醒的白素說，我和劉麗玲之間，重複著同樣的話，至少在一百遍以上，我們兩人的情緒，都在極度激動的狀態之下，以致不知道時間的逝去。

警車的警笛聲一入耳，我如夢初醒，震動了一下，又向劉麗玲望去：

「你殺了他！」

當我講出這四個字之際，我感到極度疲倦，聲音聽來，也不像是我所發出來的。

劉麗玲的神態，看來也極其疲倦：「是的，我殺了他，可是他進襲我，像是瘋子一樣地進襲我，我沒有法子，只好這樣做，這純粹是意外！」我苦笑，心想那得法庭接納她的說法才好。

警方人員來到以後所發生的瑣碎的事，不必細表。劉麗玲在警局、在法庭上，始終只是那幾句話，陪審團經過了破記錄的三十多小時的討論，宣佈劉麗玲出於自衛，不需負任何法律上的責任。

由於主控方面堅持，劉麗玲一直在警方的看押之中。在這期間，我和白素曾去看過劉麗玲幾次，可是劉麗玲什麼也沒有說，她甚至拒絕聘請更好的律師為她辯護，一副充滿自信的樣子。

當陪審團開始退庭商議之際，我和白素都焦急地等著，陪審團有了決定之後，再度開庭，我和白素一起在旁聽席上。

陪審團宣佈了他們的決定，法官宣判劉麗玲無罪之後，法庭上的各種哄鬧聲，怕是法庭有史以來之最。反倒是劉麗玲本人，像是早知道會有這樣的結果一樣，表現出奇的鎮靜。

庭警打開犯人欄，劉麗玲走出來，我和白素向她迎上去，她輕輕地抱住了白素，道：「我們走。」

我和白素保護著她，離開了法庭，避開了記者，登上車子。

在車上，劉麗玲道：「能不能到府上打擾一下？」

白素道：「當然可以。」

講了這一句話之後，劉麗玲的神情，就陷入了深思之中，一直到進了屋子，她都未曾開口。

進了屋子之後，白素給了她一杯酒，劉麗玲一口喝乾。她喝得太急了一些，以至酒順著她的嘴角，流了出來。在她用手抹拭嘴角之際，白素突然問道：「你是什麼時候起，知道他就是你惡夢中的小展？」

我本來想問劉麗玲同樣的問題，白素既然先我一步問了，我自然不再問，只是等候她的答覆。

劉麗玲道：「在那天晚上的前幾天。」

我怔了一怔，道：「所謂『那天晚上』是……」

劉麗玲道：「就是他一定要講翠老太太的事給我聽，而我堅決不願意聽的那個晚上。」

我「哦」的應了一聲。就是那一天晚上，他們爭吵得極為劇烈，我和白素離去，楊立群後來清晨駕車外出，撞死了孔玉貞。

白素向劉麗玲靠近了些：「他告訴了你他的夢？」

劉麗玲搖著頭：「沒有，每次當我在惡夢中醒來，總可以看到他的眼中那種神情，和我在夢中看到的小展的眼神完全一樣。漸漸地，我明白了，我們兩個人進入夢境的時間，完全一致，前生的事，同時在我們兩人夢境之中重現，我就開始去搜集資料，開始追尋……」

我聽到這裏，不禁苦笑了一下：「你也開始去尋你的夢？」

劉麗玲咬著下唇，點了點頭：「是的。不過我沒有像他那樣，到夢境發生的地方去，我只是搜集他的各種行動資料。很快，我就發現他曾到過那地方，做過一些怪異的事情。同時，我也莫名其妙地對那個傳奇人物翠老太太發生興趣，也搜集了她不少資料，很容易就使我明白了翠老太太是什麼人。」

我苦笑了一下，問道：「是翠蓮？」

劉麗玲道：「是的，也就是我的前生。」

我和白素兩人，深深地吸了一口氣。

劉麗玲道：「同時，我也明白，我和楊立群相識、相愛，並不是偶然的，那是一種因果，由於我們前生有這樣的糾纏，今生一定會相識！」

我喃喃地道：「就像你和胡協成，楊立群和孔玉貞一樣？」

劉麗玲道：「對，就是這個意思。」

我和白素齊聲道：「如果是這樣的話，那麼……」

劉麗玲不等我們講完，就接了下去：「如果是這樣的話，那麼今生，他應該殺掉我才是，對不對？」

這個問題，實在是玄妙到了知識範疇之外的事，但是在因果，或是邏輯上，又的確如此。

劉麗玲問了一句之後，接著又道：「我和楊立群，都不知道是什麼原因，有一部分前生的經歷，進入了我們的記憶之中。可是我和他，都沒有再前生的記憶，你們明白我的意思麼？」

我呆了一呆，不明白，看白素的神情，一片茫然，顯然也不明白。

劉麗玲作了一個手勢：「我們都不知道再前生的事，或許，在再前生，他對我所做的壞事，要令他死在我手裏兩次？」

我和白素兩人，一聽之下，不約而同，一起站了起來，發出了「啊」的一聲之後，又坐了下來，半晌說不出話來。

過了好一會兒，我才道：「他臨死之際，你對他講的，就是這句話？」

劉麗玲點著頭：「是的，我看到他在臨死之前的神情，那樣怨憤，那樣不明不白，心中很不忍。本來我也不能肯定，只是姑且這樣對他講一講。可是他在臨死之際，腦際一定有異常的活動，可能在那一剎間，連再前生的記憶，也都進入了他的腦中，所以他立刻明白了，明白得極快又極徹底，這證明了我的推測沒有錯。」

我發出了一連串的苦笑聲：「前生已經是極其虛無縹緲的了，何況是再前生！」

劉麗玲站了起來：「但是，既然有前生，一定會有再前生的，是不是？」

劉麗玲的話，在邏輯上是無可辯駁的。我和白素只好怔怔地望著她。她掠了掠頭髮，道：「我要告辭了。我早已辦好了歐洲一個小國的移民手續，我想我們以後，可能沒有機會見面了。」

她一面說，一面向外走去，在她快到門口之際，我叫住了她，說道：

「劉小姐，你和楊立群之間的事，本來是和我一點關係也沒有的，然而我竟然會莫名其妙地扯在裏面……」

我的話還沒有講完，她已經道：「不會是一點關係也沒有的。」

我要的就是她這句話，我立時道：「好，那麼，請告訴我，我的前生，和你們有什麼糾纏？」

劉麗玲搖著頭：「對不起，我不知道，真的不知道。」

她說完之後，就一直走了出去。

劉麗玲一定是立即離開了這個城市的，因為第二天，再想找她，她已經蹤影不見了。

一直到隔了很久之後，我又和簡雲會面，談起了劉麗玲、楊立群、前生、今世許多玄妙的問題，也提及了那一天晚上，我態度不明，堅決要離去的事，我道：「難道我的前生，和他們真有糾葛？」

簡雲笑了笑：「我看一定有的。」

我有點氣惱：「那我是什麼角色？在南義油坊中毒打小展的一共有三個人，還有一個好像並未出現，我總不會是那個人！」

簡雲道：「當然不會是那個人。照我的想法，你可能是那四個皮貨商人被謀害之後，追查這件案子來歷的辦案人員中的一個！你前生是一個辦案人員，這一點，和你今世的性格，也十分相似！」

我向著簡雲，大喝一聲：「去你的！」

簡雲拍著我的肩：「我只是猜猜，別認真。你對自己的前生，一點記憶也沒有，但是你那天晚上的行為，的確有點怪，不知是什麼力量促使你那樣做，這一點，你總不能否認吧？」

我只好喃喃地道：「誰知道！我真的不知道。」

簡雲也嘆了一聲，道：「是的，我們不知道的事，實在是太多了。」

尾聲

「尋夢」這個故事，就在我和簡雲的感嘆聲中結束了。

還有三點要說明，第一點：一九八〇年八月，全世界有關方面的科學家，集中開會，研究人為什麼要睡眠、會做夢，但沒有結論。

第二點，越來越多的科學家、心理學家堅信在經過催眠之後，某種感覺特別強烈的人，可以清楚說出他前生的經歷來，已經有不少具體的例子可供參考。

第三點，前生的事，會不會影響到今世？我們誰都曾愛過人，被愛過，世界上那麼多人，為什麼會偏偏遇上了，相識了，戀愛了，難捨難分了？總有點原因吧？

至於是什麼原因，誰知道？至少我不知道。

〈完〉

訪客

序言

「訪客」這個故事，在衛斯理故事之中，最早以巫術來作為一種設想。涉及的是海地巫都教利用可怕的黑巫術，使得死人能在夜間聽指揮所作的怪事。

由於創作時想法還不夠十分大膽，所以假設的基礎，放在一種「藥物痲醉」之上，相當「科學」。而實在可以有更進一步的設想，例如乾脆承認巫術的存在（像近年來一系列幻想故事中所選用的設想一樣），例如從人腦的複雜活動上去設想，等等。

現在，自然未作那樣的大修改，仍保持本來面目，這個故事的推理意味十分濃，相當引人入勝。

倪匡

第一部：死人來訪

鮑伯爾因為心臟病猝發，死在他的書房中。

鮑伯爾是一個大人物，他是一個政治家，是一個經濟學家，而且，他還是一個醫生，他多才多藝，是這個時代的傑出人物。

醫生已證明鮑伯爾是死於心臟病猝發，證明者是著名法醫，可靠性沒有問題，而且，鮑伯爾也已是七十多歲的人了。

一個七十多歲的老人，死於心臟病猝發，那實在是一件十分平淡的事，根本不構成一個故事。但是，卻有兩件十分奇怪的事，摻雜其間。那兩件事中的一件，簡直是不可思議的。

那就是，在鮑伯爾的屍體之前——鮑伯爾是死在他書桌之前的那張高背的旋轉椅上的，是以，在他的屍體之前，也就是說，是和他隔著一張桌子的另一張椅子上，也有一個死人。

那具屍體，在鮑伯爾的對面，很端正地坐著，當警方人員來到時，自然也發現了那具屍體，鮑伯爾全家都不認識那死者是什麼人，只有管家和男僕，他們說在半小時之前，曾看到那死者進入鮑伯爾的書房，他是來拜訪鮑伯爾的。

像鮑伯爾那樣的名人，有一個陌生的訪客，那也決不是甚至值得記載的事，然而不可思議的是，當法醫檢查那死者時，發現那死者死了至少已有三天以上！

一個死了已有三天以上的人，竟然會成為鮑伯爾的訪客，那實在是不可想像的事。於是，主持這個案件的人，便認為那個管家和男僕是在說謊，以下，是案件主持人傑克上校，對管家和男僕的盤問。

（讀者諸君一定還記得傑克這個人吧，他由少校而中校，由中校而上校，但是他固執如牛的性格，卻一點兒也沒有改變。）

傑克：（冷笑地）你們兩人，都說這個訪客，是在一小時之前來到的？

管家、男僕：（點頭）是。

傑克：（笑得更陰冷）當時的情形怎樣？

男僕：有人按鈴，我去開門，來客在門外，他臉色很難看，樣子也很古怪，他說，他和鮑先生是約好的，在這時候來見鮑先生，我將他帶進來，請他坐著，然後，我告知管家。

管家：是的，我一見他，我問他是不是石先生，因為鮑先生曾吩咐過，有一位石先生會在這時候來拜訪他，那來客點了點頭，我就將他帶到書房門前，因為我看到鮑先生剛從樓上下來，走進書房，我敲了門說：「鮑先生，你約定的石先生來了。」鮑先生道：「請他進來。」我推開了門，來客走進了書房，我就走了開去。

傑克：（大聲呼喝）胡說八道，你們所說的那個人，經過初步檢驗，已經死了三天，死人會說話、會走路、會約定鮑先生來見面麼？

管家和男僕，面面相覷，一句話也答不出來，傑克自然更進一步逼問。但是傑克不論怎麼樣逼問，管家和男僕的回答，每一次都是一樣的。

至於這件事，是如何會驚動了警方的呢？也必須補充一下。鮑家有很多人，那事情發生的時候，鮑伯爾的一個親戚，帶著孩子在探訪鮑伯爾太太，正在樓上閒談，鮑家還有四個僕人，事情怪的是，在那訪客走進書房之後不久，屋中的每一個人，都聽到在書房中，傳出了鮑伯爾一下震人心弦的呼叫聲。

那一下呼叫聲，令得所有聽到的人，都嚇得面無人色，他們都迅速地集中到書房的門口。

鮑伯爾的太太，也已六十多歲，當場嚇得六神無主，管家用力拍著書房的門，門內一點反應也沒有，而且，門還鎖著，管家和兩名男僕，一起用力撞門，才將門撞了開來。

當他們將門撞開之後，所有的人，都發現了兩個死人，訪客和鮑伯爾都死了，所以才致電報警的。

當警方人員趕到之後，才發現了種種奇事，才發現那位姓石的訪客，已經死了三天！

人死了多久，科學上有確定不移的方法，絕對可以證明，是以管家和男僕，便一直遭受盤問。鮑伯爾顯然是死於心臟病猝發，他一直有心臟病的記錄，是受不起驚嚇的。

在法律上而言，如果蓄意使一個患有心臟病的人，受到極度的驚恐而致死亡的話，那麼，這種行動和謀殺無異，像鮑伯爾那樣的人，如果他突然發現在他的桌子對面坐著一個死人的話，那麼是極可能導致心臟病猝發而死亡的。

所以，傑克上校認為管家和男僕，蓄意謀殺大人物鮑伯爾先生。

傑克上校假定的方式是：管家和男僕，偷運了一具屍體進來，放在鮑伯爾的書房之中，等到鮑伯爾看到了那個死人之後，就驚恐致死。

由於那位「石先生」來的時候，只有管家和男僕兩人見過他，一個是開門讓「石先生」進來的，另一個是帶「石先生」到書房的，所以，情形對他們兩人十分不利。

但是也有對他們兩人有利的地方，那便是鮑宅的人都可以證明，管家男僕，已有七八天未曾離開過鮑宅，也就是說，他們根本沒有機會，從外面弄進一具屍體來，完成他們的「謀殺計劃」。

然而，傑克上校卻是一個十分固執的人，他既然相信那是一宗謀殺，而且更可能是不尋常的政治謀殺，所以他又懷疑管家和男僕和同黨將屍體送來，而由男僕、管家再送到書房去，然後，合編一套謊話欺瞞警方。

其實，傑克上校的懷疑，是很難成立的，因為誰也不會笨到以為一個死去三天之久的人，警方會檢查不出來。

傑克上校卻又有另外的想法，他的想法是，管家和男僕，是準備在嚇死了鮑伯爾之後，移開那具屍體的，但是由於鮑伯爾的一聲大叫，引來了許多人，使他們原來的計劃受阻，是以只好編出一套謊話來了。

傑克拘捕了管家和男僕，但是又由於他實在沒有甚麼確切的證據，是以也遲遲未能提出指控，管家和男僕已被拘留了三天。

這是一件很嚴重的案子，雖然警方嚴密地封鎖一切新聞，但是能幹的新聞記者，還是用盡方法來報導事情的經過，因為鮑伯爾是一個矚目的大人物。

我以上用最簡單的文字，敘述了案子的經過，但已經比尋常報紙上報導的詳細得多了。

我並不認識鮑伯爾這樣的大人物，傑克和我則很有些舊怨，他也決不會邀請我來和他一起查這件案子，我是怎麼和這件案子發生關係的呢？

說起來很奇妙，那也是整個故事的正式開始——那是一個細雨霏霏的下午，本來我和人有約，去打高爾夫球，但是由於天雨，自然取消了約會，是以只好悶在家中。

就在這時，我接到了一個電話，電話是由我一個老同學打來的，他的語氣很焦急、很匆忙，他道：「你無論如何要在家中等我，我有一件很要緊的事要找你。」

這位老同學，如果不是他自道姓名，我是記不起他來的了，雖然我們曾是同學，但是在離開了學校之後，根本沒有什麼來往，我只知道，他成了一位牙醫，如此而已。但是他既然說有重要的事來找我，我自然不便拒絕，所以我答應了等他。

半小時後，他來了。

他不是一個人來，和他一起來的，還有一個十二三歲、面色蒼白的少年。

他一進來，就握住了我的手搖著：「你還記得我就是陳福雷，真難得，這是我的兒子陳小雷。小雷，叫衛叔叔！」

那少年叫了我一聲，我拍了拍他的肩頭：「請坐，你說有一件要緊的事情來找我？」

陳福雷坐了下來：「是的，這件事是小雷說的，可是那實在沒有可能，但是他說一定是真的，所以我只好來找你，因為我知道你對一切稀奇古怪的事，都有著非凡的經驗！」

我好不容易等他停了口，忙道：「究竟是什麼事，你不妨講出來。」

陳福雷道：「我早已結婚了——」

我不禁苦笑了一下，心想這不是廢話麼？你要是不結婚，怎麼會有一個十二三歲的孩子？

陳福雷又道：「我娶的是鮑伯爾太太的侄女。」

我不禁打了一個呵欠，他娶的就算是荷蘭女皇的侄女，我也沒有興趣。

陳福雷又道：「鮑伯爾死了，你自然知道的，他死的那天，我妻子正好帶著小雷，去探訪她的姨母，他們在鮑家時，鮑伯爾死了。」

我欠了欠身子，陳福雷的話，已引起了我的興趣，因為這幾天，鮑伯爾的死，喧騰一時，而警方又諱莫如深，是以很是神秘，如果有人在現場，可以知道其間的經過，雖然事情和我無關，但我是一個好奇心極其強烈的人，自然想知道事情的真相！

我連忙道：「請說下去！」

陳福雷望著他的兒子：「小雷，你來講！」

陳小雷像是很拘泥，但是他還是開了口：「我到了鮑家，媽和姨婆在樓上，我和小輝兩個人玩，我們在玩捉迷藏。」

我問道：「小輝是什麼人？」

陳福雷代答道：「小輝是鮑伯爾的孫子，他父母死了，小輝跟祖父母住，今年十四歲。」

我點了點頭，望向陳小雷。

陳小雷又道：「我們玩著，因為是在他的家中，所以我躲來躲去，總是給他找到，後來，我躲進了鮑公公的書房，他書房中有很多櫃子，我就躲進了其中的一只櫃子，小輝果然找不到我了！」

我坐直了身子：「以後呢？」

「過了約定的時間，他還找不到我。我正想出去，鮑公公推門走了進來，我很……怕他，躲在他書房的櫃子中，一定會給他罵的，所以我不敢出來，只好繼續躲著，希望他快點離去。」

聽到了這裏，我不禁陡地站了起來，因為陳小雷的話，實在是有太大的吸引力了！

那時，我對整件事的瞭解，還沒有如卷首敘述的那樣清楚，因為警方根本未曾公佈整件事情經過的真相。但是，我卻也已知道了一個大概，知道鮑伯爾的死，就是在他書房中發生的，而且，其間還摻雜著一個十分神秘、難以解釋的事。

而如今陳小雷卻說，他因為玩捉迷藏遊戲，而躲進了鮑伯爾的書房。那麼，莫不是鮑伯爾死的時候，陳小雷恰好在書房之中？

那實在太重要了，因為後來，被發現的兩個人都死了，究竟是發生了什麼事情，絕對無人知道，只能夠憑揣測推想。

但如果有陳小雷在書房之中，那就大不相同了，陳小雷可以知道發生了什麼事。

我揮著手，忙又坐了下來，因為這時候，最重要的是要陳小雷講出全部事實的經過，而不能有一點遺漏，所以我又忙道：「你說下去。」

陳小雷呆了半晌才道：「我躲在櫃中，鮑公公坐在椅子上，他看起書來，我心中十分焦急，因為他在書房中，我就不能離去。」

陳小雷講到那裏，舔了舔嘴唇。

我對陳小雷那時的心情，倒是很容易理解的，因為陳小雷只是一個孩子，孩子對於事業上有成就，而且為人又十分嚴肅的長輩，總是有畏懼心理的，鮑伯爾不離開書房，他自然只好躲在櫃中。

我又道：「以後又發生了什麼事呢？」

陳小雷在衣服上抹著雙手，道：「我躲了不久，聽到管家敲門，接著，管家便道：『老爺，有一位石先生，他說和你約好的，要來見你。』

「鮑公公答道：『是的，請他進來。』我心想糟糕了，鮑公公不走，卻又進來一個人，我更不能離去了！」

我「嗯」地一聲：「然後呢？」

陳小雷道：「管家推開了書房門，我將櫃子的門，推開了一道縫，向外看去，管家沒有進來，一個又瘦又白的人，慢慢走了進來，鮑公公略欠了欠身，道：『請坐，有什麼指教？』那人坐了下來，發出一種十分古怪的笑聲，嚇得我縮緊了身子。」

陳小雷的氣息，急促了起來，顯然他在想起當時的情形時，心中仍然十分害怕。他喘了幾口氣，才又道：「我縮起了身子之後，就未曾再看到他們兩個人，只聽得到他們的講話。」

我忙問道：「他們講了些什麼？」

陳小雷道：「我聽得那石先生笑著，道：『鮑先生，你知道麼，我是一個死人……』」

陳小雷講到這裏，我便忍不住打斷了他的話頭：「你說什麼？那石先生自稱是一個死人？你可曾聽清楚，他是那樣說的？」

陳小雷道：「一點不錯，他是那樣說的，我當時也奇怪得很，我聽得鮑公公不耐煩地道：『先生，我沒有空和你開玩笑，你在電話中，說有一項極其重要的事和我說，現在你可以說了！』」

我又接口道：「那位石先生怎麼說？」

陳小雷苦笑著，道：「石先生說：『這不是很重要的事麼？我是一個死人，你是醫生，你可以立即知道我是不是死人，檢查一下，你就可以知道了。』我又聽得鮑公公憤怒的喝問聲，接著，他就突然尖叫了起來，他叫得那麼駭人，我幾乎昏了過去。」

我越聽越是緊張：「以後呢？」

陳小雷道：「那石先生還在笑著，我不知道發生了什麼事，更不敢出來，後來，我聽到有很多人進了書房，每一個人都發出驚叫聲，還有媽媽的聲音在，我推開了櫃門，完全沒有人注意我走了出來，後來，媽媽抓住我的手，走了出去……」

陳小雷講到這裏，略頓了一頓，才又道：「那時，我才知道，鮑公公死了。」

我呆了半晌，根據陳小雷的敘述聽來，事情簡直不可思議之極！

第二部：會講話的死人

我知道像陳小雷那樣年齡的孩子，會有許多古里古怪的念頭，我也經過這個年齡，那正是人生最富幻想力的年紀。

但是，看陳小雷的情形，卻無論如何，也不像是自己的想像編出那段故事來的！

我在發著呆，陳福雷一直望著我，過了好一會兒，他才道：「你看這事情怎麼辦？」

我沉吟了一下：「我看，你應該帶著小雷，去見警方人員！」

陳小雷的臉上，立時現出害怕的神情來，陳福雷忙道：「我也想到過這一點，可是，可是，聽說警方對這件事的看法，十分嚴重，我們要是去了，是不是會為難我們呢？」

我皺著眉：「那麼，你的意思是——」

陳福雷嘆了一聲：「小雷聽到的一切，總應該講給警方聽的，你和警方人員熟，我想請你帶小雷去，那比較好一些。」

我道：「那沒有問題，但是我們必須自己先弄清一個問題，小雷說的是不是真話？」

我直接地將這個問題提了出來，多少令得陳氏父子感到有點尷尬，陳福雷道：「小雷從來也不是一個說謊的孩子，我是知道的。」

我盯住了陳小雷，陳小雷的臉色有點蒼白，但是他的神色卻很堅決：「我說的是實話。」

我望了望那孩子一會兒，老實說，沒有理由不相信那孩子的話，因為陳小雷臉上的神情，決不是一個說謊的孩子所能假裝得出來的。從他的神情看來，他好像很委屈，但是仍有著自信。

我伸手拍了拍陳小雷的肩頭：「好，很對不起，因為傑克上校是一個很固執的人，我必須弄清楚我們這邊的事，是不是站得住腳，才能去找他。」

陳福雷道；「現在就去找那位上校？」

我道：「是的，我看不出有什麼理由要耽擱。」

我拿起了電話，撥了警局的號碼，先是值日警官聽，又是傑克上校的女秘書聽，然後，我才聽到了傑克的聲音，他大剌剌地問道：「誰？」

我道：「上校，我是衛斯理。」

傑克上校停了很久，不出聲。他自然不是記不起我，只不過是在考慮如何應付我而已。

半分鐘後，他的聲音才又傳了過來，他道：「喂，衛先生，你必須知道，我很忙！」

我心中真是又好氣又好笑，但是他那樣的回答，也可以說是在我意料之中的事，所以我立即道：「我知道你很忙，但是，有人在鮑伯爾死的時候，正躲在鮑伯爾書房的櫃子中，你想不想見見這個人？」

傑克上校突然提高了聲音：「誰？有這樣的一個人？他在哪裏？」

我道：「就在我身邊！」

傑克上校大聲道：「快帶他來見我。」

本來，我是準備帶著陳小雷去見他的，但是這時我卻改變了主意，我學著他的聲調：「喂，上校，你必須知道，我很忙！」

又有半分鐘之久，傑克沒有出聲，我可以想像在這半分鐘之內他發怒的神情，我幾乎忍不住發出笑聲來。陳福雷顯然不知道我為了什麼那麼好笑，是以他只是以一種十分奇怪的神情望著我。

我終於又聽到了傑克上校的聲音，他顯然強抑著怒氣：「好，現在你要怎麼樣？」

「你到我這裏來，而且必須立即來！」我回答他。

傑克道：「好的，我立刻來！」

我放下電話，傑克雖然固執，但是他對工作極其負責，這倒是他的好處，為了工作，我那樣對付他，他還是立刻來了。

我轉過身來：「主理這件案子的傑克上校就要來了，當他來了之後，你將事情的經過，再講一遍。」

陳小雷點了點頭，在傑克上校還未曾來到之前，我又旁敲側擊，向陳小雷問了不少問題，直到我肯定陳小雷所說的不是謊話為止。

傑克來得真快，十分鐘之後，門鈴就響了，傑克和另一個高級警官，一起走了進來，他一進門，就道：「誰？你說的那人是誰？」

我指著陳小雷：「是他。」

傑克呆了一呆：「是一個孩子！」

我道：「你以為一個成年人會玩捉迷藏遊戲，而躲在櫃子裏麼？」

傑克給我白了一句，對我沒奈何，只是瞪了我一眼，立時來到了陳小雷的身前：「告訴我，在鮑伯爾的書房中，你見到了什麼？」

陳小雷道：「我見到的事情很少，大多數是聽到的，因為我躲在櫃子中……」

陳小雷的話還沒有說完，傑克已經打斷了他的話頭：「說，不管是聽到還是看到，快說！」

陳小雷像是很害怕，一時之間不知該怎麼開口才好，我皺著眉：「上校，你對孩子的態度太急躁了，你得聽他慢慢說，而且先得聽他的父親，解釋一下他們和鮑家的關係！」

傑克又無法反駁我的話，他只好又瞪了我一眼，坐了下來，我向他笑了一笑：「上校，別生氣，等一會兒你聽到的事，保證極有價值。」

我先向陳福雷望了一眼，陳福雷便開始講述他和鮑家的關係，上校不斷地牽動著身子，看來，他對這件事情的開始，和我一樣，不感興趣。

等到陳小雷開始講的時候，他比較有興趣了。

當傑克上校聽到陳小雷講到管家帶著一個面色蒼白、瘦削的人走進書房時，他突然用力拍著在他身邊的茶几，霍地站了起來，臉色鐵青，指著我厲聲叫：「衛斯理，我要控告你戲弄警官的罪名！」

我呆了一呆：「為什麼？」

傑克的怒意更甚，他甚至揮著拳：「為什麼，你，你這……無聊透頂的傢伙，你竟編了這樣一個下流的騙局來戲弄我，你……」

傑克在不斷地咆哮著，聲震屋宇，他那副青筋暴現的樣子，也實在令人吃驚。

陳小雷嚇得縮在一角，一聲也不敢出，連陳福雷也不知所措，臉色蒼白。

看樣子，傑克上校還準備繼續罵下去，我不得不開口了，我道：「上校，你應該聽人家把話講完。」

「我不必聽！」傑克怒吼著：「我根本不必聽！如果你早已知道，那個人在書房被發現時，已經死了三天，你也不會聽的！」

他講到這裏，大約是由於太激動了，是以喘了幾口氣，才又道：「這孩子，他是管家和男僕買通了的，以為那麼可笑的謊話，就可以將我騙過去，當我是什麼人，嗯？當我是什麼人？」

他一隻手指著陳小雷，頭卻向我望來，狠狠地瞪著我，看他的樣子，像是要將我吞下去一樣！

我也不禁怒火上升了，我冷笑一聲：「我們這裏的所有人，都將你當作是一個高級警務人員，可是你自己，卻偏偏喜歡扮演一頭被燒痛了蹄子的驢子！」

傑克大叫一聲，一拳向我擊了過來。

我早已料到，以他的脾氣而論，是絕受不住我那句話的，是以他一拳擊出，我早已有了準備，伸手一撥，便已將他撥得身子一側，幾乎跌倒。

這時，陳福雷也嚇壞了，他絕想不到會有那樣的場面出現的。

他站了起來，急急地道：「小雷，我們走，對不起，打擾你們了，我們走！」

陳小雷忙奔到他父親的身邊，陳福雷拉住了他的手，向外便走，到了門口，急急地離去。

傑克上校整了整衣服，仍然氣勢洶洶地望定了我：「衛斯理，你這樣做，會自食其果！」

我冷笑著：「你完全講錯了，你那樣做，才會自食其果。那孩子的話，對於這件怪案，有極大的作用，你不肯聽下去，就永遠不能破案！」

傑克尖聲道：「謝謝你，我還不需要聽到一個死了三天的人，會走路來拜訪一個人！」

「他不但來了，而且還講了話！」

「他講了什麼？」傑克不懷好意地「嚇嚇」笑著：「他進來說，鮑先生，我是一個死人？」

我盡量使自己保持鎮定，道：「是的，他進來之後，的確如此說！」

傑克又吼叫了起來：「去，去找一個會走路、會講話的死人來給我看看，好讓我相信你的話，去啊，去找啊，你這畜牲！」

我沒有再說什麼，並不是我忽然喜歡起傑克那種口沫橫飛，暴跳如雷的神情來了，而是我實在無法找到一個會說話、會走路的死人！

整件事情，本來就是不可思議的，即使大家靜下來，殫精竭力來研究，只怕也未必可以研究出一個頭緒來，何況是傑克的那樣大叫大嚷？

我腦中亂到了極點，而傑克講完之後，又重重地「呸」了一聲，才轉身向外走了開去。

那和他一起來的高級警官，連忙跟在他的後面，傑克是真的發怒了，他用力拉開門，一腳將門踢開，向外便走，連門也不替我關上，就和他帶來的那高級警官，一起離去了。

在他離去之後，我又呆立了好久，才嘆了一口氣，走過去將門關上。

我早知道傑克的脾氣不好，可是結果會那麼糟，我也是想不到的。我坐了下來，發了半晌呆，電話鈴忽然響了起來，當我拿起電話時，我聽到了陳福雷的聲音，陳福雷急急地道：「我已問過了小雷，他承認一切事，全是他自己幻想出來的，以後再也別提了！」

我的心中十分惱怒，是以我老實不客氣地道：「你的孩子沒有撒謊，說謊的是你，不過，如果你怕麻煩的話，我也決計不會來麻煩你的！」

陳福雷捱了我的一頓指斥，他只好連聲道：「對不起，對不起！」

我重重地放下了電話，又呆立了半晌，我反覆地想著傑克的話，同時也想著陳小雷的話，

這兩個人的話中，有著極度的矛盾，但是我相信他們兩個人的話，都是真的。

是一種什麼情形，使得兩個絕對矛盾的事實，變得同時存在了呢？在一種什麼樣的情形下，一個死了三天的人，會走路，會說話，會去拜訪鮑伯

爾？

我首先必須弄清這一點，然後才能進一步去推測為什麼這個「石先生」要去見鮑伯爾！

在警局中，我還有很多熟人，而且，我和他們的關係，也不至於像傑克和我那麼壞。有幾個法醫，全是我的好朋友。

我又和其中的一個法醫，通了一個電話，他是當時奉召到場的兩個法醫之一，我忙問道：「王法醫，鮑伯爾是死於心臟病？」

「那沒有疑問，」王法醫回答：「他本來就有心臟病，又因為極度的驚恐，心臟無法負擔在剎那間湧向心臟的血液，出現了血栓塞，所以致死的。」

王法醫的解釋，令我很滿意，我又道：「那麼，另一個死者呢？」

王法醫略為遲疑了一下，道：「我知道你遲早會對這件事有興趣的，這實在是一件怪事，那另一個死者，死亡已在七十個小時以上了。」

「完全可以證明這一點？」

「可以絕對證明！」

「他死亡的原因是什麼？」我又問。

「死因還未曾查出來。」王法醫回答。

我立即道：「那太荒唐了，事情已發生了好幾天，難道未曾進行屍體解剖？」

「當然解剖了，你以為我們是幹什麼的？連夜解剖了屍體，可是找不出死因來，只好說因為自然的原因，心臟停止了跳動。」

我想了一想：「我可以看一看那具屍體麼？」

王法醫道：「沒有問題。」

我笑了起來，道：「別說得那麼輕鬆，如果讓傑克上校知道的話，就有問題了。這樣，我半小時之後到，你在殮房等我！」

王法醫道：「好的。」

放下了電話之後，我立時出門，半小時之後，我走進了殮房，殮房設備相當好。

王法醫已經在了，他在門口，遞給了我一件外套，我穿好了外套，跟著他一起走進去，他拉開了一個鋼櫃，我看到了那位「石先生」。

那是一個十分瘦削的中年人，看來並沒有什麼特別的地方，在頭部以下，全身都覆著白布，在他的臉上，已結了一層白白的霜花。

我看了好一會兒，才推上了鋼櫃：「這個人的身分查清楚了沒有？」

王法醫道：「這不是我的職責範圍，但據我所知，他們還未曾查到這個人的身分。」

我苦笑了一下：「這件事真不可思議，你以為有沒有一個才死的人，會呈現已經死去了八十小時左右的跡象？」

王法醫笑著，道：「上校也這樣問過我，我的回答是除非他的血液已停止流動八十小時，但那種現象，已經叫作死亡！」

我搔了搔頭：「但是，我卻有確實的證據，證明這個人走進鮑伯爾的書房，而且，他還曾說過話，他也知道自己是死人，他還要鮑伯爾檢查他！」

王法醫的笑容，變得十分勉強，他揮著手，阻止我再說下去：「別說了，就算是一個心臟十分健全的人，如果真有那樣的事，也會被嚇死的！」

王法醫的話，令得我的心中，陡然一動，毫無疑問，那是一件謀殺！

石先生的出現，是專為了嚇死鮑伯爾的！

可是仍舊是那個老問題，一個分明已死了七八十小時的人，怎麼能夠自己行走、說話？

我呆了半晌，才道：「我想見鮑伯爾的管家和男僕，是不是可以？」

王法醫道：「那要上校的批准！」

我笑了笑：「上校沒有權力制止拘押中的疑犯接見外人，我去。」

我自然不會直接就去找傑克上校，在和王法醫告別之後，我到了警局，先和值日警官接頭，表示我要會見在拘押中的管家和男僕。

值日警官遞給了我一張卡，叫我填寫，當我寫好了之後，他又遞給了我一張會見在押疑犯的規則，令我細讀，然後，他一面看著我的申請卡，一面打電話。

那時，我正在用心閱讀著，所以也不知道他在打電話給什麼人。

但是我立即就知道他打電話給什麼人了，因為在那位警官帶我去會見我要見的那兩個人之前，傑克上校已怒氣沖沖地趕了來。

他直來到我的面前，普通，除了相愛的男女之外，是很少有人和另一個人面對面如此近的距離站立著的，但這時傑克卻那樣站著。

他的面色，極其難看，還未及待他出聲，我就不由自主，嘆了一聲。

果然，不出我所料，他立時咆哮了起來：「你又想搗什麼鬼？」

我乾笑了一下，並且先後退了一步，才平靜地道：「上校，我不搗什麼鬼，我只是想見一見在拘押中的管家和男僕，和他們談談！」

傑克厲聲道：「他們不准接見任何人。」

我的聲音更平靜了：「上校，據我所知，在押中的疑犯，如果沒有事先經過法官和檢察官的決定，任何人是不能阻止他見外人的！」

我的話，顯然擊中了傑克的要害，傑克呆了片刻，才鐵青著臉：「你和他們是什麼關係，要見他們，是為了什麼？」

我微笑著道：「我沒有必要告訴你這一點，因為你可以在我們的會見過程中，監視我們的。」

傑克握著拳：「衛斯理，我警告你，這是一件十分嚴重的案子，你最好不要插手。」

我搖著頭：「你完全弄錯了，我決沒有任何要插手這件案子的意思，只不過在事情的經過中，我發現了很多疑點，引起了我極大的興趣，想要弄清楚而已，請你別再耽擱我的時間，好麼？」

傑克的臉色更難看，但是他還是只好答應了我的要求，他在瞪了我好一會兒之後，才道：「好的，跟我來，我陪你去見他們。」

我笑著：「謝謝你。」

他帶著我向前走著，不一會兒，就來到了拘留所之外。

我首先看到了那管家，管家和男僕，是被分開拘押著的，因為傑克認定他們是同謀。

當我看到那男僕時，我看到的是一個神情沮喪、目光黯淡的中年人，他呆呆地望著我，我道：「我姓衛，是陳福雷的朋友，你認識陳福雷先生？」

男僕點著頭，遲緩地道：「我認識，陳先生是太太的親戚。」

我道：「那就好了，我能和你談話的時間並不多，所以我希望你講話不要轉彎抹角。那天那個來拜訪鮑先生的人，是怎麼進來的？」

男僕的臉上，現出痛苦的神情來，他道：「我已經說過幾百次了，為什麼沒有人相信我？他按鈴，我去開門，他說要找老爺，我就去告訴管家，然後帶他進來，管家帶他進書房去。」

我道：「通常老爺有訪客來，都是那樣的麼？」

男僕苦笑著：「那一天，算是我倒楣，如果不是我去開門，就沒有事了。」

我道：「只有你和管家見過那位石先生？」

男僕像是十分疲乏，他只是點了點頭，並沒有出聲。

我又問道：「那天你開門的時候，可有注意到他是怎麼來的，嗯？」

男僕抬起頭來，眨著眼道：「什麼意思？」

「他是怎麼來的？」我重複著：「我的意思是，他是不是坐車子來的？」

第三部：追查送死人上車的人

傑克在一旁，他顯然也想到這個問題是很重要的了，而我也可以肯定，他雖然不知已詢問過管家和男僕多少次，但是對於這個問題，他忽略了。

男僕遲疑著還未曾回答，傑克已經催道：「快說啊，他是怎麼來的？」

「好像……好像一輛汽車送他來的，我去開門的時候，他已站在門前，對了，有一輛汽車，正在慢慢退出去，因為那是一條死巷子，屋子就在巷子的盡頭。」

「什麼車子？」我又問。

男僕苦笑著：「什麼車子？我記不起來了，是一輛汽車。」

我提高了聲音：「你一定得好好想一想是什麼車子，你是不是能恢復自由，就要靠你的記憶力了，你好好想一想！」

男僕痛苦地抓著頭髮，他真是在竭力想著，他道：「那輛車子退出巷子去，退到一半，好像……好像停了一停，有人上車……」

他講到這裏，又停了一停。

我忙道：「你的意思是，那輛車子，是輛計程車，是不是？」

男僕呆呆地望了我半晌，他顯然不能肯定這一點，而我已轉過頭來，對著傑克。

那輛送這個神秘訪客前來的車子，是一輛計程車的可能性極大！

如果那是一輛計程車的話，那麼，隨便什麼人，都知道應該怎麼做了。

所以，當我轉過頭向傑克望去的時候，傑克自然而然地道：「我立即去調查！」

我道：「調查的結果如何，希望你能告訴我！」

傑克這個人，雖然固執，直爽倒是夠直爽的，這時，他發覺我對他的確有幫助時，他對我的敵意，也不再那麼濃厚了，他道：「好的。」

在他離開之後，我又去見那管家。

那管家已有六十左右的年紀，神情同樣沮喪，我幾乎沒有向他問什麼問題，反倒是他在不斷地問我：「為什麼要將我抓起來？」

我只好安慰著他：「鮑先生是一位大人物，他死得很離奇，警方一定要追查原因的。」

老管家的眼也紅了起來，他道：「我在鮑家已經四五十年了，難道我會殺人？」

我嘆了一聲：「我知道你不會殺人，你放心，不必多久，你一定可以獲釋的，事實上，警方也根本沒有足夠的證據來控告你。現在，你可以詳細和我講一講那個訪客的事麼？」

「我已講了很多次了！」老管家難過地說。

「再對我講一次。」

老管家講得很緩慢，而且他的講述，時時被他自己的唉聲嘆氣所打斷，我還是耐心聽著，實在沒有什麼新的東西，他講的都是我已經知道了的事。

我苦笑了一下，又安慰了他幾句，才走了出來。

將管家、男僕和陳小雷三人的話，集合在一起，我可以歸納出一個結論來：「一個死了七十小時以上的人，走去拜訪鮑老先生，而將鮑老先生嚇死了！」

這個結論，自然是不合情理到了極點了！

但是，如果懷疑那男僕和管家串通了來謀殺他們的主人，卻同樣不合情理。如果進一步懷疑陳小雷也是和他們兩人一起串通的，那就更不合情理了。

在兩種情形都不合情理之下，我該取哪一種呢？老實說，我一點主意也沒有，當我走出警局，又接觸到陽光時，我有一種頭昏腦脹的感覺。

我在陽光下站立了片刻，就回家去，到了家中，我翻來覆去地將整件事，想了好幾遍。

這時候，我已對整件事的經過情形，都有所瞭解了。就像我在文首一開始就敘述過的那樣，但是我不能在整件事的過程中，找出頭緒來。如果誰能夠，那麼我對他佩服得五體投地。

我一直呆坐到天黑，幾乎是茶飯不思，直到睡在床上，我仍然在不斷地思索著。

直到傑克突然打來了電話，我的思索才被打斷。

我抓起了電話，聽到傑克急促的聲音：「衛斯理，你能不能來我這裏一下？」

「怎麼？」我說：「有了新的發現？」

傑克甚至在喘著氣，他道：「是的，我們已經找到了那計程車司機。」

這一會兒，對著電話叫嚷的不是傑克，而是我，我大聲道：「留著他，我立即就來！」

我放下電話，匆匆的換好了衣服，立時驅車前往，我車子開得實在太快了，以致我趕到警局時，在我的車後，跟了兩輛交通警員的摩托車，他們是因為我開快車追蹤而來的。

直追我到警局，那兩個警員的臉上，多少有點訝異的神色，我只好對他們道：「真對不起，你們可以控我超速，但是我實在有要緊的事，要見傑克上校！」

我的話還沒有說完，已經聽到傑克的聲音，他從辦公室的窗口探出頭來，大叫道：「我還以為你撞了車，怎麼到現在才來？」

我向那兩位警員點了一下頭，就奔進了傑克的辦公室。傑克的辦公室我不是第一次來，但是他升了上校之後的新辦公室，卻還是第一次到。

辦公室中，除了傑克之外，還有一個看來神情很緊張的中年人，正忐忑不安地坐著，一見到了我，站了起來，傑克道：「就是他！」

我忙道：「當時情形怎樣，他說了麼？」

傑克道：「說了，但是我還想再聽一遍。」

我來到那司機面前：「別緊張，完全沒有你的事情，我們只不過需要你的幫助而已，抽煙嗎？」

那司機點了點頭，接過了我遞給他的煙，燃著了，深深地吸了一口：「你們還是問那個搭客麼？」

我道：「是的，如果你記不起，可以慢慢想！」

那司機道：「不必慢慢想，我記得很清楚。」

「為什麼？」我覺得有點奇怪。

「那人是到鮑家去的啊，鮑家是著名的人家，我車到他門口，自然不容易忘記。」

我道：「那很好，你將詳細情形說一說，他在什麼地方上車？」

那司機又吸了一口煙：「是在郊區，第一號公路和第八號公路的交岔口，那天我送一家人到海灘去，回程的時候，看到一輛車子，停在路邊，有兩個人站在那輛車子前面。」

我問道：「兩個人？」

「是的。」司機回答：「兩個人，一個人又高又瘦，就是後來上了車的那個，另一個卻很矮，穿著一件花襯衫，他扶著那又高又瘦的人。」

當那司機講到這裏時，我和傑克互望了一眼。

那司機道：「是那個穿花襯衫的人，招手攔我的車子的。」

「他對我說，那又高又瘦的人要到鮑家去，問我知不知道鮑家的地址，我說知道，他就扶著那人進來了，還是他替那人開車門的。」那司機道。

我又問道：「那人進了車之後，說了些什麼？」

「他什麼也沒有說，車錢也是由穿花襯衫的人付的，我車到了鮑家的門口，回頭告訴他到了，他並不開車門，是我替他開了車門，他才走出車去的，等他上了台階，我就走了。」

我道：「那人的樣子，你還認得出來？」

「當然認得，他的樣子很怪，臉色白得很，晤，真難看，就和死人一樣！」

聽到了「就和死人一樣」這句話，我和傑克又不禁相視苦笑。

傑克拿出一張相片來，遞給了司機：「是不是就是這個人？」

司機才看了一眼，就道：「是，就是他！」

那照片上的，就是那個神奇的訪客「石先生」。

傑克又問：「你能說出那穿花襯衫的人的模樣來？」

司機猶豫了一下，才道：「我想可以的。」

傑克按下了對講機，道：「來一個人！」

一個警員走了進來，傑克道，「請繪圖人員來，所有的人全請來。」

那警員退了出去，傑克向那司機解釋道：「警方的繪圖專家，可以根據你的描述，將那穿花襯衫的人的樣子，大致繪出來，那我們就可以找到這個人了！」

司機點著頭，他已抽完了一支煙，我又遞了一支給他，他又起勁地抽著。

不一會兒，四個繪圖專家來了，他們的手中，各拿著黑板和紙張，司機開始詳細地講著那穿花襯衫的人的樣子。十分鐘之後，四個繪圖專家各自繪成了一幅人像，看來並沒有多少差異。

那司機仔細地看著，又指了幾點不像的地方，經過修改之後，司機才指著其中的一幅，道：「對，他就是這個樣子的。」

經過肯定後的繪像，是一個半禿頂的老者，看來精神很飽滿，有著很薄的嘴唇，有這種嘴唇的人，一看就知道這是極其固執的，傑克上校就有著那樣的兩片薄嘴唇。

傑克拍著司機的肩頭：「謝謝你，請你別將在這裏聽到的和說過的話對任何人說起。」

司機道：「當然！當然！」

傑克吩咐一個警員，帶司機離去，那四個繪圖專家也退出了他的辦公室。

只剩下我和傑克兩個人，傑克端詳那幅畫像，眼睛一眨也不眨，我道：「你知道他是什麼人了？」

傑克苦笑著，道：「我要是知道就好了！」

我道：「現在，你至少應該知道了一件事，你逮捕了那管家和男僕，是錯誤的，我認為你應該立即釋放他們，送他們回鮑家去。」

我歇了一下，又繼續道：「我準備向鮑太太解釋你的錯誤，使他們仍然可以在鮑家工作。」

傑克呆了半晌，才道：「當然，當然我應該那樣做，不過……」

我幾乎又發怒了，我立即問他：「還有什麼問題？」

傑克忙道：「自然沒有問題，不過我希望你協助我，我們一起到現場去看看，並將陳小雷找來。」

我很高興，因為傑克終於肯和我合作了，我自然高興，只有和傑克合作，才可以有使事情水落石出的一天，所以我立時點頭答應。

傑克和我，一起到拘留所中，放出了管家和男僕，並且向他們道歉，然後我們一起到陳家，將陳小雷帶上了車，才直赴鮑家。

到了鮑家，傑克用極其誠懇的語氣，向鮑伯爾太太說明，管家和男僕是被錯誤的推理所冤枉的。然後，我們花了二十分鐘，由傑克「演」鮑伯爾，由我「演」石先生，將一切經過，重現了一遍。

再然後，派警員送陳小雷回去，我和傑克則留在鮑伯爾的房中。

鮑太太並沒有陪我們，自她的丈夫死後，她的精神很差，一直由護士陪伴著她，傑克也拿出那張畫像來給她看過，她表示不認識那個人。

傑克又支開了僕人，關上了書房的門，等到書房中只剩下我們兩個人時，他才苦笑著：「衛斯理，這會是事實麼？」

「我們只好接受，」我說：「現在，一切全證明，那是事實！」

傑克搖著頭，道：「是事實，一個死了七十小時以上的人，坐計程車，走到這房間來，向鮑伯爾說話，自稱他是一個死人？」

我的聲音之中帶著一種無可奈何的平靜：「是的，事實是那樣，而且，我還可以想像事情後來的情形是怎樣的，鮑伯爾醫生，他開始檢查訪客，他很容易地就可以發現訪客是一個死人，於是他大叫一聲，他是被這怪異的事實嚇死的。」

傑克呆著不出聲。

我略停了片刻，又道：「整件事情的經過，一定就是這樣的。」

傑克苦笑了起來，道：「你要來寫小說，這事的經過，倒是夠曲折離奇的了，可是你想想，上頭那麼注意的一件案子，如果我照那樣報告上去，會有什麼結果？我定會被踢出警界。」

「可是，那全是事實啊！」我說。

我的內心打著結，實實在在，這是無論如何說不過去的。

死人不會說話、不會走路。會走路、會說話的，就不是死人！

可是，這個神秘的訪客，卻既能說話，又能走路，但是他同時卻又是死人！

呆了好一會兒，我才道：「傑克，民間有很多關於殭屍或是走屍的傳說……」

我的話還沒有講完，傑克已打斷了我的話頭，他道：「是的，有很多那樣的傳說，但是，有哪一個傳說中屍體是開口說話的？它們至多發出『吱吱』的叫聲而已，不會講話。」

我苦笑著，自嘲地道：「或許時代進步了，現代的殭屍喜歡講話！」

傑克揮著手：「我沒有心情和你開玩笑！」

我也正色道：「不和你開玩笑，我們現在已經有了很重要的線索，只要找到那個穿花襯衣的人，就可以有進一步的解答了！」

傑克瞪了我一眼：「是啊！我們是住在一個只有幾戶人家的村子中！」

我大聲道：「你怎麼啦？那司機不是說，是在郊外兩條公路的交岔上遇到那個人的麼？」

「你以為，」傑克立時回答：「可以就在那兩條公路的附近找到這個人，你沒有聽得那司機說，他也有一輛車子麼？他可能不知從什麼地方來！而且這種事情，是那麼怪異，實在不適宜交給所有的警員去找人！」

我沉聲道：「交給我，傑克，交給我去找。」

「你一個人？」

「是的，有時一個人去做事情，比多些人去做，更有用得多！」我回答。

傑克又呆了半晌，才道：「好的，但是，你有把握在多少時間之內找到他？」

「什麼把握也沒有！」我道：「你又不想公開這件案子，當然，可以將畫像登在報上，讓全市的人都看到，好來舉報！」

傑克搖頭道：「不好，這個人其實沒有殺人的任何證據，還是暗中查訪的好。」

我道：「那你就別對我的查訪存太大的希望，更不要限定時間。」

傑克無可奈何地道：「只好那樣了！」

我們一起離開了鮑家，我帶著那張畫像，回到了家中。

事情的經過，幾乎已經可以肯定，然而，在肯定了事情的經過之後，卻更加令人莫名其妙。

我仔細地看著那張畫像，直到我閉上眼睛，也可以想像出那人的樣子來為止。

第二天開始，我就懷著那畫像，到郊區去，向公路兩旁房子中的人問：

「你認識這個人麼？」

當我在重複了這一句話，至少有一千遍以上的時候，已經過去了兩天了。

在烈日下緩緩地駛著車子，公路被烈日曬得好像要冒出煙來一樣。我實在有點後悔自己向傑克討了這樣的一件差事，真是在自討苦吃。

我的車子，又停在一幢小洋房前。

在郊區的公路兩旁，有很多那樣的小房子，我也記不清那是第幾幢了，我下了車，抹著汗，汗濕了衣服，衣服再貼在身上，真是說不出來的不舒服，我按著門鈴，兩頭大狼狗撲到鐵門前，狂吠著。

我不怕狗會咬到我，可是沒有人來開門，卻讓我心焦，汗水淌下來，使我的視線也有點模糊，天氣實在悶熱得太可怕了！

終於，我聽到有人在後頭喝斥著狗，兩頭狼狗仍在吠著，但總算在我面前，退了開去。一個人走到我的面前，我將手伸進口袋中。

就在我要拿出那幅畫像，以及發出那千篇一律的問題之際，突然，我整個人都震動了起來，和我隔著鐵門站立著的，是一個雙目深陷，薄嘴唇，六十上下的半禿頭男子！

那就是我要找的人了！

這實在太突然了，以致在剎那之間，我僵立著，不知怎麼辦才好！

那人向我打量著：「什麼事？你的臉色怎麼那樣難看？」

他的話提醒了我，我忙道：「我……在駕駛中，忽然感到不舒服，你……可以給我一杯水麼？」

那人望著我，他的神色十分冷峻，他「哼」的一聲：「你在搗什麼鬼！那邊就有一間茶室，你看不到麼？怎麼到我這裏找水來了！」

我呆了一呆，用手捂著喉嚨，道：「噢，對……對不起，我到……那邊去。」

我故意裝出十分辛苦的樣子來，老實說，這時候，我絕不在乎他是不是肯讓我進去，我既然找到了他，那還怕什麼，我隨時都可以「拜訪」他！

所以，我一面說著，一面已準備退回車子去了，可是就在那時，那人忽然改變了主意，他道：「等一等，你的臉色那麼難看，我看你需要一位醫生，你還是進來，在我這裏先休息一下吧！」

我又呆了一呆，他既然叫我進去了，我也不必再客氣了，我雙手握住了鐵門的鐵枝，道：「謝謝你，我想你肯給我休息一下的話，我就會好得多了！」

那人拉開了鐵門，我跟著他走了進去。

那屋子有著一個相當大的花園，但是整個花園，卻顯得雜亂無章，可以說根本沒有任何整理，我跟在他的後面，可以仔細打量一切。

可是直到進入屋子之前，我卻還沒有法子弄明這個人的身分。

進了屋子，我立時感到了一股十分神秘的氣氛，逼人而來。屋子中很黑暗，四周全是厚厚的黑窗簾。

一進了屋，那人就轉過身來：「請隨便坐，我去拿水給你！」

他走了進去，我坐了下來，我仍然猜不透這個人是什麼身分，他走進去還不到一分鐘，就又走了出來，他的手中，並沒有水拿著。

第四部：巨大的藏屍庫

我已經想到有點意外了，但是我卻無論如何也料不到，事情竟來得那麼快，他的一雙手，放在背後，就在他來到了我的身前，我要問他為什麼不給我水之際，他放在背後的手，伸了出來。

他的手中，倒的確是拿著一件東西，只不過，那不是一杯水，而是一柄手槍！

我陡地吃了一驚：「你……你做什麼？」

那人的臉色鐵青，他把手中的槍對準了我：「我問你，你到這裏來做什麼？」

我喘著氣（這時候，我的喘息倒不是假裝出來的了。）：「我……我已經告訴過你了，我覺得不舒服，想喝一杯水。」

那人「嘿嘿」地冷笑著：「你這樣的話，只好去騙死人！說，你到這裏來幹什麼，不然，我就殺了你！」

我苦笑著：「你以為我會來做什麼？我根本不認識你，你為什麼那麼緊張？」

那人將手槍向前伸了一伸，他的神色的確夠緊張，他的嘴角，也有點扭曲，看他的樣子，他並不是一個慣於殺人的人，但是他會殺人，這一點，卻毫無疑問。我的手心冒著汗，一時之間，我不知道應該怎樣才好，那人又問道：「你是警察？」

我忙道：「當然不是，你為什麼會那樣問？」

那人「哼」地一聲，隨即喝道：「站起來，轉過身去，靠牆站著，照我的命令去做。」

在手槍的指嚇下，我實在沒有反抗的餘地，所以我站了起來，轉過身，走到牆前，那人又說：「將你的上衣脫下來，拋給我！」

我想不到他會有那樣的吩咐，是以呆了一呆，他的聲音突然提得很高，喝道：「快！」

我沒有辦法可想，那時，我雖然看不到他臉上的神情，但是我聽得出他的聲音，實在已經十分惱怒，我只好將上衣脫了下來，向後拋了出去。

當我拋出上衣之後，我覺得我的處境，更加不妙了，因為我的上衣口袋中，有著他的畫像，他只要一看到那張畫像，就可以知道我是為著他而來的了。

但是在如今的情形下，我卻一點辦法也沒有，我知道他一定會去搜我的上衣，是以我在拋出了上衣之後，慢慢地轉過頭去。

我是想轉過頭去看一下，看我是不是有機會，可以轉下風為上風。

可是，我才一轉過頭去，只聽得他大喝一聲：「別動！」

緊接著，便是一下槍響，那一槍，子彈就在我的頰邊飛過，射在牆上，牆上的碎片，又彈了出來，撞在我的臉上，我嚇得不敢再動，那人冷冷地道：「如果你再動，下一槍就會射中你的後腦！」

我吸了一口氣：「看不出你是一名神槍手！」

我是想盡量將話說得輕鬆些的，但是，我的聲音卻乾澀無比！

我不敢再動，只是靠牆站著，他又命令我將雙手按在牆上，然後，我聽到了翻抄我上衣的聲音，不到一分鐘，他就發出了一連串的冷笑聲來。

他的聲音，變得很尖銳：「你的衣袋中有我的畫像，為什麼？」

了！」

我道：「好了，既然你已經發現了這一點，我也不必隱瞞我的身分

我一面說，一面轉過身來，那人的神情，看來實是緊張到了極點，他

道：「你是什麼人？」

我道：「我還會是什麼人？為了一件極嚴密的案子，警方要與你會晤，

你跟我走吧！」

我一面說，一面向他走去，可是他立時又大喝了一聲：「別走過來，站

著別動！」

我立時沉聲道：「你不見得想殺死一個高級警務人員吧，快收起槍

來！」

然而，我的呼喝並沒有生效，他又厲聲道：「別逼我開槍，你是一個人

來的，轉過身，向前走！」

我還想勉力扭轉這種局勢，我轉過身來：「你做什麼？警方只不過想請

你去問幾句話，你現在，已經犯罪了，別再繼續犯罪下去！」

那人冷笑著，在他的臉上，現出一種極其冷酷的神色來，這種神色，使

我知道，我不論再說什麼也沒有用。是以，我只好在他手槍的指嚇下，向前

走去。

我推開了一扇門，經過了一條走廊，來到了廚房中，那時候，我真有點莫名其妙，因為我想不通他將我帶到廚房來作什麼。

而就在這時候，那人也跟著走進廚房來了，他指著廚房正中的一塊地板，道：「那裏有一道暗門，你揭起來，走下地窖去，快！」

我只不過略呆了一呆，那人面上的神色，看來已更加兇狠了，我只好俯下身，抓住了一個銅環，揭起了一塊三尺見方的活板來。

活板下十分黑暗，我隱約只可以看到一道梯子。

那人喝道：「下去！」

我又望了那人一眼，照那人的情形看來，他似乎並不準備下來，而只是要將我關在地窖中，我倒寧願他暫時離開我，是以我聳了聳肩，沒有作什麼反抗，就向下走了下去，我才向下走了幾步，還沒有走完樓梯，「砰」地一聲，上面那塊板蓋上，眼前已是一團漆黑。

是以，我是摸索著，才繼續向下走去，走到了樓梯的盡頭。

我眼前一片漆黑，而且，那地窖顯然是密不透風的，因為我感到了異樣的悶鬱。

我的上衣還在那人手中，幸好我習慣將打火機放在褲子的口袋中，我先仰頭向上聽了聽，聽不見有什麼動靜，我才打著打火機。

火光一閃，我看到那是一間十分簡陋的地窖，牆上凹凸不平，堆著一些雜物，我先找到了一個電燈開關，著亮了燈，燈光很黯淡，我坐了下來，設想著那人究竟會怎樣對付我。

我想，他第一步，一定先去弄走我的車子，使別人不知道我來到這裏。第二步呢？他一定會改變他自己的容貌，因為他已經從那張畫像上，知道他已經被警方注意了。

第三步，他當然是要對付我了！

他會殺我麼？看來他未必願意下手，因為他如果有決心殺我的話，早就下手了，不必將我禁閉在這個地窖之中，但是他如果不殺我的話，他有什麼辦法呢？換了我是他，我也想不出辦法來。

我的身上，在隱隱冒著冷汗，因為我已經想到，他是一定要殺我的！

他剛才之所以不下手，自然是因為事情來得實在太突然，突然到了他連思索一下的機會都沒有之故，等到他定下神來之際，他就會來殺我了！

而我，既然已想到了這一點，自然不能束手待斃，等他來殺我！

我開始搬動一些箱子，堆起來，造成一個障礙，那樣，當他從上面走下來的時候，就算我的手中沒有武器，至少也可以暫時掩蔽一下。

在搬動箱子的時候，我又發現了一雙已經生了鏽的啞鈴，有十公斤重，那倒也是一件不錯的武器，我將之握在手中，揮舞了幾下。

然後，我拋出一塊木板，砸碎了燈泡。因為我若是在黑暗中，那人便不容易找到我。

燈泡碎裂的時候，發出很大的聲響來，但是我並沒有對發出聲響會引到人來救我寄以任何希望。因為剛才那人已發過一槍，連槍聲也沒有驚動人，更何況是在地窖中碎了一隻燈泡。

事實上，這裏是郊外，每一幢房子之間，都有相當的距離，就算傑克知道我失蹤，要派人來找到我，也不是容易的事！

當我盡可能做好自衛的措施之後，我漸漸地靜下來。

顯然我的所謂「預防措施」，在一個持有槍械的兇徒之前，是十分可笑的，但是那總使我略為有了一點安全感，可以使我靜下來好好想一想。

我拚命在思索著那人的身分，但是我卻一點也想不出，他究竟是一個什麼樣的人。而且，我雖然已找到了這個人，但是對於鮑伯爾死亡案中的種種疑點，還是一點進展也沒有。

我躲在木箱之後，大約有十分鐘之久，幾乎沒有移動過身子，而外面也一點動靜也沒有。

因為長時間維持一個姿勢不動，我的雙腿有點麻痹，我就轉了一個身。而就在我一轉身之間，我不禁陡地一呆！

在我的身後，我看到了一絲光芒，好像是由一個什麼極窄的隙縫中透出來的。

那絲光芒十分微弱，如果我不是在漆黑的環境之中久了，對光線已是特別敏感的話，我是根本看不到那一絲光芒的。

我呆了一呆，那地方有光芒，那自然是有通道，或許，那只是地窖牆上的一道裂縫；但即使是一道裂縫也好，總使我有一個離開這裏的希望！

我連忙向前走了過去，我的雙手，摸到了粗糙的石牆，這時，那一線光芒看來更真切，的確，那是從一個極窄的隙縫之中透出來的。

我雙手沿著那光芒，慢慢地撫摸著，很快地，我便發現那是一條筆直的隙縫，有的地方很緊密，所以沒有光透出，但有的地方卻沒有那麼緊密，光便透了過來。

我又呆了片刻，一道兩公尺上下，筆直的隙縫，那是什麼呢？我繼續摸索著，當我摸到了一個圓形的突出點之際，我幾乎尖叫了出來。

那是一道暗門！

在地窖中，有一道暗門，我可以由這道暗門，離開這個地窖！

那時候，我心中的高興，真是難以形容，我先是旋轉著那圓形的突出點，但是沒有用，接著，我又試著用力按下那圓形的突出點。

這一下，我聽到「啪」的一聲響，那道暗門，已彈開了一些。

暗門一彈開，強烈的光線直射我的雙眼，光線是那麼強烈，使我的眼睛，感到一陣刺痛，一剎那間，甚麼也看不到。

而且，自門內，一股極冷的冷風，湧了出來，那股冷風是如此之寒冷，以致使我在剎那間，身子忍不住劇烈的發起抖來。

在剎那間，我心中的驚駭，實在是難以言喻的，光亮在我的意料之中，因為我在黑暗中久了，就算是普通的光線，也會使我不能適應，可是，寒冷又是怎麼一回事？何以突然之間，會有那麼強烈的一股寒冷，向我正面襲了過來？

在那剎間，我根本不可能去考慮究竟為什麼，我只是急促地向後，退了開去，我接連退出了幾步，才勉強定了定神。

那時候，在那扇門中，寒冷仍然不斷地湧出來，然而，除了寒冷之外，既然沒有什麼別的動靜，我自然也就慢慢地鎮定了下來。

我開始可以打量眼前的情形了，在那扇門外，並非我想像的街道，而是另一間房間。

那間房間十分大，房間中所有的一切，不是白色，就是金器的閃亮色，我看到很多櫃子，看到一張像是醫院手術檯也似的床，也看到了很多玻璃櫃。

那間房間的光線十分強烈，全部的天花板上，都是強光燈。

而寒冷就是從那間房間中湧出來！

我呆了不到一分鐘，便向內直闖進去，才一走進去，我便又機伶伶地打了一個寒戰，實在太冷了，我也立即注意到牆上所掛的一支巨型的溫度計，這間房間內的溫度，是攝氏零下二十度！

在那時候，我真的糊塗了，我絕不是腦筋不靈活的人，但是，在地下秘密設置一間冷凍房，卻是為了什麼，我再也想不出來。

看來，這像是一間工作室，或者具體一些說，這像是一個醫生的工作室，因為在牆上掛著不少掛圖，都是和人體構造有關的。而且，在一隻玻璃櫥中，有很多大的玻璃瓶。

神經衰弱的人，若是看到那玻璃瓶中浸著的東西，會暈過去，那全是零零碎碎的人體器官，有兩隻瓶中，浸在甲醛內的，是兩個頭蓋骨被揭開的人頭，人腦的結構，清楚可見！

我雖然神經並不衰弱，但是在零下二十度的低溫下，看到這些東西，我上下兩排牙齒，也不禁互叩發出「得得」的聲響來。

我吸了一口氣，寒冷的空氣，使我的胸口一陣發痛，我來到了一張大桌子前，拉開了幾個抽屜，我並沒有發現什麼。

房間中的寒冷，實在使我有點熬不住了，我的手指也開始麻木。但是我既然發現了這樣一個秘密所在，自無離去之理。

我搓著手，呵著氣，又來到了一列櫃子之前。那是一列鋼櫃，每一個都有七尺來高，兩尺來寬，而且都上著鎖。我的手指，雖然因為寒冷而有點麻木，但是要弄開來那樣的鎖，還不是甚麼難事。我用了一根鋼絲，花了兩分鐘的時間（比平時多了四倍時間），就弄開了其中的一扇門。我拉開了那扇鋼門。一陣更甚的冷氣，撲面而來。

我又後退了一步，而當我看清了鋼櫃中的東西時，我上下兩排牙齒的相叩聲，緊密得像是驟雨打在鐵皮上一樣。

在那鋼櫃中，直挺挺地站著一個死人！

那鋼櫃的四壁，全是厚厚的冰花，那一隻隻的鋼櫃的用途，是要來儲放死人的，如果每一個鋼櫃中，都有一個死人，那麼，在這個地下冷凍房中，就收藏了二十個死人！

我立時合上了鋼櫃的門，而且退出了那冷凍房，回到了地窖之中。

由於我進來的時候，並沒有將門關好，是以地窖中也變得很冷了，但是比起那冷凍房來總要好得多了。

那時，我的心中，亂到了極點。我一直未能知道那個禿頂人是什麼人，如今，我可以說是已發現了他的秘密，但是我的心中更混亂了，因為，我更加不知道他是什麼人了，就算他是一個醫生，他為什麼要收藏著那麼多死人？那些死人，他自然是非法收藏的。但是，他的目的，又是為了什麼呢？

我在黑暗之中，想了很久，仍然一點結果也沒有，而地窖中，又漸漸變得悶熱起來，我的身上又開始冒冷汗，那人仍沒有來的跡象。

我上了樓梯，用力頂著那扇活板，但是一點用處也沒有，活板一定已被扣住了，我無法離開，只好又摸索著走了回來。

我在走了回來之後，坐在我事先佈置好的障礙物之中，又想了好一會兒。但是我的腦海中，實在太混亂了，是以簡直什麼也不能想。

就在這時，我突然聽得那冷凍房之中，傳來了幾下「啪啪」的聲響。地窖之中雖然悶熱，然而當我聽到那些「啪啪」的聲響時，我也不禁毛髮直豎，遍體生寒！那冷凍房中並沒有人，自然，有死人，但是死人是不會發出聲響來的！

我倏地轉過身來，望住了那冷凍房的門。在黑暗之中，我其實只能看到一線光芒，當然，我不明白在冷凍房之中，究竟發生了什麼事。

而我也幾乎沒有勇氣走過去看個究竟，我呆了片刻，又聽得冷凍房中傳來了「吱」的一聲響。

那一下聲響，聽來像是有什麼人，移開了一件什麼東西一樣。

我立時大聲喝道：「什麼人？」

我之所以那樣大聲呼喝，其實並不是想真正得到回答，而只不過是自己替自己壯壯膽而已。

我在呼喝了一聲之後，並沒有再聽到什麼聲響，但我的膽子，倒是壯了不少。

我向那扇門走去，摸索到了那圓形的按扭。

又按開了那扇門。

第五部：生死恩怨

當我推開那扇門的時候，我第一眼看到的，就是剛才我打開過的那隻櫥櫃的門，打開著。

我不必懷疑我自己的記憶力，當時，我是曾將那扇門關上的。可能我當時太驚駭了，並沒有將那扇櫃門的鎖碰上。

而且，這時，也真的不必懷疑什麼了，因為那鋼櫃中是空的。

幾分鐘之前，鋼櫃中還直挺挺地站著一個凍藏著的死人，但是現在，那鋼櫃是空的！

我的身上，全身都起了雞皮疙瘩，我的視線幾乎無法離開那空了的鋼櫃。

而當我的視線，終於離開了那空的鋼櫃時，我看到有一個人，坐在桌前的一張轉椅上。

那人背對著我，我只能看到椅背上露出的頭部，那人頭髮是白的。

但是我又立即發現，那人的頭髮，並不是花白的，那些白色的，只不過是霜花；他是從那個溫度極低的冷藏櫃中出來的，他就是那個死人！

我的心中亂到了極點，但是我卻還可以想到一點，死人是不會走出來坐在椅子上的。

那人雖然在幾分鐘之前，還是在那個冷藏櫃中，但是他可能不是死人，他可能是在從事某種試驗，更可能，他是被強迫進行著某種試驗的。

一想到這一點，我全身每根繃緊了的神經，都立時鬆弛了下來。

剛才，我是緊張得連一句話也講不出來的。

但這時，我一開口，語調甚至十分輕鬆，我道：「朋友，難道你不怕冷麼？」

我一面說，一面已向前走去，那人仍然坐著不動，而當我來到那人的面前時，我又呆住了。

坐在椅上的，實實在在，是一個死人，他睜著眼，但是眼中一點神采也沒有，他的面色，是一種要命的青灰色，那是個死人！

而這個死人，這時卻端端正正坐在椅子上，聽剛才那下聲響，他在坐上那張椅子之前，似乎還曾將椅子移動了一下，是以我才會聽到「吱」的一聲響的。

我僵立了片刻，在那剎間，我實在不知該如何才好，我全身冰冷，好不容易，我才揚起手來，在那人的面前，搖了兩下。

那人一點反應也沒有。

我的膽子大了些，我將手放在那人的鼻端，那人根本沒有呼吸，他是一個死人，不但是一個死人，而且，一定已死了很久了！

對於死人，我多少也有一點經驗，現在坐在椅上的那個死人，他的皮膚，已經呈現出一種深灰色，毛孔特別顯著，一個人，若不是已經死了好幾天，是決不會呈現這種情形的。

但是，這個死人，卻才從冷藏櫃中走了出來，移開椅子，坐在椅子上。

這間凍房本來就冷得叫人發抖，而在這時候，我的身子抖得更厲害！

實實在在，我這時的發抖，倒並不是為了害伯，死人雖然給人以極恐怖的感覺，但是死人比起活人來，卻差得遠了，真正要叫人提心吊膽，說不定什麼時候，一面笑著，一面就給你一刀子的，決不會是死人，而是活人。

但是我那時，仍然不住地發著抖，我之所以發抖，是因為事情實在太奇詭了！

我現在已可以肯定一點：那個半禿的男子，一定有一種什麼奇異的方法，可以使死人有活動的能力，這真正是不可思議的，我劇烈地發著抖，是因為我自已並不是處在一個普通的世界中，而是忽然之間，一步跨進了一個不可思議的迷離境界！

我多少有點震驚，但是也有著一種異樣的興奮，眼前的這個死人就是拜訪鮑伯爾，將鮑伯爾嚇得心臟病發作的那個「石先生」的同類。他們全是死人，但是卻是會行動，甚至會說話的死人！

我僵立了好久，才漸漸後退，那死人一直坐在椅子上，一動不動。

我的思緒混亂之極，在那一剎間，我實在想不出自己該做些什麼才好。

我就這樣呆立著，直到我聽到了地窖之中，突然傳來了「啪」的一聲響，我的視線，才從那死人的臉上移開去，抬頭向前望了一眼。

也就在那時，我聽得地窖之中，傳來了一下沉悶的、憤怒的喝罵聲。那一下喝罵聲，我聽得出，就是那半禿男子發出來的。

接著，「砰」的一聲響，冷凍房半開著的門，被撞了開來，那人臉色鐵青，衝了進來，他以一種異樣兇狠的眼光，瞪視著我，他面上的肌肉，在不住的抽搐著，扭曲成十分可怖的樣子。

他喘著氣，由於冷凍房中的氣溫十分低，是以他在喘氣之際，在他的口中，噴出不少白氣來，他幾乎是在力竭聲嘶地叫著：「你，你是怎麼進來的？」

我在這時，反倒鎮定了下來，我道：「你暗門設計得並不好，我很容易進來！」

那人在才一衝進來時，顯然還只是發現了我，而未曾發現坐在椅上的死人。

而當我那兩句話一出口之後，我就將轉椅，轉了一轉，使那死人面對著他，他手中的槍，那時已經揚了起來，我猜他是準備向我發射的了！

但是，就在那一剎間，他的面色變得更難看，他尖聲叫了起來：「天，你做了些什麼？」

我冷冷地道：「我沒有做什麼，我只不過打開了其中的一只鋼櫃，而這位仁兄，就從鋼櫃之中，走了出來，坐在椅子上！」

那人抬起頭來，他的身子也在發著抖，他的手中雖然還握住了槍，可是看他的神情，像是完全忘記了自己的手中有槍了！

那是大好機會來了，我雙手用力一提那張椅，坐在椅子上的死人，在我用力一推之下，突然向前，撲了過去，那人一聲驚呼，身子向後退去。

而就在他驚呼著，身子向後退去之際，我已經疾竄而出，在他的身邊掠過，一伸手，就將手槍自那人的手中，搶了過來！

手槍一到手中，情勢便完全改觀了，那時，那死人跌倒在地上，完全是一個死人，一動也不動，而那人的身子抖得更劇烈，他後退了幾步，抬頭望著我，忽然之間，他笑了起來，他的笑聲，十分難聽，他道：「有話好說，朋友，有話好說！」

他在討饒了！

我將手中的槍，揚了一揚：「不錯，有話好說，但是這裏太冷了，我們到上面說話去！」

那人吸了一口氣，又向地上的死人，望了一眼，他顯然也已經漸漸恢復了鎮定：「你是只有打開一個櫃子，還是將所有的櫃子全打開了？」

我冷笑著：「你以為我在看到一個死人之後，還會有興趣去看別的死人麼？」

那人又吸了一口氣：「好的，我們出去談談，但是你得等我將這個死人，扶進鋼櫃去再說。」

我打橫跨出了一步，手中的槍，仍然對準了他：「好，可是你別出什麼花樣！」

那人苦笑著，俯身扶起了那死人，他似乎一點也不怕死人，扶著那死人，到了鋼櫃之前，令那死人直站在鋼櫃中，然後，「砰」的一聲，關上了鋼櫃的門。

那時候，我已經站在冷凍房的門口了。

我一直用槍對住了那人，因為我深信那人極度危險。他關上了鋼櫃的門之後，轉身向外走來，我步步為營地向外退去。

一直從地下室出了地窖，經過了廚房，來到了客廳中，我命他坐下來，自己來到了電話旁，拿起了電話，他一看到我拿起了電話，臉色更是難看之極，他忙搖著手：「別打電話，別打！」

我冷冷地道：「為什麼？你知道我要打電話給什麼人？你何必那麼害怕！」

他的額頭上在滲著汗：「有話好說，其實，我也不是犯了什麼大罪，你報告了上去，對你自己，也沒有什麼好處。」

我冷笑著：「還說你沒有犯什麼罪，在地下的冷凍房中，有著那麼多死人，這不是犯罪？」

那人忙道：「偷死屍，罪名也不會太大吧？」

我厲聲道：「那麼，你禁錮我呢？」

那人瞪著我：「你並不是警官，老友，你假冒警官的身分，也一樣有罪！」

我不禁又好氣又好笑，他竟然還想要脅我！

在我還未曾再說什麼時，他又道：「剛才我已打電話到警方去查問過了，衛先生！」

我道：「那很好，你立即可以得到證明，看看我是不是在替警方辦事。」

那人瞪了一眼：「何必呢，衛先生，我可以給你很多錢！」

聽得他那樣說法，我把已拿在手中的電話聽筒放了下來。自然，我不是聽到他肯給我錢，我就心動了，而是我感到，我已占了極大的上風，而這件事，一定還有極其曲折的內情。

如果我現在就向傑克報告，那麼那人自然束手就擒，可是在他就擒之後，所有的內情，也就不會再有人知道了，正如他所說，偷盜死屍，並不構成什麼嚴重的罪名，可能只是罰款了事！

我究竟不是正式的警務人員，所以是不是一定要報告傑克上校，在我而言，沒有職務上的拘束，我放下了電話聽筒之後，那人急忙道：「是啊，一切都可以商量的。」

我知道他誤解我的意思了，是以我立時正色道：「你弄錯了，我不是要你的錢！」

那人張大了口，像是一時之間，不明白我的意思，我索性替他講明白：「我要知道一切經過，你究竟做了一些什麼事！」

那人仍然不出聲，看樣子他正在考慮，應該如何回答我才好。

我又問道：「你是什麼人，叫什麼名字？」

那人直了直身子：「我是丁納醫生，醫學博士，你聽過我的名字沒有？」

他在說到自己的名字時，像是十分自豪，但是我卻未曾聽到過他的名字，是以我搖了搖頭。

看他的神情，多少有點失望：「你或許未曾到過中南美洲，在宏都拉斯，我曾擔任過政府的高級顧問，我是一個科學家。」

我略呆了一呆才道：「丁納醫生，你現在在從事的是什麼研究？」

丁納醫生一聲不出，我又追問了一次，他仍然不出聲，我不得不冷笑著：「你用什麼方法，可以使一個人在死後仍然能行動？你就用那樣的一個死人，嚇死了鮑伯爾先生！」

當我指出他可以使死人能夠行動之際，他現出駭然的神色來，但是隨即，他就怪聲怪氣笑了起來，他道：「你的話，在任何法庭上，都會被斥為荒謬的，那絕不能使我被定罪！」

我望著他，手中的槍，也仍然對準了他，一時之間，我實在不知道說什麼才好。

而丁納醫生突然現出十分疲倦的神色來，他用手搓著臉，靠在沙發的椅背上。

丁納道：「如果你知道鮑伯爾當年怎樣對付我，你就可以知道，我將他嚇死，實在是一種最輕的懲罰了！」

我仍然呆望著他，他苦笑著：「放下槍來，我可以將事情原原本本講給你聽。」

我猶豫了一下，放下了手槍，但是仍將手槍放在我伸手可及的茶几之上。

在我放下手槍之後，丁納醫生站了起來，走到酒櫃之前，拿出一瓶酒來，對準了瓶口，喝了兩口酒，然後，他才提著酒瓶，回到了沙發上。他抹了抹嘴角上的酒，那樣子，十足是一個潦倒的酒徒。

我不出聲，在等著他說話。

我不知道他和鮑伯爾之間有什麼糾葛，但是我願意聽一聽，因為我感到他們兩人之間，一定有著一些驚心動魄的事情。

他吁了一口氣：「三十多年前，我和鮑伯爾是同學，我們一起在美國南部的一家大學求學，他比我高三年，我才進大學時，他已經是四年級生了，我們是在球場上認識的，很快就成了好朋友。」

我略為挪動了一下身子，坐得更舒服些，因為我知道那一定是一個很長的故事，需要長時間的聆聽。

丁納醫生又喝了口酒，才又道：「在一個暑假中，我因為找不到工作，而悶在宿舍中。」

丁納再喝了兩口酒，然後放下了酒瓶，他的臉上現出十分憤慨的神色來，緊握著拳：「鮑伯爾看準了我的弱點，他就來利用我！」

「利用你去犯罪？」我忍不住插言。

「不是，他叫我和他一起，到海地附近的一個小島去，他付給我每天二十元的工資，對於一個窮學生來說，那是一個極大的誘惑了。」

我揚了揚眉，直到現在為止，我還不知道在丁納和鮑伯爾之間，發生了什麼事，但是我卻有這份耐心，聽丁納講下去。

因為丁納已經說過，鮑伯爾並不是叫他去犯罪，而且，還給他二十元一天的工資，那算是對他極不錯的了，何以他會那麼恨鮑伯爾？

丁納停了相當久，在那幾分鐘的時間內，他面上的肌肉，不斷的抽搐著，看來他變得極其可怕，終於他又用雙手在面上用力按撫著，然後，用一種聽來十分疲乏的聲音問道：「你知道海地的巫都教？」

我欠了欠身子。

丁納的問題，聽來是突如其來的，而且與正題無關的，但是，那卻也足以令我震動了。

嚴格來說，丁納的那個問題，對我而言，是一種輕視。他問我是不是知道「海地的巫都教」，而事實上，我對海地的巫都教，有著相當程度的研究，但是我卻也不敢說自己是研究巫都教的專家，因為，我未曾親自到海地去過，未曾親身去體驗過巫都教中那種神秘和恐怖的事實。我對於巫都教的事實，全是從書本中得到的知識。

在那一剎間，我立時想到的是一件有關巫都教最神祕事情的記載。

有好幾個曾經親歷其境的人都記載著，說海地的巫都教中的權威人士，都有一種神奇的能力，他們可以利用咒語，使死人為他們工作，有一個人還曾親眼看到，一個巫都教徒用咒語驅使一百具以上的屍體，來為他種地，進行收割。

當我一想到了這件事的時候，我也自然而然把這幾日所發生的事，聯想了起來，那位「石先生」、那個從鋼櫃中走出來，坐在轉椅上的死人，難道丁納也是學會了巫都教驅策死人的法子？

這時候，我實在沒有法子保持緘默了，雖然丁納只是問了我一句：「你知道海地的巫都教麼？」但是我立即回答道：「丁納先生，你……證實並且掌握了巫都教驅策死人的方法？」

丁納睜大了眼望著我，在他的臉上，現出一種極度厭惡的神情來，以致在剎那之間，我幾乎認為，他已不會和我再交談下去。

還好，他那種厭惡的神情，終於漸漸地消失，但是他的語氣之中，顯然還是十分不滿，他道：「別自作聰明地向我反問，回答我的問題！」

我略呆了一呆，我不想冒犯他，因為我知道，在他的口中，將會有許多稀奇古怪的事講出來，這些事，可以使我的好奇心，得到極度的滿足，而我正是一個好奇心極強的人——這是我的大弱點。

我點頭道：「聽說過，我曾經讀過很多有關巫都教的書籍，那些書籍，全是身歷其境的人寫的。」

丁納突然激動了起來，他脹紅了臉：「放屁！那些書上記載的，全是放屁！因為沒有一個外人，曾真正到過巫都教的中心！」

他講到這裏，急促地喘了幾口氣，然後才一字一頓地道：「除了我！」

這一次，我學乖了，我沒有再向他問什麼，只是等著他自己講下去。

他揮著手，可是並不開口，等到他垂下手來時，他的聲音，倒也恢復了平靜，他道：「剛才我說到了什麼地方？是的，我說到鮑伯爾以每天二十元的代價，請我陪他一起到海地附近的一個小島去，他說，他要到那小島去，採集一些藥用植物的標本。」

丁納停了一停，又繼續道：

「鮑伯爾和我不同，我是一個窮學生，鮑伯爾的祖父、父親全是大官，你看過《官場現形記》，應該知道一句話：『做官的利息，總比做生意好些。』所以他有錢，他甚至有一艘遊艇，我們就是坐那艘遊艇去的。」

我略為挪動了一下身子，坐得舒服一些，好聽他繼續講下去。

丁納停了一停，又道：「我們在海上五天，在那五天中，我總覺得鮑伯爾的態度很古怪，他不止一次問我有什麼親人，又問我，如果我失蹤了，會有什麼人關心，而且，在事前，他又一再叮囑我，要我將這次旅行，保持祕密，所以我越來越感到，他對我不懷好意，可是我卻也絕對想不到，他竟如此卑鄙！」

我用很低的聲音，問了一句：「他對你怎樣了？」

然而丁納卻並沒有回答我的問題，他只自顧自地說下去，道：「我雖然已感到了這一點，但是心中也十分坦然，因為他在留學生中，很有地位，而且他的家族聲勢顯赫，我也不怕他會對我怎樣，我只是一個窮學生，根本沒有什麼可損失的。

「第五天傍晚，我們駛進了海地的一個小港口，有一個白人和兩個黑人在碼頭上迎接我們，鮑伯爾帶著我，上了岸，他和那白人作了兩下手勢，根本沒有講話，他們像是早已有了聯絡，而那兩個黑人板著臉。

「我們登上一輛馬車，馬車駛過了市鎮，在山腳下的一所大屋前，停了下來。

「那時候，天色已經黑了，在黑暗中看來，那座深棕色的大屋，有著一種十分神祕的氣氛，在路上，我不止一次地向鮑伯爾問，我們究竟到什麼地方去，但鮑伯爾的回答卻來來去去只是一句，他說：我們要去見一個人。

「這時，看到那幢大屋，我想，我們要見的那個人，一定是住在那幢大屋中，我一直不知道我們要見的是什麼人，只感到氣氛像是越來越神祕，但是我卻一點也不恐懼，因為鮑伯爾始終和我在一起。

「到了那大屋的門前，那大屋的兩扇大門，是紅色的，在黑暗中看來，更是刺目，那前來迎接我們的白人下馬車，他推開了門，才轉過身來，道：

『請進來！』那是我第一次聽到他開口。

「鮑伯爾和我也下了車，我們一起走進去，才一進門，眼前一片漆黑，簡直什麼也看不到，鮑伯爾像是早已料到會有這樣情形，所以他一點也不覺得奇怪，可是我卻實在奇怪之極！

「當時，我就道：『咦，怎麼不著燈？』那時，在海地這樣的落後地方，雖然不見得有電，可是人類懂得使用火，已有幾萬年了，總不見得他們落後得連燈都沒有，所以，我在那樣說的時候，著實表示不滿意。

「但是，我的問題，卻換來了鮑伯爾的一下低聲的叱責，他道：『別出聲，也別發出傻瓜一樣的問題！』接著，他將一條繩子，塞在我的手中，又低聲道：『循著繩子向前走，我就在你的前面。』我抓著那條繩子，在黑暗中向前走著。

「那時候，我心中的驚訝，實在是可想而知的，因為我足足走出了一百多步，眼前始終是一片漆黑。我不知道自己在什麼地方，也不知道要去見什麼人，卻在一所漆黑的巨宅之中，循著一根繩索，向前走著，那屋子之中，簡直見不到一點光！

「我每走上兩三步，手就向前碰一碰，我碰到鮑伯爾的背脊，心中才安定了一些，因為鮑伯爾就在我的前面，我自然不必害怕。

「雖然鮑伯爾曾經警告過我，但是在走出了一百多步後，而且發現了我在走的路，正在漸漸向下斜下去之際，我實在忍不住了，我低聲道：『鮑伯爾，我們究竟要到什麼地方去啊？』我的這一句話，換來了鮑伯爾在我胸前，用肘重重地一撞。

「他並沒有回答我，那使我知道，我是不應該出聲的，我的心中很氣憤，但是也沒有再說什麼。

「我可以感覺到，我走的路，越來越傾斜，我像是要走到地獄去一樣，走了好久，鮑伯爾才低聲道：『到了，記得，千萬別出聲！』我只是悶哼了一聲，直到那時，我才肯定了一件事，那就是，鮑伯爾以前曾來過這裏，可能還不止一次！

「我聽到有人來回走動的聲音，我也聽到，像是有人在搬動著沉重的東西，接著，鮑伯爾又碰了碰我的身子，低聲道：『坐下來！』我這才發覺，就在我的身後，有著一張椅子。

「我坐了下來，才一坐下，就聽得鮑伯爾道：『我帶來的人已經來了，你滿意麼？』我聽得鮑伯爾那樣說，自然知道他所謂『帶來的人』，就是我了。

「我當時心中在暗罵見鬼，這裏一片漆黑，簡直什麼也看不到，有什麼人能夠看到我的樣子？

「可是，出乎我的意料之外，在我的前面，大約七八尺處，我聽到了一個十分生硬的聲音道：『很好，我感到滿意！』我實在忍不住了，我只覺得事情實在滑稽得可以，鮑伯爾究竟在搞什麼鬼？他雖然出我二十元一天，可是他也沒有權利將我當作傻瓜一樣地來擺佈的，所以我立時大笑了起來！

「我一面笑著，一面道：『喂，究竟是什麼把戲？什麼玩意兒？』同時，我取出了火柴來，突然劃亮了一根，火光一閃，我看到了眼前的情形……」

丁納一口氣不停地講著，可是當他講到火光一亮，他看到了眼前的情形時，他卻陡然地停了下來！那時，他的臉色極其蒼白，他的雙眼睜得老大，他的嘴唇在不斷抖動著，可是自他的口中，卻並沒有發出任何聲音來。

人只有在極度的驚恐之中，才會有那樣的神情，所以我立即可以肯定，當時的火柴一擦亮，火光一閃間，丁納所看到的情形，一定是極其可怖的。

那種可怖的景象，一直深印在他的腦海之中，以致事隔許多年，他一提起來，還禁不住神經受到震盪！

當我想到這一點之際，我更急於知道，他當時究竟看到了什麼！

我忙問道：「你看到了什麼？」

丁納急促地喘了幾口氣，才道：「那其實只是還不到一秒鐘的時間，火光才一亮，在我身邊的鮑伯爾便立時發出一聲怒吼，一掌打在我的手上，火柴自然也給他打熄了！」

我聽得出，丁納是在故意迴避著，不肯說出他究竟看到了什麼。當然，那並不是他不想說出來，而是他覺得拖延一刻好一刻，自然那是因為他看到的情形太可怖的緣故。我道：「快說，你看到了什麼？」

丁納又深深地吸了一口氣，才道：「我看到的是，唉，我不知道該怎麼說才好，我一直以為在黑暗之中，只有我、鮑伯爾和另一個人，卻不料火光一亮，我看到了許多人，是有好幾十個，他們離我極近，他們在黑暗之中，一點聲息也沒有，他們根本沒有呼吸，他們是死人！」

丁納講到後來，聲音變得異常尖銳，他又開始急促地喘息起來，然後道：「那些人，大多數是黑人，也有白人，可是就算是黑人，他們的臉色，也蒼白得可怕，他們完全是死人！」

我連忙道：「那麼，和你們談話的那個人呢？」

丁納搖著頭：「遺憾得很，我已經被我身邊的那些人嚇呆了，所以我沒有看到那個人，你知道，火光是立時熄滅的，我的眼前，又恢復了一片黑暗。在那時，我像是聞到了一股極度腐黴的氣息，我想說話，可是卻一點聲音也發不出來，我只聽得那一個人也發出了一下怒吼聲，接著，便是鮑伯爾怒罵我的聲音，他罵了我一些什麼，我也記不清楚了！」

他再度用手按撫著臉，我道：「丁納醫生，你那時所做的事，一定是一件極蠢的蠢事！」

丁納憤怒地道：「那我應該怎樣！應該在黑暗之中，被他們愚弄麼？」

我平和地道：「其實，你不應該怕什麼，因為鮑伯爾始終在你的身邊！」

丁納「哼」的一聲，道：「我以後的遭遇，已經證明鮑伯爾是早已不懷好意的了。」

我急急地問：「你以後又遇到了什麼？」

丁納道：「我那時，在極度的驚恐中，根本發不出聲音來，我只是揮舞著雙手，突然之間，我的手腕被兩隻冰冷的手抓住，直到那時，我才發出了一下驚呼聲來，而也在那時，我的後腦上受了重重的一擊，就此昏了過去，人事不知了。」我緊張得屏住了氣息，一聲不出。丁納又道：「我不知是什麼時候醒來的，當我又開始有了知覺之後，我的第一個動作，便是想掙扎站起來，但是我卻無法動彈。」

我問：「你被綁起來了？」

「不，」丁納苦笑著：「沒有被綁，我是在一個極小的空間之中，那個空間，剛好容得下我一個人，可是卻狹小到我無法轉身，你明白麼？我是在一具棺木之中！」

丁納醫生的聲音又有些發抖，他的話講得越來越急促，他道：「我在這時才真正大叫了起來，一個人被困在棺材中，大聲叫喊，連自己聽到自己的聲音，也是驚恐莫名的。

「我叫了許久，一點反應也沒有，那時我幾乎是狂亂的，我用力掙扎著，想從那具狹小的棺材中出來，但是我卻一動也不能動，不知過了多久，我才漸漸靜下來，我才開始能想一想。

「我想到了鮑伯爾種種的神態，想到我的遭遇，想到我是在腦後受了重重的一擊之後才昏過去的，我想，我在昏了過去之後，他們一定以為我已經死了，所以才將我放進棺材中的。

「一想到他們可能以為我已經死去，我更加害怕起來，我又開始大聲喊叫，直到我的喉嚨，劇烈疼痛為止。我想，現在我是在什麼地方呢？是我已經被埋在地下了，還是正被運去下葬呢？

「也就在這時候，我覺得我的身子雖然不能動，但是整個棺材，卻在動，那是一種搖動，等我又使我自己竭力平靜下來之際，我發現，我很可能，是在一艘船上，那麼我要到哪裡去呢？

「我不知道自己在棺材中躺了多久，奇怪的是，在那一段時間中，我像是在冬眠狀態之中一樣，除了一陣又一陣恐懼的襲擊，除了思潮起伏之外，我沒有一點其他的活動和需要，甚至我的呼吸，也極其緩慢，幾乎停止，我不覺得餓，我也不覺得渴，我想這一段時間，至少有好幾天。」

丁納醫生講到了這裏，我忍不住道：「不可能吧，那多半只是極短的時間，只不過因為你的心中，感到了極度的驚慌，所以才誤認為是好幾天。」

「是的，可能是，」丁納說：「但是，當我再看到光亮時，正是夕陽西下時分，我是在晚上昏迷過去的，至少那是十小時之後的事了，那具棺木，密不透風，容下我一個人之後，根本沒有什麼空隙，我何以又能不窒息而死呢，請問？」

我搖著頭：「我當然不能解釋，我想，你也一樣不能解釋。」

丁納十分嚴肅地道：「我不能，但是現在，我卻完全可以解釋。」

我立時問道：「是為了什麼？」

丁納卻並不回答我這個問題，只是道：「我先是聽到了有『托托』的聲音，自棺蓋上傳了下來，接著，便是一陣木頭被撬開來的聲音，棺蓋被掀開了。」

丁納接著說：「我起先是什麼也看不到，只是極力掙扎著我麻木的身子，坐了起來，接著，我就看到西下的夕陽，我又聽到了撬木的聲音。

「直到那時，我才能看清四周圍的情形，我的確是在一艘船上，而當我看清了船上的情形時，我實在難以形容我當時的感覺。

「那是一艘平底船，在平底船上，一個接一個，全是狹窄的棺木，足有二十具。我看到就在我的身邊，也是一具棺木，而且，有一個黑人，像我一樣，坐著，一動也不動，不但是我身邊的那具棺木如此，被撬開的棺木，已有十來具，每一具棺木之中，都有一個人坐著，看來，他們全是死人！」

第六部：我是不是一個死人？

「我真是驚駭到了極點！那時，我也是和他們一樣地坐著，那麼，我是什麼呢？我也是一個死人嗎？但是我當然不是死人，我要是死了，為何還會思想？在極度的驚駭之下，還聽到有撬木的聲音發出來，我轉動眼珠，循聲望了過去。

「我看到一個身形高大的黑人，拿著一根一端扁平的鐵棒，在撬著棺蓋，每當他們撬開一具棺蓋之際，就有一個人自棺中坐起來。

「等到他撬開了所有的棺蓋之後，他伸手自他的腰際，解下了一條鞭子來，他向空中揮動著那鞭子，發出了一種奇異的『咻咻』聲。

「我不知道他那樣做是什麼意思，但是我卻看到，那身形高大的人，一揮動鞭子，那種『咻咻』聲才一傳出來，所有在棺木中的人，便都以一種十分僵直的動作，站了起來，挺直著身子。

「我在一看到光亮之後，就坐起身來，本來，我是立即想跳出棺木來的，但是因為我看到的情形，實在太駭人了，以致我仍然坐在棺木之中，直到這時，我看到其他的人都站了起來，我突然之間，福至心靈，認為我應該和別人一樣行動！

「所以，我也站了起來，那時，我根本不必著意去模仿別人的動作，因為我的身子，也感到十分麻木，我站起來的時候，動作也是僵直的。

「等到我們每一個人都站了起來之後，那身形高大的黑人，才停止了揮鞭。

「在那時候，我更可以定下神來了，我發現船在海上行駛，但是離一個海島已經很近了。所有站在我身邊的人，毫無疑問，全是死人，他們根本沒有呼吸，只是直直地站著不動。

「那時候，我心中最大的疑問就是：我是不是也已經是一個死人？

「我趁那身形高大的黑人轉過身去時，抬起手來，在我自己的鼻端摸了摸，我的鼻端是冰涼的，但是我還有氣息，我又伸手，推了推我身邊的那個黑人，那個黑人被我一推之下，立時身子斜側。

「那黑人『砰』的向下倒去，在他跌倒的時候，又碰倒了他身邊的另一個人，剎那之間，一連倒了五六個人。

「那身形高大的黑人，本來已經轉身要走進艙中去了，可是五六個人一跌倒，他立時轉過身來，發出憤怒的吼聲，又連連揮動鞭子。

「他一揮動鞭子，那種刺耳的『咻咻』聲一發出來，倒下的人，便又搖晃晃，站了起來。

「那時，我已覺得我身上的那種麻木感，在漸漸消失，我已經恢復了充分的活動能力了，我已經決定，當那黑人再轉過身去時，我就在他的背後襲擊他。

「可是，就在這時，鮑伯爾出現了，他從船艙之中，走了出來，道：『什麼事？』那黑人道：『沒有什麼，可能是船身傾倒，跌倒了幾個。』鮑伯爾停了一停，就向前走了過來。

「他面對著我們那些直挺挺站著的人，似乎並不感到十分驚訝，他直來到了我的面前，向我笑了一笑！

「我真想雙手扼住他的脖子，將他活活扼死，可是我發現他佩著槍，所以我忍住了不動，我甚至故意屏住了氣息，因為我直到那時為止，根本還不知道發生了什麼事，也不知道鮑伯爾的目的是什麼？」

丁納醫生這一次，是接連不斷地在講著，我聽得出神之極。

他講到他不知道鮑伯爾的目的是什麼時，我才插口道：「那是一艘運屍船，巫都教的人，利用死人工作，你就是其中之一。」

丁納望了我半晌，才道：「是的，開始我還不明白，但是後來，我也知道了，雖然我自己可以肯定我沒有死，但是他們卻認為我和其他的人一樣，全是死人，全是被他們利用來做沒有一個活人肯做的苦工的死人！」

我忙道：「其餘的，真是死人？」

丁納低著頭，道：「這一點，我慢慢再解釋，當我明白到我自己的身分、處境之後，我就知道，我必須扮成死人，我絕對不能有所異動，那時，我還不是真正的死人，但如果一有異動，我就會成為真正的死人了。

「我是在鮑伯爾來到了我的面前，那樣肆無忌憚地向我笑時，才突然想到我在他們眼中的身分的，所以儘管在我的心中，想將他活活扼死，可是我卻仍然直挺挺地站著，一動不動。

「可惡的鮑伯爾，他不但望著我，笑著，還用他的手指戮著我的胸口，道：『二十元一天，哈哈，很夠你享用一陣子的了！』我忍住了呼吸，一動也不動，他又轉身走了開去。

「這時候，船已漸漸靠岸了，鮑伯爾也轉過了身去，和那黑人道：『這一批，好像還很聽指揮。』那黑人道：『是，鮑先生，經過施巫術之後，沒有會不聽話的。他們絕不會有什麼額外的要求，只知道聽從命令，拚命地工作。』

「鮑伯爾又道：『他們看來，真的像是死人一樣！』那黑人神秘地笑了笑，並沒有回答。」

我聽到這裏，張口要發問，但是丁納醫生卻揚起手來，止住了我，他道：「是的，從鮑伯爾的那句話中，我才知道原來在我身邊的那些人，並不是死人，他們只不過看來像死人而已。」

我忍住了沒有再出聲，因為丁納醫生已經將我想問的話先回答出來了。

丁納先生繼續道：「船靠了岸之後，那黑人不斷地揮動著鞭子，那些看來像是死人一樣的人，顯然全是聽從那根鞭子的聲音而行動的，他們一個接一個，走向岸上，輪到我的時候，我也那樣，黑人和鮑伯爾就跟在我的後面。

「那個島的面積不大，島上幾乎全種著甘蔗，一路向前走去，我看到甘蔗田裏，有很多人正在收割，那些人的動作，完全像是機器一樣，也有幾個黑人在揮動著鞭子，我也注意到，那些在工作的人，完全是和死人一樣的人，而揮動鞭子的黑人，胸前都有著一個十分古怪圖案的刺青，他們全是巫都教的教徒。」

聽到此處，我忍不住問道：「那麼，鮑伯爾究竟扮演著什麼角色呢？」

丁納瞪我一眼，像是在怪我打斷了他的話頭，但是他還是回答了我：「後來我才知道，鮑伯爾早已加入了巫都教，而且，在教中的地位很高，他負責推銷巫都教屬下農田的產品，那些產品，除了甘蔗之外，還有大量的毒品。」

我不由自主，打了一個冷顫，這實在是駭人聽聞的一件事情。

像鮑伯爾那樣的名人，他竟早在求學時期，已然是一個不法份子。

雖然丁納醫生的指責，是如此之駭人聽聞，但是我卻並不懷疑這種指責的真實性，像一個有著如此可怕經歷的人，他何必要對一個已經死去的人，再發出那樣的指責，唯一的可能是，那是真實的。

我不由自主地揮著手：「那麼，鮑伯爾在帶你走的時候，就是想叫你去做苦工的了？」

丁納道：「那倒不是，對他們來說，人的來源是不成問題的，何必來找我？鮑伯爾原來的意思，是想叫我在巫都教中，作為他的聯絡員，參與他的犯罪工作，可是因為我得罪了巫都教的教主……」

我有點不明白，丁納道：「在那黑暗的巨宅中，我著亮了火，在黑暗中和鮑伯爾談話的那個人，就是巫都教的教主，他身為教主，要一生都在黑暗之中，沒有人能在他面前弄出光亮來。」

我苦笑了一下，聽了丁納的敘述，人類像是還在蠻荒時代！

但是那當然不是在蠻荒時代的事，這件事，離如今至多不過三十年而已！

我道：「請你繼續說下去，以後怎樣？」

「以後？」丁納醫生說：「我就成了苦工的一份子，日日夜夜，做著不是人所能忍受的苦工，我們每天只有六小時休息，那是正午三小時，和午夜三小時，所有的人都躺下來，一動不動，那些人，只被餵食一種濃稠的液體，我也不知道那是什麼東西，我曾仔細地觀察他們，他們實在是死人！

「一星期之後，我逃離了那個小島，在海上漂浮了幾天，到了岸，我才知道，我來到宏都拉斯，我的性命，算是撿回來了，我改了現在的名字，開始的時候，仍然做苦工，漸漸地，我積到了一點錢，我不敢回美國去，因為我知道鮑伯爾一定會對付我的，我又開始上學，仍然學醫，我在那裏，度過了將近二十年。

「在這二十年中，我不斷有鮑伯爾的消息，我知道他開始從政，知道他十分得意，知道他飛黃騰達。可是，我卻不曾忘記那一件事，我一定要報仇，我在其後的十幾年中，也曾出任要職，有一定的地位，於是我集中力量，研究巫都教的符咒。

「我開始發現，巫都教能夠驅使死人工作的一項極大的秘密！」

丁納醫生的臉色，變得十分沉著，他的語調也慢了許多，他道：「那真是不可思議的，現代人類的科學，也只能勉強地解釋這一件怪事，巫都教的教主，有一種秘方，那是幾種土生植物中提煉出來的一種土藥，能使人處於近死亡狀態：心臟幾乎不跳動，也沒有新陳代謝，呼吸和停頓一樣，但是，他們卻不是死人。

「在那樣情形之下的人，他們只受一種尖銳的聲音所驅使，不論叫他們去做什麼，他們都不會反抗，這就是巫都教驅使死人工作的秘密。」

我不但手心在冒著汗，連背脊都冒著汗。

我道：「那麼，當年，你也一定曾接受過同樣的注射，為什麼你沒有變成那樣的活死人呢？」

丁納道：「是的，我也曾那樣問過我自己，我想，唯一的可能，我是在昏迷的情形之下接受注射的，人在昏迷狀態之中，和正常狀態多少有點不同。或者那種藥物，在人昏迷的狀態之中，不能發生作用，也幸虧這一點，我才不至於一直被奴役下去！」

我抹了抹額上的冷汗，丁納的遭遇，真是夠驚心動魄的了，我無法想像我自己如果遇到了這樣的事，會怎麼樣。事實上，只要聽到那樣的敘述，也已經有使人喘不過氣來的感覺了！

自然，我的心中，還有許多問題，例如丁納是怎麼回來的，他住所的冰房中的那些「死人」，又是怎麼來的。我對丁納醫生的遭遇，雖然同情，但是對丁納這個人，卻並沒有好感。

丁納的遭遇，是如此之慘，但是他又將那樣的遭遇，施在他人的身上。

我欠了欠身子，丁納醫生道：「我花了不知多少心血，還運用了我當時可能運用的權力，才得到了巫都教的那個秘方，那時，鮑伯爾在政壇已開始失意了，我就開始我的報仇計劃。

「我來到本市，鮑伯爾自然不知道我來了，我在這裏，刻意經營了一間秘密的地下室——」

丁納講到這裏，我打斷了他的話頭：「然後，你就開始害人！」

丁納大聲叫道：「我沒有害人！」

我站了起來：「沒有害人？你對許多人注射那種藥物！」

丁納道；「是的，一共是四個人。」

我道：「你承認了，你至少害了四個人。」

「不，」丁納道：「他們都是患了絕症，必死無生的人，我的行動，對他們來說，可以說是在某種程度上，延長了他們的生命，像那位石先生，如果不是我，三年之前，他就死了！」

我喘著氣，道：「那麼，這三年來，他在凍藏櫃中，得到了什麼？」

丁納道：「他自然沒有得到什麼，可是他也沒有損失什麼，對不對？」

我實在難以回答，只好瞪著他。

丁納又道：「鮑伯爾本來是沒有那麼容易被嚇死的，可是他一看到了石先生，就明白石先生並不是一個真正的死人，而只不過是受了巫都教控制的人，他想起往事來，就一驚至死，他那樣死法，實在是便宜了他！」

我的心中，仍然十分疑惑，我道：「那麼那位石先生呢？」

「在三天之前，我替他加強了注射，我算定了他真正死亡的時間，但是在現代醫學解剖的眼光看來，他在三天前是已經死了的。」

我慢慢地站了起來，事情發展到這一地步，可以說已是真相大白了！

我站了起來之後，丁納也站了起來，他的神情，倒變得十分平淡，那可能是由於他心中所有的秘密，已經全都向人傾訴出來了的緣故。

我的心中十分亂，這實在是難以想像的事，中美原始森林的巫都教，傳到了這個文明的都市中來，人在被施了巫術之後，就像是死人一樣，甚至於沒有新陳代謝，但是他卻並不是死人，他還可以勞動、工作，甚至接受指揮去殺人！

而神秘的「巫術」之謎，也已揭開了，那只不過是一種藥物，照丁納醫生所說的，那是一種成分還未知悉，對人體神經起著強烈麻醉作用的藥物！

我實在不知該如何說才好，我不算是對法律一無所知，但是，照丁納醫生目前的情形看來，他是不是有罪呢？

我相信，這個問題，不但我沒有法子回答，就算是精通法理的人，只怕一樣要大傷腦筋。

我呆立了片刻，才納納地道：「這種——巫術，你一定已作了有系統的研究？」

丁納醫生道：「是的，能提煉出那種麻醉劑的植物，即使在中美洲，也十分稀少，它的稀少程度，和中國長白山的人參差不多，它是寄生在樹上的，一種細如紗線的棕紅色的籐，所結出來的細小如米粒的果實，我甚至已成功地進行了人工培養。這種籐，要和一種毒蛇共生，土人在採集這種果實時，十個人之中，有兩個能夠生還，已經算是好的了！」

我聽得心中駭然：「為了報仇，你竟然肯下那麼大的心血？」

丁納苦笑了一下：「開始的時候，我的確是為了報仇，但當我的深入研究有了一定的成績之後，我已發現，那種藥物，可以說是人類的極大發現，有了它，可以使人長期地處在冬眠狀態之中，最長久的一個，我保存了他十二年！」

我冷笑著，道：「那有什麼用？」

「自然有用！」丁納醫生說：「許多患絕症的人，都可以借這個方法，使之冬眠，而等待醫學的進步，而且，這種藥物對神經系統有著如此不可思議的抑制力，再研究下去，一定可以控制許多精神病的發展！」

我嘆了一聲：「雖然那樣，丁納醫生，我還是要將你交給警方。」

丁納呆了片刻，才道：「我知道，你既然找到了我，我是逃不過去的了。但是，請你別現在就帶我去，我明天就自動去投案，相信我，我只要你相信我一次！」

我望了丁納半晌，才點了點頭。

我是獨自離開了丁納的屋子的，我的車子已被丁納毀去，我步行向前，腦中還是混亂一片，只不過是半小時之後，我已明白，丁納是一個騙子，至少他騙了我！

我才走出不多遠，身後便傳來了猛烈的爆炸聲，我回過頭去，火光衝天，丁納的房子起火了！

等到警方人員和救火人員將火救熄時，那所房子，甚麼也沒有剩下，地下則出現了一個大坑，什麼都消失了，包括丁納自己。

我自然沒有將經過對傑克說，就讓這件案子成為懸案好了，我已經什麼證據也沒有了，就算我完全說出來，固執的、自以為是的傑克上校，難道會相信我麼？

〈完〉

倪匡珍藏限量紀念版 23

衛斯理傳奇之尋夢

作者：倪匡
發行人：陳曉林
出版所：風雲時代出版股份有限公司
地址：10576台北市民生東路五段178號7樓之3
電話：(02) 2756-0949
傳真：(02) 2765-3799
執行主編：朱墨菲
美術設計：許惠芳
業務總監：張瑋鳳
出版日期：2023年9月倪匡珍藏限量紀念版一刷
版權授權：倪匡
ISBN ：978-626-7303-80-1
風雲書網：http://www.eastbooks.com.tw
官方部落格：http://eastbooks.pixnet.net/blog
Facebook：http://www.facebook.com/h7560949
E-mail：h7560949@ms15.hinet.net
劃撥帳號：12043291
戶名：風雲時代出版股份有限公司

風雲發行所：33373桃園市龜山區公西村2鄰復興街304巷96號
電話：(03) 318-1378
傳真：(03) 318-1378
法律顧問：永然法律事務所 李永然律師
　　　　　北辰著作權事務所 蕭雄淋律師

行政院新聞局局版台業字第3595號 營利事業統一編號22759935

定價：340元

國家圖書館出版品預行編目資料

衛斯理傳奇之尋夢 ／ 倪匡著. -- 三版. --
臺北市：風雲時代出版股份有限公司，2023.07
面；公分　倪匡珍藏限量紀念版

ISBN 978-626-7303-80-1（平裝）

857.83　　112007639